B.C. Schiller
Fremde Geliebte

EDITION M

Das Buch

Liebe ist ein kalter Ort. Als Isabelle Ahrens mit zwei Drinks auf das Oberdeck der Fähre nach Barcelona zurückkehrt, ist ihr Mann Pieter wie vom Erdboden verschwunden. Niemand kann sich erinnern, ihn zuvor gesehen zu haben.

In Nepal erhält David Stein, der Hundeflüsterer und Ex-BND-Ermittler, einen Anruf aus seiner Vergangenheit. David soll das Rätsel der »sieben Hornissen« lösen, um eine Katastrophe zu verhindern. Wird es ihm rechtzeitig gelingen und kann er Isabelle dabei helfen, das Verschwinden ihres Mannes aufzuklären? Und welche Rolle spielt die geheimnisvolle fremde Geliebte?

Die Autoren

Barbara und Christian Schiller leben und arbeiten in Wien und auf Mallorca. Sie waren über zwanzig Jahre in der Marketing- und Werbebranche tätig. Gemeinsam schreiben sie unter dem Autorennamen B.C. Schiller packende Thriller. Sie gehören zu den erfolgreichsten Spannungsautoren im deutschsprachigen Raum und haben bisher mit ihren Büchern über 1 500 000 Leser begeistert.

B.C. SCHILLER

FREMDE GELIEBTE

THRILLER

EDITION M

Die Originalausgabe erschien 2017 unter dem Titel »Fremde Geliebte« im Selbstverlag.

Veröffentlicht bei
Edition M, Amazon Media EU S.à r.l.
38, avenue John F. Kennedy, L-1855 Luxembourg
August 2019

Umschlaggestaltung: bürosüd° München, www.buerosued.de
Umschlagmotiv: © Kamenetskiy Konstantin / Shutterstock;
© Paul Laubach / Shutterstock;
© Alexander Cher / Shutterstock
Korrektorat: Media-Agentur Gaby Hoffmann, www.profi-lektorat.com
Gedruckt durch:
Amazon Distribution GmbH, Amazonstraße 1, 04347 Leipzig /
Canon Deutschland Business Services GmbH, Ferdinand-Jühlke-Str. 7, 99095 Erfurt /
CPI books GmbH, Birkstraße 10, 25917 Leck

ISBN 978-2-49670-170-8

www.edition-m-verlag.de

Anmerkung

Wir haben uns erlaubt, einige Namen und Örtlichkeiten aus Spannungsgründen neu zu erfinden, anders zu benennen und auch zu verlegen. Die Pianistin Hélène Grimaud hat in den USA das Wolf Conservation Center gegründet, das sich mit artgerechter Wolfhaltung und dem Einfluss der Musik auf Wölfe beschäftigt. Grimaud verspürt eine tiefe spirituelle Verbundenheit zu Wölfen und hatte lange selbst mehrere Wölfe als Haustiere.

Wichtige Hinweise für das richtige Hundetraining von Do Khyis und Malinois haben wir von Sascha Steiner – www.dogprofi.at –, dem besten Dogprofi Österreichs, erhalten. Wir bedanken uns recht herzlich für die tolle Zusammenarbeit.

»Manchmal muss man den Geliebten verlassen,
um in seinen Armen sterben zu können.«

1

Fähre von Ibiza nach Barcelona

Der Schal, den sie ihm aus Liebe geschenkt hatte, trieb einsam im Meer.

Zwei Stunden zuvor hatte Pieter Ahrens den weinroten Schal elegant um seinen Hals geschlungen und war auf dem Weg in das Bordrestaurant der Fähre. Er ließ sich Zeit, denn er musste seine Gedanken ordnen. Später konnte er dann immer noch seine Schlüsse ziehen und über Konsequenzen nachdenken, die mit der Mail-Nachricht zusammenhingen, die er auf dem Computer gesehen hatte. Wie konnte er sich nur so täuschen? In seinem Inneren tobte ein Kampf, denn er wollte es einfach nicht wahrhaben. Aber die Fakten zeigten eine andere Sicht der Dinge. Er hatte von der Mail einen Screenshot auf sein Handy geschickt, kannte den Text aber mittlerweile auswendig:

»Am 7.7. um 11 Uhr werden die sieben Hornissen zuschlagen. Merke dir diesen Tag. Morgen um dieselbe Zeit erhältst du das Ziel.«

Er griff nach seinem Schal und wischte sich damit über sein schweißnasses Gesicht. Dann öffnete er die Flügeltüren des Bordrestaurants und ging hinein.

Pieter war deutscher Honorarkonsul in Barcelona und der Schal ein Geschenk seiner Frau Isabelle zu ihrem ersten

Hochzeitstag. Die Fähre schaukelte monoton einschläfernd, doch Pieter fühlte sich nervös und aufgekratzt, da er die letzten Tage kaum zum Schlafen gekommen war. Nächtelang hatte er wach gelegen, seine geheimen Beobachtungen analysiert und sie in seinem Cloud-Tagebuch aufgeschrieben. Auch der Urlaub mit Isabelle hatte nichts zu seiner Entspannung beigetragen. Im Gegenteil.

Jetzt saß er allein vor seinem Glas Rotwein und versuchte, die letzten Tage zu vergessen. Das war nicht ganz so einfach, wie er sich das vorgestellt hatte.

Wenn sie wieder in Barcelona waren, musste er sofort Berlin informieren, beschloss er. Diese Nachricht mit dem Datum und dem Hinweis auf die sieben Hornissen war ein Indiz. Er selbst hatte bei seinen geheimen Recherchen von einem Informanten einen Wink wegen dieser mysteriösen Hornissen erhalten. Leider konnte er den Mann nicht mehr fragen, denn dieser war kurz darauf bei einem Autounfall ums Leben gekommen. Das war ein ziemlich merkwürdiger Zufall. Ob auch er selbst sich in Gefahr befand? Langsam begann er daran zu zweifeln, ob es richtig war, alles nur in sein virtuelles Tagebuch zu tippen. Plötzlich legte sich eine vertraute Hand auf seine Schulter und er zuckte innerlich zusammen.

»Tut mir leid, dass du warten musstest.« Isabelle, seine Frau, stand plötzlich vor ihm. »Das verflixte Handy ist zwischen die Matratzen gerutscht.« Sie lächelte und strich sich eine schwarze Haarsträhne aus dem Gesicht. Jedes Mal war Pieter aufs Neue von der Schönheit seiner Frau beeindruckt. Ihre dunklen Haare standen in einem reizvollen Kontrast zu ihrem hellen Teint. Mit ihrem fein gezeichneten ovalen Gesicht und dem herzförmigen Mund wirkte sie wie ein ätherisches Wesen aus einer anderen Welt.

»Der Urlaub mit dir war schön. Aber jetzt freue ich mich schon darauf, wenn wir wieder in Barcelona sind«, sagte Isabelle und drückte Pieters Hand.

»Ja, mein Liebes. Zu Hause ist es doch am schönsten«, meinte er einsilbig.

»Woran denkst du gerade?«, fragte Isabelle und sah ihn prüfend an. »Du wirkst so abwesend.«

»Ich muss immer noch an den Ärger mit Madrid denken. Du weißt schon, das unkooperative Verhalten des Botschafters in der Flüchtlingsfrage«, antwortete er ausweichend.

»Das stimmt. Das Schreiben des Botschafters an dich war absolut indiskutabel.« Isabelle drehte sich zur Seite und winkte dem Kellner. »Was ist so schlimm daran, einer Familie, die alles verloren hat, unbürokratisch eine Aufenthaltsbewilligung für Deutschland auszustellen«, sagte sie mit einem wütenden Unterton in der Stimme, der durch ihren französischen Akzent aber ein wenig gemildert wurde.

»Dieser Fall wird sicher individuell geprüft. Vielleicht wendet sich noch alles zum Guten«, versuchte Pieter, seine Frau zu beruhigen. Er wusste natürlich, dass es zwecklos war, mit ihr darüber zu diskutieren. Isabelle war sehr engagiert in Flüchtlingsangelegenheiten und unterstützte viele soziale Einrichtungen.

»Ich gehe einen Moment nach oben an Deck, eine Zigarette rauchen«, sagte Pieter, nachdem sie gegessen hatten.

»Okay. Ich hole uns zwei Drinks, dann setzen wir uns an Deck und genießen die Aussicht«, sagte Isabelle und küsste ihn sanft auf die Wange.

»Eine gute Idee«, antwortete Pieter lächelnd, und für einen kurzen Augenblick verschwand seine düstere Stimmung. Er öffnete die Tür zum obersten Deck und ging zielstrebig in Richtung der großen Aussichtsterrasse. Er musste sich hundertprozentige Gewissheit verschaffen, dann konnte er endlich eine

Entscheidung treffen. Hoffentlich war es dafür nicht zu spät, ging es ihm durch den Kopf, als er mit der Zigarette im Mund an der Reling lehnte.

In diesem Moment kam ihm eine Idee und er holte sein Handy hervor. Pieter scrollte durch seine Adressenliste und fand die bestimmte Nummer. Das letzte Mal hatte er mit dieser Frau vor einem Jahr gesprochen, bevor sie getrennt ein Hotel in Berlin verließen. Aber was er dieser Frau jetzt mitteilen wollte, hatte nichts mit ihrer intensiven Affäre von damals zu tun. Pieter überlegte kurz, dann tippte er einige verschlüsselte Sätze in sein Handy und schickte die SMS ab.

Als Nächstes wählte er die Nummer eines Freundes, den er schon lange nicht mehr angerufen hatte. Wahrscheinlich war der Kontakt überhaupt nicht mehr aktiv, doch zu seinem Erstaunen kam er auf eine Mailbox und hörte die vertraute Stimme. Pieter redete schnell, hielt sich an die Fakten und trennte dann die Verbindung. Jetzt fühlte er sich erleichtert. Jetzt würde er entspannt die Überfahrt mit Isabelle genießen.

Jetzt konnte die Hoffnung noch einmal siegen.

2

Fähre von Ibiza nach Barcelona

Als Isabelle Ahrens mit zwei kühlen Drinks auf das Oberdeck kam, war ihr Mann verschwunden. Achselzuckend stellte sie die Drinks auf ihren reservierten Tisch und setzte ihre Sonnenbrille auf. Suchend blickte sie umher.

Wo mochte Pieter nur stecken? Sie ging an der Reling entlang. Am Heck der Fähre sah sie eine Gestalt, deren Konturen sich scharf gegen die Sonne abzeichneten.

»Pieter, wieso bist du nicht bei unserem Tisch?«, fragte Isabelle schon leicht hysterisch und tippte ihm fest auf die Schulter.

»Bitte? Wen meinen Sie?« Ein fremder Mann drehte sich überrascht zu ihr um. Er sah aus wie ein Südländer und hatte nicht die geringste Ähnlichkeit mit Pieter.

»Oh, Verzeihung«, stotterte Isabelle und ging schnell weiter. Kurze Zeit später hatte sie das Deck umrundet, aber Pieter war wie vom Erdboden verschwunden. Sie hastete die Treppe zum Unterdeck hinunter, aber weder hier noch in ihrer Kabine war eine Spur von Pieter. Die Privatfähre war nicht groß, deshalb hatte Isabelle innerhalb kürzester Zeit das ganze Schiff durchsucht.

»Haben Sie meinen Mann gesehen?«, fragte Isabelle wenig später ein Paar im Bordrestaurant, mit dem sie sich vor dem Mittagessen unterhalten hatte.

»Welcher Mann?«, fragte die Frau und zog die Augenbrauen hoch. »Sie haben doch allein an der Bar gesessen.«

»Nein, mein Mann ist dazugekommen. Daran müssen Sie sich doch erinnern. Er ist groß und breitschultrig«, insistierte Isabelle und stellte fest, dass ihre Stimme einen schrillen Unterton angenommen hatte, der sich über ihren Akzent legte.

»Ich kann mich nur an Sie erinnern«, antwortete der Mann und erntete dafür einen bösen Blick von seiner Frau.

»Vielleicht ist er vorne beim Kapitän. Männer übernehmen doch so gerne das Steuer«, sagte diese lächelnd.

»Da war ich schon«, antwortete Isabelle.

»Tut mir leid, meine Liebe. Da kann ich Ihnen auch nicht weiterhelfen.«

»Worum geht's denn?«, fragte der Barkeeper, der jetzt zu Isabelle trat.

»Sie haben mich bedient.« Isabelle packte den Barkeeper am Arm. »Das wissen Sie doch noch?«

»Natürlich. Sie haben einen Aperol getrunken«, sagte der Barkeeper und schob Isabelles Hand weg.

»Dann haben Sie sicher auch meinen Mann gesehen. Er hat ein Glas Wein bestellt.«

»Ja, sicher. Was ist denn mit ihm?« Der Barkeeper setzte eine interessierte Miene auf.

»Ich kann ihn nirgends finden! Ich habe bereits das ganze Schiff abgesucht.« Isabelle ballte die Fäuste und Tränen traten ihr in die Augen. »Da stimmt etwas nicht!«

»Hatten Sie vielleicht Streit?«, fragte der Barkeeper.

»Nein, wieso? Wir haben uns nicht gestritten.« Isabelle schüttelte vehement den Kopf.

»Haben Sie schon versucht, ihn anzurufen?«, meinte der Barkeeper. »Haben Sie Ihr Handy dabei?«

»Gute Idee.« Isabelle riss ihre Handtasche auf und kramte nach ihrem Handy. Aber sie war so nervös, dass sie es nicht sofort finden konnte. Kurz entschlossen leerte sie den Inhalt ihrer Handtasche auf den Tresen.

»Da ist es ja«, rief sie mit zittriger Stimme und wählte die Nummer ihres Mannes. Doch alles, was sie hörte, war eine unpersönliche Computerstimme, die ihr mitteilte, dass sein Handy nicht in Betrieb war.

»Er schaltet das Handy sonst nie ab!«

»Okay, ich rufe den Ersten Offizier«, sagte der Barkeeper zu Isabelle, die völlig verzweifelt war.

Kurz darauf erschien ein Mann in einer weißen Uniform in der Bar.

»Ich bin Carlos, der Erste Offizier. Kann ich Ihnen irgendwie helfen?«, fragte er freundlich und führte Isabelle zu einem der Tische.

»Mein Mann ist verschwunden«, sagte sie zu ihm. »Ich kann ihn nirgends finden und auch sein Handy ist ausgeschaltet.«

»Ihr Mann hat auf dem Oberdeck auf Sie gewartet?«, fragte der Erste Offizier mit ernster Miene.

»Ja, er wollte eine Zigarette rauchen. Ich habe noch zwei Drinks im Restaurant bestellt und bin damit nach oben gegangen«, antwortete Isabelle und Tränen schossen ihr in die Augen. »Aber er war nicht mehr da. Auf dem ganzen Schiff ist keine Spur von meinem Mann.«

»Gibt es irgendjemanden, der Ihren Mann heute an Deck gesehen hat?«

»Wen meinen Sie?«, fragte Isabelle verwirrt.

»Andere Passagiere vielleicht.« Carlos blickte sie abwartend an.

»An Deck war niemand. Im Restaurant hat ihn der Barkeeper gesehen. Dann auch der Schiffssteward, der uns zu unserer Kabine gebracht hat. Sonst fällt mir niemand ein«, sagte Isabelle und ließ vor ihrem geistigen Auge die Restaurantgäste vorbeiziehen. »Halt. Auch das Ehepaar an der Bar hat uns gesehen. Der Mann kann sich allerdings nur an mich erinnern. Doch Pieter war ganz sicher dabei.«

»Hat Ihr Mann etwas getrunken?«, fragte der Erste Offizier vorsichtig.

»Ja, ein Glas Wein. Sie meinen, dass Pieter vielleicht über Bord gefallen ist?« Isabelle erschrak über ihre eigenen Worte und verstummte. Panisch starrte sie ihn an. »Was ist, wenn er ins Meer gestürzt ist?«

»Wir durchkämmen noch einmal das ganze Schiff. Dann fordern wir einen Hubschrauber der Küstenwache an. Der soll das Meer im näheren Umkreis gezielt absuchen.« Der Erste Offizier versuchte, Isabelle zu besänftigen.

Dreißig Minuten später saß Isabelle schluchzend in der Kabine des Notarztes, der ihr eine Beruhigungsspritze verabreicht hatte.

»Leider hat die Suche nach Ihrem Mann nichts ergeben. Deshalb müssen wir davon ausgehen, dass er über Bord gegangen ist. Der Hubschrauber, den wir für die Suche angefordert haben, ist bereits unterwegs«, sagte der Erste Offizier leise.

Isabelle nickte und starrte teilnahmslos vor sich hin. Sie wusste nicht, wie lange sie in der Kabine des Notarztes gewartet hatte, als Carlos erneut auftauchte.

»Hat Ihr Mann zufällig einen weinroten Schal getragen?«, fragte er.

»Ja! Ich habe ihm einen solchen Schal zu unserem Hochzeitstag geschenkt.« Isabelle stand auf und machte einen zögernden Schritt auf den Ersten Offizier zu. »Warum fragen Sie?«

»Die Hubschrauberbesatzung hat einen im Meer treibenden weinroten Schal gesichtet.«

3

Nepal

Kathmandu

Der Nebel hing noch an den steilen Flanken der Berge und schwebte wie ein grauer Schleier über Kathmandu. Die Altstadt mit ihren eng aneinandergeschmiegten Häusern, den geschwungenen Dächern und ausladenden Holzveranden wirkte in diesem grauen Zwielicht wie eine verwunschene Märchenwelt. Doch wenn man tiefer in die Stadt eintauchte, dann sah man auch hier noch immer die Auswirkungen des schrecklichen Erdbebens, das einige der schönsten Tempel von Kathmandu zerstört hatte.

Aus dem heruntergekommenen Hotel Eden, das in einer engen Gasse wie ein einsamer Monolith zwischen den eingestürzten Häusern emporragte, trat ein Mann mit streichholzkurzen blonden Haaren in einer abgewetzten Lederjacke und schweren Bergschuhen. Er hatte einen großen Trekkingrucksack über die Schulter geworfen und mischte sich unter das hektische Treiben der Menschen. Mit zügigen Schritten ging er über den Durbar Marg hinunter zu den Wasserstellen, wo die Frauen noch immer wie vor Hunderten von Jahren ihre Kleider wuschen. Auf dem großen Platz stand das weiße Rotkreuzzelt und davor, wie jeden Tag, eine Schlange von Menschen. Seit dem großen Erdbeben vor einem Jahr war ein Großteil der Bevölkerung von Nepal nach wie vor auf ausländische Hilfe angewiesen.

Der Mann blieb kurz stehen und strich über seinen Bart. Dann zwängte er sich zwischen den Wartenden hindurch und stieg zügig die zweihundert Stufen zu der riesigen Tempelanlage mit den allsehenden Augen Buddhas hinauf. Immer wieder musste er die zudringlichen Affen verscheuchen, die sich ungeniert über den Inhalt seines Rucksacks hermachen wollten. Als er den letzten Treppenabsatz erreicht hatte, sah er bereits eine Gestalt aus dem Nebel auftauchen. Es war ein alter Mann, gehüllt in den blutroten Umhang der tibetischen Mönche, der einen langen Wanderstab in der Hand hielt.

»David Stein, mein Shenyen, mein spiritueller Freund. Es freut mich, dich wiederzusehen«, sagte der Mönch in beinahe akzentfreiem Oxford-Englisch.

»Trunkpa, die Freude ist auf meiner Seite«, antwortete David und umarmte seinen Freund. Vor sechs Jahren hatte David den tibetischen Mönch zum letzten Mal gesehen, kurz nachdem Davids Frau Jane bei einem Terroranschlag getötet worden war und er seinen Dienst beim BND, dem deutschen Geheimdienst, quittiert hatte. Damals hatte er sich für mehrere Monate in das Kloster von Trunkpa an der chinesischen Grenze zurückgezogen. Jetzt arbeitete David als Hundeflüsterer auf Mallorca. Er nahm nur noch gelegentlich Aufträge an, um seinem Freund Miguel ein Hundeasyl zu finanzieren. Als er die ehemalige Auftragskillerin Leyla Khan kennen- und lieben lernte, konnte er sich wieder eine Zukunft vorstellen. Doch das Schicksal hatte andere Pläne.

Erneut verlor er eine Frau, die er liebte. Deshalb hatte er beschlossen, beim Wiederaufbau des Klosters zu helfen, um Leyla Khan zu vergessen. Aber er wusste schon jetzt, dass es schwierig werden würde und im Grunde unmöglich war. Leyla war schwanger gewesen und David hatte sich ihre Zukunft als Familie auf Mallorca in rosigen Farben ausgemalt. Aber jetzt waren die Wände in seinem Kopf schwarz gestrichen.

Bis zu Trunkpas Kloster mussten sie drei Tage zu Fuß gehen, da die Straße seit dem Erdbeben für Jeeps noch immer unpassierbar war. David freute sich auf diese Wanderung, denn die Eindrücke dieser geheimnisvollen Landschaft mit ihren freundlichen Menschen würden wieder etwas mehr Farbe in sein Leben bringen.

»Eine dunkle Wolke der Trauer umgibt dich, mein Shenyen«, sagte Trunkpa. »Was ist mit deiner Seele passiert?«

»Im letzten Jahr ist das Fundament meines Lebens wieder ins Wanken geraten. Ich habe jetzt das Gefühl, ein rastloser Wanderer ohne Ziel zu sein«, sagte David und blieb stehen. Er kramte eine Wasserflasche aus seinem Rucksack und nahm einen großen Schluck. »Ich dachte, mit Leyla bekomme ich noch einmal eine Chance für die Liebe, aber das war ein Irrtum.«

»Es ist dir noch nicht bestimmt, zur Ruhe zu kommen«, antwortete Trunkpa. »Du hast noch eine Aufgabe zu erfüllen, erst dann wirst du deinen Frieden finden und die Liebe wird zu dir zurückkehren.« Trunkpa strich sich mit den Fingern über seinen rasierten Schädel.

»Meine Aufgabe war es, Leyla zu beschützen, doch das ist mir nicht gelungen. Deshalb habe ich diese Frau verloren.«

»So eine große Liebe verschwindet nicht und erblüht immer wieder aufs Neue. Du darfst nichts erzwingen. Übe dich in Geduld.« Trunkpa bückte sich und riss Gestrüpp aus dem steinigen Boden. »Sieh hier. Dieses Gestrüpp ist jetzt wurzellos.« Er schleuderte die dünnen Äste in die Luft, wo sie vom Wind fortgetragen wurden. »An einem anderen Ort schlagen sie neue Wurzeln und beginnen wieder zu blühen.«

»Aber ich kann Leyla nicht vergessen«, murmelte David.

»Das sollst du auch nicht. Glaube mir, die Arbeit an dem Tempel wird dich spirituell erneuern. Dann wird auch das Glück wieder zu dir zurückkehren.«

»Aber nicht mehr in diesem Leben«, sagte David pessimistisch.

»Du hast nicht nur dieses Leben, sondern unendlich viele. Du stirbst und wirst wiedergeboren. Aber jedes Leben hält eine Aufgabe für dich bereit.«

»Ich schätze deine Weisheit sehr, mein lieber Trunkpa. Deshalb bin ich auch dankbar für deine Einladung«, meinte David mit etwas mehr Optimismus in der Stimme.

Während sie auf der lehmigen Straße weiterwanderten, ohne ein Wort zu wechseln, kamen ihnen immer wieder Fuhrwerke entgegen, auf denen die Einwohner ihr Hab und Gut verstaut hatten. Je weiter sie sich von Kathmandu entfernten, desto deutlicher offenbarten sich die Auswirkungen des Erdbebens. Viele Dörfer waren noch immer völlig zerstört. Von Hilfsorganisationen errichtete Baracken dienten zwar als behelfsmäßige Unterkünfte, doch es würde noch Jahre dauern, bis sich das Leben wieder normalisiert hatte.

Am Nachmittag begann es leicht zu regnen. David hatte den Eindruck, als würde der bleigraue Himmel immer tiefer nach unten sinken, um sie schließlich unter sich zu begraben.

»Der Himmel kommt zu uns herab, um uns zu behüten«, sagte Trunkpa und deutete nach oben. »Die Wolken umhüllen uns wie ein schützender Kokon und verbergen die Zerstörungen vor unseren Augen.«

»Du siehst das Leben so positiv«, sagte David. »Wir Europäer sehen zunächst immer das Negative. So wie hier …« David wies mit der Hand auf eine Gerölllawine, die ihren Pfad der Verwüstung quer durch ein Dorf gezogen hatte. »Die Menschen sind arm und jetzt wird auch noch ihr Dorf vernichtet.«

»Sie werden ihre Häuser wiederaufbauen und weiterleben. Das ist der Kreislauf von Erschaffen und Zerstören. Von Leben und Sterben.«

Als die Dämmerung hereinbrach, suchten David und Trunkpa nach einem trockenen Unterschlupf und fanden zum Glück eine verwaiste Trekkingstation.

Am nächsten Morgen brachen sie im Morgengrauen auf und kamen bald in unwegsameres Gelände. Die Landschaft war hier rauer und wilder, durch das Erdbeben waren bizarre Felsformationen entstanden, die wie riesige Kegel und Pyramiden in den wolkenverhangenen Himmel ragten. Nur noch wenige Menschen kreuzten ihren Weg und der Aufstieg wurde immer beschwerlicher.

In der zweiten Nacht besserte sich das Wetter und der Nebel verzog sich. David lag in seinem Schlafsack und blickte nach oben in den Sternenhimmel. Trunkpa hockte mit verschränkten Beinen vor dem Feuer und malte Schriftzeichen auf kleine Stofffetzen. Es herrschte eine Stille, die so intensiv war, dass selbst das geringste Geräusch wie ein Donnerschlag wirkte. David schreckte hoch, als Trunkpa plötzlich vor ihm stand.

»Du musst dir diesen weisen Spruch um den Arm binden«, sagte Trunkpa und hielt ihm einen roten Stoffstreifen entgegen.

»Was steht da geschrieben?«, fragte David und deutete auf die Schriftzeichen. »Ich kann kein Tibetisch.«

»Der Schwache ist stark und der Starke schwach.« Trunkpa setzte sich neben David und legte ihm das Band um den linken Oberarm. »So wird dein Herz geschützt.«

»Was ist los? Weshalb müssen wir uns schützen?« David öffnete den Reißverschluss seines Schlafsacks und richtete sich auf. »Du gibst mir doch nicht einfach zum Spaß einen Spruch der Götter.«

»Das stimmt.« Trunkpa presste die Lippen zusammen und blickte zu Boden. »Morgen erreichen wir das Kloster«, sagte er nach einer längeren Pause. »Wie du ja weißt, lag das Epizentrum des Bebens sehr nahe an der chinesischen Grenze.«

»Ich habe es gelesen«, sagte David, »das Beben hat dort fürchterliche Schäden angerichtet.«

»In dem allgemeinen Chaos sind chinesische Abenteurer über die Grenze gekommen und haben sich in unserem zerstörten Kloster niedergelassen. Von dort aus kontrollieren sie jetzt den Heroinhandel im Norden.«

»Ihr habt sie nicht vertreiben können?«, fragte David, obwohl er die Antwort bereits kannte.

»Nein, denn sie sind bewaffnet. Da hatten wir nur die Möglichkeit, uns zurückzuziehen.«

»Wie viele Mönche seid ihr noch in dem Kloster?«, fragte David.

»Wir sind fünfzehn, aber davon sind acht Männer über siebzig und drei sind Novizen«, antwortete Trunkpa.

»Das heißt, es gibt vier Männer, die es mit den Chinesen aufnehmen können.«

»Mit dir sind es fünf. Und mit deiner Erfahrung wirst du die Überlegenheit der Chinesen aufwiegen.«

»Die Chinesen sind also wesentlich mehr«, seufzte David. »Ich hatte vor, hier ein kontemplatives Leben zu führen und dir beim Wiederaufbau zu helfen.«

»Das Leben ist ein ständiger Fluss. Alles ist in Bewegung. Es gibt Sandbuchten und es gibt Stromschnellen. Jetzt befinden wir uns in einer Stromschnelle, die uns zu einem Wasserfall führt. Alleine ertrinken wir. Mit deiner Hilfe können wir aber das rettende Ufer erreichen.«

»Mit Philosophie vertreiben wir die Chinesen nicht.« Langsam rollte David seinen Schlafsack zusammen und verstaute ihn in seinem Rucksack. »Wie weit ist es noch bis zum Kloster?«

»Wenn wir sofort losgehen, sind wir um die Mittagszeit dort«, antwortete Trunkpa und hüllte sich fester in seinen blutroten Umhang.

Die leuchtenden Sterne wiesen ihnen die Richtung, als sie mitten in der Nacht aufbrachen. Der schmale Pfad wurde immer steiler, doch Trunkpa kannte den Weg. So waren sie schon hoch in den Bergen, als sich die Sonne langsam über den Horizont schob.

»Das ist ein unbeschreibliches Schauspiel«, sagte David, während er die rot leuchtenden Berge in der Morgensonne bewunderte.

Vier Stunden später bereits erblickten sie am Horizont die Ruinen des Klosters, die sich in der dünnen Luft scharf gegen den Himmel abhoben.

»Wo sind deine Mitbrüder?«, fragte David, als sie sich vorsichtig der zerstörten Anlage näherten.

Trunkpa zuckte ratlos mit den Schultern und blickte umher. Plötzlich erstarrte er und wies mit dem Arm nach Norden. Erst jetzt entdeckte David den hölzernen Turm, der das Erdbeben überstanden hatte. Aus dem Dachfirst ragte ein langer Querbalken und daran baumelten die Körper von vier Männern. Ein kalter Wind raste von der Bergflanke nach unten und mit ihm wurde ein leises Jaulen bis zu David und Trunkpa getragen. Vorsichtig schlichen sie näher, um die Chinesen nicht auf sich aufmerksam zu machen. Doch weit und breit war niemand zu sehen und zu hören, bis auf das Heulen des Windes und das merkwürdige Jaulen.

»Bleib hier!«, sagte David und hielt Trunkpa zurück, der auf den verwitterten Turm zugehen wollte. »Wir wissen nicht, ob sich nicht doch jemand auf der Rückseite versteckt.«

Aus sicherer Entfernung blickten sie auf die toten Männer, die an dem Querbalken hingen. Es waren Priester aus dem Kloster, das erkannte David sofort, denn die Toten trugen blutrote Roben und hatten die Köpfe geschoren. Doch die Priester waren nicht einfach erhängt worden, sondern man hatte auch ihre Gesichter grausam verstümmelt.

»Trunkpa, sieh dir das an!« David deutete auf die Wand des Turms. »Man hat ihnen Nasen und Ohren abgeschnitten und an das Holz genagelt.«

»Diese Verstümmelungen sind Schandmale. Damit wollen die Chinesen den Eintritt der Toten in ein nächstes Leben erschweren«, sagte Trunkpa.

Mit versteinerter Miene ging Trunkpa langsam auf den Turm zu. Jetzt war auch das merkwürdige Jaulen lauter geworden und wandelte sich zu einem dumpfen Grollen.

»Trunkpa, pass auf«, warnte David seinen Freund. »Hörst du nicht diese Laute? Hier streunt wahrscheinlich ein wildes Tier umher.« Doch Trunkpa winkte ab.

Aus seinem Rucksack zog er eine tibetische Gebetsmühle, die wie eine silberne Rassel auf einem hölzernen Stiel aussah. Mit hocherhobenem Arm schwang er die Gebetsmühle durch die Luft und ihr lautes Scheppern übertönte das Grollen.

»Schneiden wir zunächst die Toten von dem Galgen«, sagte er zu David nach hinten, als er unter den Gehängten stand, »damit wir sie würdig bestatten können.«

Trunkpa wollte noch etwas hinzufügen, doch plötzlich sprang ein riesiger zottiger Hund laut knurrend hinter dem Turm hervor und rannte mit gefletschten Zähnen auf ihn zu. Weißer Speichel tropfte aus seinem Maul und seine Augen waren blutunterlaufen. Gegen diese wütende Bestie hatte der Mönch keine Chance.

4

Barcelona

Villenviertel Zona Alta

Feiner Sand bedeckte die nackten Füße von Helen Stratford. Mit ihrem blauen Businesskostüm und den kurzen blonden Haaren wirkte sie zwischen den in der Sonne liegenden Menschen an der Barceloneta ein wenig deplatziert, aber das störte sie nicht weiter. Immer wieder ließ sie eine Handvoll Sand zwischen ihren Fingern hindurchrieseln. Während sie zur Hafenseilbahn hinüberblickte, die gerade bei der Mittelstation, dem Torre Jaume I, anhielt, dachte sie an Pieter Ahrens. Als sie von seinem Verschwinden erfuhr, war sie zunächst merkwürdig unberührt geblieben. Erst nach und nach löste sich die Starre, und sie merkte mit Erstaunen, wie viel sie noch immer für ihn empfunden hatte. Aber diese Gefühle behielt sie für sich, denn in ihrem Job waren Emotionen tabu.

Sie war auch nicht privat nach Barcelona gekommen, sondern als Leiterin der »Abteilung«, einer Spezialeinheit des BND, des deutschen Bundesnachrichtendienstes. Die »Abteilung« kam immer bei besonders riskanten oder geheimen Operationen zum Einsatz. Das Verschwinden und damit der mögliche Tod des deutschen Konsuls in Barcelona musste diskret untersucht werden, denn Pieter Ahrens war kein gewöhnlicher Konsul gewesen, sondern auch Agent des BND. In der »Abteilung« hatte sie noch nichts von der SMS erwähnt, die sie von Pieter kurz vor seinem Verschwinden erhalten hatte: »Wir müssen uns unbedingt treffen. Es gibt sieben Hornissen, die am 7.7. um 11 Uhr zuschlagen.«

Zunächst brauchte sie mehr Informationen, erst dann würde sie entscheiden, ob die SMS etwas mit Pieters Verschwinden zu tun haben könnte.

Helen blickte nach oben und sah, wie die kleinen Gondeln der Seilbahn im Wind schwankten. Sie war froh, die Fahrt nicht angetreten zu haben, denn sie war absolut nicht schwindelfrei. Mit einem Lächeln kramte sie das Ticket aus ihrer Handtasche und ließ es im Wind über den Strand davonflattern.

Dann schweiften ihre Gedanken wieder zu ihrem ehemaligen Geliebten. Pieter wäre der Mann ihres Lebens gewesen, aber das Schicksal wollte es anders. Wie mit einer Zeitmaschine fühlte sie sich zurückversetzt zu dem Moment, in dem sie ihn kennengelernt hatte. Pieter, der groß gewachsene Diplomat mit dem charmanten Lächeln, dessen Intelligenz und Wortwitz so beeindruckend waren. Sofort begannen sie eine stürmische Affäre und es war die aufregendste und glücklichste Zeit in Helens Leben. Dann wurde Helen ein Job in London angeboten. Pieter drängte sie, ihn anzunehmen. Er selbst war frischgebackener Konsul in Barcelona und sie schworen sich, jedes Wochenende entweder im Süden oder im Westen miteinander zu verbringen. Doch eines Tages entdeckte Helen ein Foto, das Pieter in Begleitung einer jungen Schönheit zeigte.

Helen stellte ihn zur Rede und Pieter eröffnete ihr zerknirscht, dass er sich mit der vierundzwanzigjährigen Isabelle Camus heimlich verlobt hatte. »Isabelle stammt aus reichem Haus. Es ist eine Diplomatenfamilie mit langer Tradition. Wenn ich sie heirate, stehen mir alle Türen offen. Dann komme ich auf der Karriereleiter ganz nach oben.« Noch immer hatte Helen die Stimme von Pieter im Ohr. Sein letzter Satz hatte sich in ihr Gedächtnis gebrannt.

»Bei dir wäre es nur Liebe gewesen.«

Aber jetzt war Pieter höchstwahrscheinlich tot, und Helen fand sich in der absurden Situation wieder, mit der verhassten Ehefrau reden zu müssen.

Als ihr Smartphone klingelte, dauerte es eine Weile, bis Helen es in ihrer Handtasche gefunden hatte und das Gespräch annehmen konnte.

»Was gibt es?«, fragte sie kurz angebunden.

»Die Aussagen der Zeugen an Bord stimmen alle überein«, hörte sie die unpersönliche Stimme von Robyn, der IT-Spezialistin der »Abteilung«. »Pieter Ahrens wurde lebend zuletzt im Restaurant gesehen. Ich habe mir die Überwachungsvideos der Fähre angeschaut, aber er taucht dann nirgendwo mehr auf.«

»Wir können also annehmen, dass er über Bord gegangen ist«, schlussfolgerte Helen.

»Oder über Bord geworfen wurde«, ergänzte Robyn. »Das Schiff wird derzeit gründlich auf Spuren untersucht. Vielleicht deutet etwas auf einen Kampf hin.«

»Ein Kampf am helllichten Tag auf einer Fähre?«, fragte Helen skeptisch. »Wie soll das funktionieren?«

»Das müssen wir herausfinden. Es gibt leider viele tote Winkel auf der Fähre.«

»Danke. Sonst noch etwas?«, fragte Helen und klopfte den Sand aus ihren Pumps, ehe sie hineinschlüpfte.

»Ein Inspector Diego Cortes erwartet Sie im Polizeipräsidium. Er wird Ihnen alles Weitere erläutern«, sagte Robyn.

»Ich habe keine Zeit dafür. Der Inspector soll mich bei der Hafenseilbahn am Torre Sant Sebastià abholen. Dann kann er mich zur Witwe fahren«, antwortete Helen ironisch.

»Streng genommen ist Isabelle Ahrens keine Witwe«, korrigierte sie Robyn, die keinen Sinn für Sarkasmus hatte. »Nicht, solange man keine Leiche gefunden hat.«

»Schon gut. Danke für den Hinweis«, erwiderte Helen und beendete damit das Gespräch.

Langsam ging sie über den Strand und setzte sich auf eine Bank am Straßenrand. Nach kurzer Zeit hielt ein dunkler Wagen und jemand öffnete die rückwärtige Tür.

»Ich bin Inspector Diego Cortes«, sagte ein gut aussehender Spanier mit Spiegelsonnenbrille, nachdem Helen neben ihm im Fond Platz genommen hatte. »Während wir in die Zona Alta hinauffahren, informiere ich Sie über den Stand der Ermittlungen.«

»Zona Alta? Was ist das?«, fragte Helen.

»Das ist die beste Wohngegend von Barcelona. Kein Lärm und keine Luftverschmutzung. Nur Vogelgezwitscher und das Klimpern von Diamanten«, sagte Cortes mit einem breiten Lächeln. »Dort wohnt auch Isabelle Ahrens.«

Während der Wagen in der Avenida Diagonale nur im Schritttempo vorwärtskam, berichtete Cortes über die Untersuchungen, die bereits angelaufen waren. Helen hörte nur mit halbem Ohr zu, denn je näher sie der Zona Alta kamen, desto nervöser wurde sie. Mit dem Handrücken strich sie sich über die Stirn. Die Klimaanlage des Wagens war nicht in Betrieb und in ihrem Businesskostüm begann sie langsam zu schwitzen.

»Dort drüben ist übrigens der Palau Reial de Pedralbes«, sagte Cortes und wies mit der Hand auf einen riesigen Bau im Kolonialstil, vor dem zwei große Palmen standen. »Hier ist das Generalsekretariat der Mittelmeerunion untergebracht.«

»Sehr schön.« Helen nickte desinteressiert und versuchte, sich währenddessen eine Strategie für das Treffen mit Isabelle Camus zurechtzulegen. Was wollte sie mit dem Gespräch bezwecken? Natürlich ging es um die Beobachtungen, die Isabelle gemacht haben könnte. Das hätte sich natürlich auch über eine sichere Leitung mit einer Videokonferenz erledigen lassen. Aber Helen war mit fünfundvierzig beinahe zwanzig Jahre älter als die andere. Für sie war es eine Genugtuung, der Frau gegenüberzutreten, die ihr die große Liebe weggenommen hatte …

»Da sind wir.« Cortes klopfte mit der Hand auf den Vordersitz und der Fahrer hielt mitten auf der Straße an. »Soll ich Sie nicht hineinbegleiten, Señora Stratford?«, fragte er.

»Danke, nein. Für die Rückfahrt rufe ich mir ein Taxi.« Helen lächelte schmallippig und stieg aus. Wie viele der Villen in der Zona Alta war auch das Anwesen der Ahrens in einem neoklassizistischen Stil erbaut. Als Helen vor dem Eingangstor stand, öffnete es sich sofort geräuschlos. Verstohlen blickte Helen nach oben und entdeckte die Kameras, die an den Mauerecken der Villa angebracht waren. Sie trat in eine kühle Halle, von der aus man durch den Salon bis zum Meer sehen konnte.

»Helen Stratford. Ich habe eine Verabredung mit Isabelle Ahrens«, sagte sie zu einer südamerikanisch aussehenden Frau in einem schwarzen Gouvernantenkleid, die lautlos in der Halle auftauchte.

»Frau Ahrens erwartet Sie bereits«, antwortete die Hausdame und führte Helen in den Salon. Der Raum hatte die Ausmaße eines Ballsaals, der Blick durch die Fensterfront hinunter auf die Altstadt von Barcelona war atemberaubend. Für diese Aussicht hatte er sie also sitzen lassen, überlegte Helen verbittert, und kam zu dem Schluss, dass Isabelle sehr reich sein musste. Da hatte Pieter eine gute Partie gemacht, denn von seinem Gehalt wäre dieser Palast nicht zu finanzieren gewesen. Als sie eine Tür hörte, sperrte sie diese Gedanken aber sofort wieder in ihre geistige Dunkelkammer.

»Frau Stratford. Es freut mich, Sie endlich persönlich kennenzulernen.«

Helen musste die Augen zusammenkneifen, um die Frau zu erkennen, die aus den Tiefen des Salons auf sie zukam.

Isabelle Ahrens war schlank und trug ein langes ärmelloses Kleid. Ihre schwarzen Haare hatte sie mit mehreren Schmucknadeln hochgesteckt. Sie trug eine große Sonnenbrille, sodass Helen ihre Augen nicht sehen konnte.

»Es ist eine fürchterliche Tragödie. Noch immer spüre ich meine Lippen auf seiner Wange, als ich ihn küsste, ehe ich die Drinks holte«, flüsterte Isabelle und drehte sich um. »Setzen wir uns dort zum Fenster.«

»War Ihr Mann in letzter Zeit depressiv?«, fragte Helen sachlich. »Verzeihen Sie meine direkte Art, aber das Außenministerium will das mysteriöse Verschwinden eines Diplomaten so schnell wie möglich aufklären.«

»Schon gut«, beruhigte sie Isabelle. »Pieter war nicht depressiv, im Gegenteil. Er war der charmanteste Mann, den ich kannte. Und er war immer gut gelaunt.«

Helen konnte sich Pieter nur sehr schwer als immer gut gelaunten Mann vorstellen. Aber vielleicht verstand Isabelle Pieters feine Ironie nicht, mit der er sich über verschiedene Dinge lustig machte. »Hatte Ihr Mann in letzter Zeit außergewöhnliche Termine? Vielleicht mit Personen, die verdächtig wirkten?«

»Was meinen Sie mit ›verdächtig‹?«, fragte Isabelle verwundert und rückte ihre Sonnenbrille zurecht. »Letzte Woche waren wir in einem Ferienhaus auf Ibiza. Da hatte Pieter keine Termine.«

»Ihr Mann verschwand auf der Fähre von Ibiza nach Barcelona. Was haben Sie auf Ibiza gemacht?«

»Wir haben unseren Urlaub dort verbracht. Wir wollten einmal ganz für uns sein. Uns lieben, viel tanzen und gut essen.«

»Weshalb sind Sie mit einer Fähre gereist?«, setzte Helen sofort nach.

»Wir hatten den Wagen dabei. Und eine Schifffahrt ist ja auch entspannend«, antwortete Isabelle. Auf Helen wirkte sie mitgenommen, aber ruhig. Sie selbst wäre wahrscheinlich schreiend durch das Haus gelaufen, wenn ihr das passiert wäre. Doch während Helen das dachte, nahm Isabelle die Brille ab und fuhr sich mit dem Handrücken über ihre blauen Augen, die sehr gerötet aussahen.

»Ich habe ihn so geliebt«, schluchzte Isabelle und tupfte sich mit einem Taschentuch die Tränen ab. Dann setzte sie die Brille wieder auf und räusperte sich. »Entschuldigen Sie bitte, aber es ist im Moment alles zu viel für mich.«

»Das kann ich verstehen.« Helen nickte. »Nur noch eine letzte Frage, dann lasse ich Sie auch schon in Ruhe.«

»Bitte fragen Sie, so viel Sie wollen. Ich will doch auch Klarheit haben. Vielleicht lebt Pieter ja noch. Bisher hat man noch keine Leiche gefunden.« Mit zitternden Fingern griff Isabelle nach einem Taschentuch auf dem Tisch und putzte sich die Nase.

»Wo waren Sie eigentlich, als der Konsul verschwunden ist?«, erkundigte Helen sich.

»Ich? Ich wartete auf unsere Drinks und bin dann damit an Deck gegangen. Aber das habe ich dem Inspector bereits alles gesagt.«

»Hatten Sie Streit auf der Überfahrt oder während des Urlaubs?« Helen wählte ihre Worte mit Bedacht. »Der Konsul war schließlich fünfzehn Jahre älter als Sie.«

»Wir hatten keinen Streit und er hat sich auch nicht meinetwegen umgebracht«, sagte Isabelle. Ihr französischer Akzent verlor mit einem Mal seine Lieblichkeit. »Wir waren ein ganz normales Ehepaar.«

Abrupt stand sie auf. »Ich wäre jetzt gerne alleine, wenn Sie keine weiteren Fragen mehr haben.«

»Nein, das war's fürs Erste. Ich brauche nur noch den Computer Ihres Mannes.«

»Der muss in seinem Büro im Konsulat sein«, antwortete Isabelle. »In welchem Hotel wohnen Sie? Ich schicke jemanden mit dem Rechner vorbei.«

»Nicht nötig. Ich bin morgen sowieso im Konsulat.«

Schweigend gingen sie durch den Salon in die Eingangshalle, wo bereits die Hausdame neben der geöffneten Tür wartete. Als Helen sich verabschiedet hatte, drehte sie sich noch einmal zu Isabelle um.

»Haben Sie Pieter eigentlich geliebt?«

»Weshalb fragen Sie?« Isabelle wich erstaunt zurück. »Natürlich. Pieter war meine große Liebe. Sind Sie verheiratet?«

»Ich? Nein, dafür bleibt in meinem Job keine Zeit«, antwortete Helen ehrlich.

»Dann können Sie die große Liebe zwischen Pieter und mir auch nicht verstehen. Ich wünsche Ihnen noch einen erfolgreichen Aufenthalt in Barcelona«, sagte Isabelle und ging zurück in ihr Haus.

Während Helen mit dem Taxi wieder in die Altstadt fuhr, musste sie ständig über die letzte Äußerung von Isabelle nachdenken. »Sie können die große Liebe zwischen Pieter und mir nicht verstehen.«

Nein, das konnte sie nicht. Denn Pieter hatte immer nur sie geliebt. Hatte sie geglaubt.

5

Nepal

Kloster an der chinesischen Grenze

Ein Steinadler drehte träge seine Runden am blauen Himmel. Die kalte Luft war dünn und die Berggipfel traten so klar hervor, als wären sie gezeichnet. Inmitten dieser Szenerie stand Trunkpa in seinem im Wind flatternden Umhang wie angewurzelt und starrte auf den riesigen schwarzen Hund, der knurrend auf ihn zu rannte.

»Was ist bloß mit Lhasa los?«, rief er irritiert. »Er muss mich doch kennen.«

Jetzt erkannte David auch die Rasse. Es war ein Do Khyi, eine tibetanische Dogge mit durchschnittlich sechzig Kilo Gewicht.

Der Do Khyi ist nur dann gefährlich, wenn sein Herr angegriffen wird und er seine eigene Überlegenheit spürt, wusste David. Deshalb sah er auch in Trunkpa einen potenziellen Feind. Wahrscheinlich war sein Herr einer der toten Mönche gewesen, den der Hund auch noch nach dessen Tod verteidigen wollte, denn tibetanische Doggen konnten sehr auf einen Menschen bezogen sein. Doch jetzt war keine Zeit für lange Überlegungen, warum der Do Khyi sie angriff, jetzt musste David handeln. Er war vielleicht zwanzig Meter von dem hölzernen Turm entfernt, das war zu schaffen. Der Do Khyi hatte bei einem Tschörten ein Stück oberhalb des Klosters gewacht und galoppierte gerade den steilen Hang herunter. Als Hundeflüsterer auf Mallorca hatte David einmal einen Do Khyi trainiert. Er wusste deshalb, dass man diese sehr selbstbewussten Hunde nur mit einem dominanten Auftreten einschüchtern und kontrollieren konnte.

»Rühre dich nicht von der Stelle, Trunkpa!«, rief David seinem Freund zu und rannte zu dem hölzernen Turm. Der Do Khyi hatte Trunkpa beinahe erreicht, doch David gelang es im letzten Moment, sich vor den Mönch zu stellen.

»Stopp!«, sagte er laut und streckte seine flache Hand dem Hund entgegen. Der Do Khyi stutzte, verringerte sein Tempo, blieb aber nicht stehen.

»Geh ein Stück hinter mir in Deckung!«, befahl David seinem Freund. Er selbst stellte sich breitbeinig neben den hölzernen Turm und erwartete den Angriff des Hundes. Der Do Khyi sprang auf David zu, doch dieser trat geschickt zur Seite. Der Hund konnte aufgrund seines Gewichts den Sprung nicht mehr korrigieren und landete auf dem Boden. Jetzt war David hinter dem Tier und packte es an seinem dichten Nackenfell. Unter Aufbietung all seiner Kräfte drückte er den Do Khyi weiter auf den Boden. Der Hund jaulte und fletschte die Zähne, doch David ließ das struppige Fell nicht los, sondern fixierte das Tier mit einem gekonnten Griff auf der Erde. Dabei blieb er völlig ruhig, damit der Hund seine Überlegenheit spürte. Immer wieder versuchte der Do Khyi, David abzuschütteln, der wie ein Ringer über ihm hockte und seine Hände in dem dichten Fell vergrub.

Plötzlich ließ der Widerstand des Hundes nach und er begann, kläglich zu winseln. David atmete insgeheim auf, denn das Winseln bedeutete, dass der Do Khyi ihn als den Stärkeren akzeptierte. Vorsichtig löste er seine Hände von dem Nacken des Hundes und richtete sich langsam auf. Ruhig ging er um das regungslos auf dem Boden liegende Tier herum und fixierte es mit seinem Blick. Der Do Khyi presste seine Schnauze fest auf den Boden und wagte nicht, die Augen zu schließen oder den Kopf zur Seite zu drehen. Dieses Machtspiel mit den Augen dauerte nur wenige Minuten, aber für David war es eine gefühlte Ewigkeit, denn auch er durfte weder blinzeln noch den Blick abwenden.

»Trunkpa, los, komm her!«, forderte er leise seinen Freund auf, ohne den Augenkontakt zu dem Hund zu unterbrechen. »Du stellst dich jetzt neben mich und starrst auf den Hund. Er wird dann auch dich als Stärkeren akzeptieren. Woher kennst du ihn eigentlich?«

»Lhasa gehört einem meiner Brüder. Er hat den Hund in den Bergen gefunden und bei sich aufgenommen«, antwortete Trunkpa, als er sich von seinem Schrecken erholt hatte. »Ich habe keine Ahnung, warum er auf mich losgegangen ist.«

»Lhasa verteidigt eben seinen Herrn. Er beschützt ihn bis in den Tod und darüber hinaus. Aber jetzt habe ich ihm meinen Willen aufgezwungen. Das hat Lhasa akzeptiert. Jetzt gewöhnt er sich auch an dich«, sagte David und gab dem Do Khyi ein Zeichen. Gehorsam erhob sich der Hund und trabte zögernd auf David zu. Er war noch immer ein wenig misstrauisch. Erst jetzt bemerkte David die Fleischwunde an seiner Flanke.

»Man hat auf Lhasa geschossen und ihn verletzt. Kein Wunder, dass er alle Menschen als seine Feinde ansieht«, sagte David zu Trunkpa, während er den Hund an seinem Handrücken schnüffeln ließ. Dann trottete der Do Khyi zu dem hölzernen Turm, wo noch immer die vier Mönche an dem Balken hingen. Lhasa setzte sich direkt vor den Galgen und hob seinen mächtigen Kopf zu einem lang gezogenen Jaulen, das die Berghänge emporschwebte und als klagendes Echo von den Felswänden zurückgeworfen wurde.

»Wir müssen die Toten würdig bestatten«, entschied Trunkpa, der mit seiner Gebetsmühle den Holzturm umrundet hatte und jetzt wieder neben Lhasa stand.

»Wo sind die Chinesen jetzt?«, fragte David, als er sich in dem eingestürzten Kloster umgesehen hatte und mit einer provisorischen Leiter zurückkam.

»Wahrscheinlich hat sie das schlechte Wetter der letzten Tage vertrieben«, murmelte Trunkpa und ließ die Gebetsmühle kreisen.

»Und deine Brüder?«, fragte David weiter. »Glaubst du, dass sie noch am Leben sind?«

»Ja, denn ich spüre ihre Schwingungen bis hierher.« Trunkpa lehnte die Leiter an die Wand und stieg mit einem Messer zwischen den Zähnen nach oben. Vorsichtig holte er einen Leichnam herunter und ließ ihn in Davids Arme gleiten, der ihn sanft auf den Boden legte. Nachdem Trunkpa alle vier Mönche vom Galgen geschnitten hatte, gab er David ein Zeichen, und gemeinsam trugen sie die Leichname zu einer flachen Stelle neben dem Kloster, wo auch schon früher Verbrennungen stattgefunden hatten.

»David, du musst mir helfen. Wir müssen heute Abend die Toten verbrennen. Hole so viel Holz, wie du finden kannst.« Trunkpa wies auf die steinigen Hügel, die mit kargem Gestrüpp und einigen schief stehenden Bäumen bewachsen waren.

Als sich die Dämmerung über die Berge legte, hatte David genügend Holz gesammelt, um die toten Mönche würdig zu bestatten. Er schichtete das Holz zu einem niedrigen Scheiterhaufen auf und gemeinsam mit Trunkpa legten sie dann die Leichen darauf.

»Sollen wir nicht auch die abgeschnittenen Nasen und Ohren verbrennen?«, fragte David, doch Trunkpa schüttelte abwehrend den Kopf.

»Sie sollen als Mahnung an der Wand des Turms hängen bleiben. Wir sollen immer daran erinnert werden, dass auf Glück sehr schnell ein Unglück folgen kann.«

Trunkpa entzündete das Feuer und begann mit klagender Stimme den ewigen Kreislauf des Lebens und der Natur zu besingen.

Plötzlich hörten sie einen lauten Ruf. Es war Tibetisch, deshalb verstand David auch nicht, was gerufen wurde. Aber das Gesicht von Trunkpa hellte sich auf und machte einem freudigen Lächeln Platz.

»Die Brüder kehren zurück«, sagte er zufrieden und fuhr mit seinem Singsang fort. Tatsächlich schälten sich nach und nach die alten Mönche und die Novizen aus der Dunkelheit und scharten sich ehrerbietig um den Scheiterhaufen. Mit gefalteten Händen verbeugten sie sich vor den Leichnamen, an denen bereits die Flammen leckten, und stimmten in den Gesang von Trunkpa ein.

In einer Prozession umrundeten die Mönche die brennenden Scheiterhaufen und murmelten dabei Sätze aus dem Bardo Thödröl, dem Tibetischen Totenbuch. Als das Feuer langsam niederbrannte, zog Trunkpa seinen Umhang aus und wirbelte damit den Rauch in alle Richtungen.

»Jetzt sind sie eins mit dem Universum und erreichen die nächste Stufe im ewigen Kreislauf«, erklärte Trunkpa David, ehe sich beide in der Klosterruine zum Schlafen niederlegten. Zuvor hatte Trunkpa mit den Mönchen gesprochen und erfahren, dass die Chinesen bereits abgezogen waren, da die Route für den Drogenhandel in dieser Region durch das Erdbeben für längere Zeit unpassierbar war.

Als sich beide in ihre Schlafsäcke hüllten, kam Lhasa und legte sich zwischen David und Trunkpa.

»Der Hund akzeptiert das Kloster als sein neues Zuhause«, sagte David. »Er wird euch in Zukunft beschützen.«

Trunkpa schlüpfte aus seinem Schlafsack und hockte sich direkt vor Lhasa. Leise redete er mit dem Tier. Auf David machte es den Eindruck, als würde der Hund jedes Wort verstehen. Dann öffnete Trunkpa seinen Schlafsack und legte sich mit Lhasa hinein. Als David diese Szene sah, musste er lächeln. Trunkpa teilte sein Lager mit dem Hund und dieser würde bis zu seinem Tod bei ihm bleiben.

Am nächsten Morgen kroch Trunkpa aus dem Schlafsack und auch Lhasa streckte sich in der kalten Bergluft. Während Trunkpa sich bei einer Quelle wusch, setzte sich der Do Khyi auf einen kleinen Hügel und beobachtete die Gegend, um seinen neuen Herrn zu beschützen.

Die nächsten zwei Tage errichteten David und die Mönche ein notdürftiges Dach über den Mauern des Tempels. Der Do Khyi drehte wachsam seine Runden bis zu den Tschörten, die als natürliche Grenze des Klosters dienten.

»Wirst du dem Hund einen neuen Namen geben?«, fragte David Trunkpa, als er sich eines Morgens bereit machte, um den Marsch nach Kathmandu anzutreten, wo er Medikamente besorgen und seine E-Mails abrufen wollte.

»Nein. Ich werde ihn weiter Lhasa nennen«, antwortete Trunkpa. »Lhasa, die Hauptstadt von Tibet, in die wir vielleicht eines Tages mit dem Dalai-Lama zurückkehren werden. Man darf die Hoffnung nie aufgeben.«

»Da hast du recht. Ich bin in ein paar Tagen wieder zurück«, sagte David und umarmte seinen Freund zum Abschied.

»Ich denke nicht, dass du so schnell zurückkommst. Das Leben ist ein ewiger Kreislauf«, erwiderte Trunkpa kryptisch. »In der Stadt wird dich deine Vergangenheit einholen.«

»Wieso glaubst du das?«, fragte David.

»Ich glaube es nicht. Ich weiß es«, antwortete Trunkpa bestimmt.

»Und welche Vergangenheit meinst du?« David runzelte die Stirn. »Ist es Leyla?«

»Es ist jemand aus einer Zeit, die weit zurückliegt. Mehr kann ich dazu nicht sagen. Aber du wirst es herausfinden.«

Trunkpa begleitete David noch ein Stück den gewundenen Pfad hinunter, ehe er ihn freundschaftlich umarmte. Als David nach einigen Metern zurückschaute, sah er Trunkpa und Lhasa, die den steilen Weg wieder nach oben kletterten. Bei einer Kehre drehte sich Trunkpa um und winkte David zu, Lhasa saß neben ihm und bellte laut.

Bereits am nächsten Tag traf David in Kathmandu ein. Er hatte in einem tiefer gelegenen Ort die Besatzung eines NGO-Hubschraubers getroffen, deren Flugkapitän durch einen Höhenkoller außer Gefecht gesetzt worden war. David bot ihnen an, den Hubschrauber nach Kathmandu zu fliegen, was die Besatzung sofort akzeptierte.

Als er am wackeligen Tresen des Hotel Eden stand, begann plötzlich sein Handy zu summen. Überrascht griff David danach, denn in den letzten Tagen in den Bergen hatte er keinen Empfang gehabt und das auch nicht vermisst. Jemand hatte ihm auf die Mailbox gesprochen.

Trunkpa hatte recht gehabt, dachte David, als er die Nummer und den Namen auf dem Display las. Es war jemand aus seiner Vergangenheit.

»Nur dir kann ich vertrauen. Wenn du das hier hörst, dann bin ich vielleicht schon tot. Sieben Hornissen werden am 7. Juli um 11 Uhr zuschlagen. Den Ort habe ich leider nicht erfahren. Finde diesen Ort, das bist du unserer Freundschaft von früher schuldig. Aber sei vorsichtig und traue niemandem. Alles beginnt in Genf in der Chocolaterie Maurice in der Rue de Rive.« Dann kam eine Pause, ehe der Anrufer weiterredete. »Merke dir: Die Liebe ist ein kalter Ort.«

6

Ibiza

Weisses Chalet an der Westküste

Von dem weißen Haus am Meer hatte sie immer geträumt. Als kleines Mädchen war sie auf der Suche nach Essen über Müllberge geklettert. Von der Spitze dieser Hügel aus Dreck und Abfall sah sie das Meer und die weißen Villen an der Küste. Das war in dem Palästinenserlager im Libanon gewesen, wo sie als pakistanisches Flüchtlingskind bei ihrer alten Großmutter lebte. Damals begann sie von dem weißen Haus zu träumen, in dem sie eines Tages wohnen würde. Als junges Mädchen kam sie unter die Fittiche der Hamas, die sie zur Killerin ausbildeten. Für jeden Auftrag bekam sie viel Geld, doch es gab keine schönen Momente mehr in ihrem Leben, nur noch Blut und Tod. Verzweifelt klammerte sie sich an ihren Traum, den sie mit Blutgeld finanzieren wollte. Als sie im Begriff war, in dieser schwarzen Hölle unterzugehen, trat die Liebe in ihr Leben, und alles veränderte sich. Ausgerechnet in ihren Feind verliebte sie sich. Für David Stein änderte sie ihr Leben und glaubte an eine gemeinsame Zukunft, doch dann kam alles anders …

Jetzt lebte sie allein in einem weißen Haus auf Ibiza und hörte täglich das Meer rauschen. Genauso hatte sie es sich vorgestellt.

Am Morgen saß sie auf ihrer Terrasse und war bemüht, das Spiel der über das Wasser gleitenden Sonnenstrahlen zu beobachten und sich daran zu erfreuen. Aber ihre Gedanken wanderten immer weiter zurück. Oft lag sie in dem weiß getünchten Wohnzimmer und starrte auf die Bilder an den Wänden, die ihr der Innendesigner eingeredet hatte. Immer wieder streifte ihr Blick den schwarzen Rollstuhl, der wie ein Fremdkörper in dieser unschuldig weißen Welt wirkte. Wie sie dieses Ding hasste. Früher war sie oft stundenlang mit ihrem Mountainbike durch die Berge geradelt, hatte sich bis zur Erschöpfung verausgabt und ihre Muskeln trainiert. Jetzt stand ihr schwarzes Mountainbike in der Garage und rostete einsam vor sich hin. An schlimmen Tagen zweifelte sie daran, dass sie jemals wieder fahren würde. Und schlimme Tage hatte sie viele.

Die Nachmittage verbrachte sie in ihrem Fitnessstudio, dessen Glaswand den Blick hinaus in die karge Landschaft freigab. Ein einziger Kaktus stand auf dem sandigen Platz in der flirrenden Hitze. Dieser Kaktus erinnerte sie an sich. Niemals aufgeben, auch wenn man allein auf der Welt ist. Der Kaktus war ihre Motivation, wenn sie in das Studio rollte. Dann trainierte sie verbissen, um ihre verkümmerten Muskeln wieder zu härten. Um endlich wieder auf eigenen Beinen zu stehen. Wenn sie am späten Nachmittag durch den Patio auf die Terrasse rollte, hörte sie nur das Zirpen der Grillen, ansonsten herrschte eine geisterhafte Stille. Mit einem Drink in der Hand versenkte sie sich in den Sonnenuntergang, versuchte, das unbeschreibliche Licht in ihrem Kopf zu speichern und nicht an die Vergangenheit zu denken, nicht diese Bilder zu sehen, auf denen sie in einer Blutlache auf dem Boden des Gasometers in Berlin lag und nur die Stimme ihres Geliebten sie am Leben erhielt.

Leyla Khan hatte zwar das Attentat überlebt, aber trotzdem war sie nicht glücklich. Ihr ungeborenes Kind war tot, weil sie leichtsinnig gewesen war. Sie hätte niemals als Leibwächterin für die russische Journalistin arbeiten dürfen. Es war alles ihre Schuld. Sie hatte nicht nur ihr Kind verloren, sondern auch ihr gemeinsames Glück mit David Stein zerstört. Jedes Mal, wenn sie ihm ins Gesicht blickte, glaubte sie, den stummen Vorwurf in seinen Augen zu sehen. Leyla erinnerte sich.

Sie stand mit David in der Lobby eines Berliner Hotels und wartete auf ein Taxi.

»Ich habe ein ungutes Gefühl, wenn du für Natalia die Leibwächterin spielst«, sagte David plötzlich.

»Warum?«, fragte sie überrascht.

»Weil du unser Kind erwartest. Du musst jetzt auf dich aufpassen.«

»Aber ich habe es Natalia versprochen. Ich bewundere den Mut von ihr. Sie ist eine junge Journalistin, die nie aufgibt.«

»Das mag schon stimmen. Aber überlege es dir bitte noch einmal«, warf David ein.

»Das brauche ich nicht. Ich habe bereits eine Entscheidung getroffen«, antwortete sie, und das Verhängnis nahm seinen Lauf.

Jetzt saß sie allein in dem weißen Haus, das sie sich so sehr gewünscht hatte. Und es gab noch einen anderen Grund, weshalb sie sich hierher zurückgezogen hatte: Sie wollte David nicht zur Last fallen. Wollte nicht als Behinderte von ihm abhängig sein. Deshalb hatte sie weltweit Spezialisten kontaktiert, die ihr helfen sollten, wieder auf eigenen Beinen zu stehen. Die Schüsse hatten zwar ihre Wirbelsäule getroffen, jedoch nicht die Nervenstränge durchtrennt. Deshalb bestand eine Chance, dass sie wieder würde gehen können. Und mit unbeugsamer Kraft hatte sie es geschafft. Es war ihr gelungen, den verhassten Rollstuhl zumindest stundenweise hinter sich zu lassen. Wenn sie daran dachte, wie sie eines Tages David anrufen würde, um sich mit ihm zu treffen, dann traten ihr die Tränen in die Augen. Sie würde ihm zeigen, dass sie es mit ihrem eisernen Willen geschafft hatte. Dann würde sie für immer aus seinem Leben verschwinden, denn sie brachte ihm kein Glück.

»Heute beginnen wir mit dem Lauftraining«, sagte Erik, ihr Physiotherapeut, der jeden Tag mehrere Stunden Übungen mit ihr machte. Sie konnte zwar bereits ohne Krücken gehen, aber zu laufen hatte sie noch nie probiert.

»Ich glaube nicht, dass ich dazu in der Lage bin«, seufzte Leyla und band ihre Laufschuhe zu.

»Aber wir müssen damit starten. Dann kann ich die Physiotherapie darauf abstimmen«, erklärte Erik. »Es zeigen sich schon tolle Fortschritte. Deine Rückenmuskulatur ist bereits wieder gestärkt. Ich denke, heute können wir es versuchen.«

Leyla stand auf und streckte den Rücken durch. Sie verspürte nur ein leichtes Stechen, mehr nicht.

»Okay, versuchen wir es. Aber wenn ich umkippe, musst du mich zurücktragen.«

»Mit Vergnügen.« Erik lachte. »Aber ich bin davon überzeugt, dass du es schaffst. Du hast einen starken Willen.«

Beim Hinausgehen warf sie einen schnellen Blick in den großen Spiegel im Eingangsbereich. Sie war nicht mehr so dünn wie noch vor zwei Monaten. Die Muskeln an ihren Armen und Beinen waren bereits wieder ausgeprägt und die dicke Zornader, die ihre Stirn senkrecht zu zerteilen schien, war verschwunden. Ihre langen schwarzen Haare hatte sie zu zwei Zöpfen geflochten, auf ihrer ausgeprägten Nase trug sie eine runde Sonnenbrille. Sie sah gut aus und war fast wieder die alte Leyla, machte sie sich selbst Mut. Dann trat sie hinaus in das grelle Sonnenlicht und rannte los.

Die ersten Meter waren eine Qual. Der Schmerz, der in ihren Rücken strahlte, war beinahe unerträglich.

»Wie fühlst du dich?«, fragte Erik, der neben ihr lief.

»Mir geht es gut«, log sie und biss die Zähne zusammen.

Ich schaffe, was ich will! Sie bemühte sich, Tempo zu machen. Doch ihre Füße wollten nicht gehorchen und am liebsten hätte sie vor Wut laut aufgeschrien. Immer, wenn sie die Geschwindigkeit erhöhen wollte, versagten ihre Beine.

»Bleib stehen!«, rief Erik plötzlich. »Setz dich hin. Deine Beinmuskeln verkrampfen sich.«

Gehorsam setzte sich Leyla auf den Boden.

»Du hast ein Problem mit deinen Beinen, wenn du beschleunigst«, sagte er und massierte ihre Unterschenkel. »Das kommt daher, weil du die Gelenke hier noch nicht belastet hast. Ich massiere jetzt die Muskeln, dann funktioniert die Durchblutung. Probiere es noch einmal.«

Sie liefen langsam an der Küste entlang und auf ein Zeichen von Erik machte Leyla wieder Tempo. Doch diesmal verkrampften sich ihre Beine nicht und der Schmerz verebbte. Leicht wie eine Feder flog sie förmlich über den Boden. Es war ein unbeschreibliches Gefühl, plötzlich wieder im Vollbesitz ihrer Kräfte zu sein. Auf einer Felsenklippe blieb sie stehen und sah auf das Meer hinaus.

»Ich habe es geschafft«, schrie sie, und das Rauschen der Wellen untermalte dieses überwältigende Erfolgserlebnis. »Ich kann wieder laufen!«

»Da siehst du, was man mit Willen alles erreichen kann«, kam es von Erik, der neben ihr stand.

Als sie dreißig Minuten später wieder in das weiße Haus zurückkehrten, raste das Adrenalin noch immer durch ihre Venen. Am liebsten hätte sie sich sofort auf ihr Mountainbike geschwungen und die Insel umrundet. Aber sie durfte nicht übertreiben. Jetzt konnte sie wieder eine kurze Strecke laufen. Bald würden es längere Distanzen sein. Und dann konnte sie das Radfahren versuchen. Sie hatte wieder zu leben begonnen.

Die düsteren Gedanken und Selbstvorwürfe, die ihre Existenz in den letzten Monaten verdunkelt hatten, schoben sich immer weiter nach hinten, wurden von der Sonne des Lebens überstrahlt. Mit einem Mal sah sie wieder eine Zukunft vor sich. Eine Zukunft mit dem Mann, den sie noch immer liebte.

»Manchmal muss man den Geliebten verlassen, nur um wieder in seine Arme zurückzukehren.«

7

Genf

Psychiatrisches Sanatorium »Bellevue«

Olivier Marais saß hinter seinem eleganten Schreibtisch und studierte die Bilder der Überwachungskameras auf seinem Monitor. Vor dem Tor hielt gerade der sanatoriumseigene schwarze SUV mit den getönten Scheiben. Mit diesem Wagen wurden seine Patienten unauffällig vom Aéroport International de Genève abgeholt. Jetzt fuhr der SUV die gewundene Auffahrt bis zu dem gekiesten Vorplatz hinauf. Ein Mann, der die Kapuze seines Hoodies tief ins Gesicht gezogen hatte, stieg aus und lief schnell die Treppe nach oben. Die nächste Kamera zeigte den Mann mit gesenktem Kopf am Empfangstresen stehend. Eine Krankenschwester mit Modelmaßen ging lächelnd auf ihn zu.

Marais seufzte, strich das Revers seines schwarzen Sakkos glatt und fuhr sich durch seine mittellangen blonden Haare. Dann blickte er gebannt auf die Flügeltüren, die in sein Büro führten. Nur wenige Augenblicke später wurden die Türen aufgerissen und der Mann trat ein.

»Ich musste am Flughafen auf den Wagen warten«, beschwerte sich der Mann. »Da kann ich von einer Überwachungskamera erfasst worden sein.«

»Es gab einen Unfall auf der Zufahrtsstraße zum Flughafen. Sorry, Tahid«, sagte Marais und faltete die Hände auf der Schreibtischplatte.

»Aisha schickt dir Grüße«, erwiderte Tahid und ging ungeniert in dem Büro umher. Er nahm eine Bronzestatue von Henry Moore in die Hand und stellte sie dann achselzuckend zurück.

»Setz dich bitte«, forderte ihn Marais auf, dem dieses machohafte Verhalten von Aishas Handlanger manchmal auf die Nerven ging.

»Wie weit ist Aisha mit den Vorbereitungen?«, fragte Marais, als Tahid endlich Platz genommen hatte.

»Sie hat alles für den 7. Juli organisiert und macht sich reisefertig«, antwortete Tahid.

»Ich habe die sieben Malinois für den Einsatz trainiert. Sie sind unglaublich klug und lernbegierig. Es wird alles perfekt funktionieren und wir werden damit in die Geschichte eingehen«, sagte Marais.

»Ja, das wird ein großer Tag für unsere Bewegung. Wann können wir endlich mit meiner Behandlung beginnen?«, fragte Tahid ungeduldig.

»Du musst zuvor noch einen Auftrag ausführen«, entgegnete Marais und drehte seinen Laptop mit dem Bildschirm zu Tahid. »Siehst du den Mann in unserem Labor?«, fragte er und blickte Tahid lange an.

»Ich kenne ihn«, antwortete Tahid.

»Dann weißt du auch, was du zu tun hast.«

»Ich habe verstanden.« Tahid lehnte sich wieder zurück. »Wir sind bei dem Zeitplan für meine Behandlung stehen geblieben«, sagte er dann.

»Wir nehmen dir noch heute Blut ab. Dann brauchen wir einen Tag, um es mit diversen Stoffen anzureichern. Vierundzwanzig Stunden später wird es dir wieder injiziert.

Meine Eigenbluttherapie ist im Augenblick das beste Doping auf dem Markt«, informierte ihn Marais.

»Das heißt, ich bin drei Tage in deinem Sanatorium?« Tahid runzelte die Stirn. »Das ist verdammt lange. Ich muss mich vorbereiten, denn wenn Aisha kommt, müssen wir sofort aufbrechen.«

»Beruhige dich, Tahid. Nach diesen drei Tagen wirst du dich durch meine spezielle Bluttherapie wie ein neuer Mensch fühlen. Das angereicherte Blut verleiht dir ungeahnte Kräfte, deine Ausdauer wird gesteigert und du fühlst dich jeder Situation gewachsen. Dein Denken wird kristallklar, dein Mut unerschütterlich. Du wirst keinen Augenblick zögern, deine Ziele zu verwirklichen und unsere Mission zu erfüllen.«

»Nun gut, wenn du das sagst, Olivier. Ich vertraue dir, aber wehe, du enttäuschst mich.« Tahid presste die Lippen zusammen und beugte sich vor. Seine dunklen Augen, mit denen er Marais wütend anstarrte, erinnerten diesen an den Teufel persönlich.

»Spar dir deinen heiligen Zorn lieber für den 7. Juli auf. Da wirst du ihn brauchen.« Marais schob seinen Stuhl zurück und erhob sich. Er hatte genug Zeit mit Tahid vergeudet. Andererseits musste er Tahid dankbar sein, denn dieser hatte Aisha zu ihm gebracht. Damals war Aisha zwar eine andere gewesen, doch Marais hatte sofort ihr Potenzial erkannt. Mit seiner manikürten Hand drückte Marais einen Knopf seiner Telefonanlage.

»Schwester Mariella wird sich weiter um dich kümmern«, sagte er zu Tahid. »Ich muss noch einiges vorbereiten.«

Als Tahid den Raum verlassen hatte, ging Marais zu dem großen Panoramafenster, von dem aus man einen herrlichen Blick auf den Genfer See hatte. Aber er interessierte sich nicht für die Postkartenidylle, sondern dachte an Ghardaia, die Berberstadt der Mozabiten, wo er zum ersten Mal Aisha getroffen hatte. Damals war sie noch ein Mädchen gewesen, hatte aber bereits getötet. Tahid wollte sie zu den Schlangen in die verlassene Oase bringen, wo sie elend gestorben wäre, aber er hatte Aisha gerettet. Mit den Jahren war aus ihrer Freundschaft eine Liebesbeziehung geworden und Olivier hatte sie zu seiner Kämpferin ausgebildet.

Olivier Marais hatte den anarchischen Traum vom freien Individuum. In Tripolis hatte er Rebellen mit künstlichem Blut gedopt, aber das war nur eine Zwischenstation gewesen. Später hatte er hier in Genf mit Eigenblutmischungen experimentiert und den Durchbruch erzielt. Es war ein Pakt mit dem Teufel. Er hatte das Doping verfeinert und konnte das Blut seiner Patienten mit künstlichen Substanzen anreichern. Dadurch verstärkte sich nicht nur ihre Energie, sondern auch ihr Wesen veränderte sich. Die natürlichen Hemmungen fielen weg und man war in der Lage, sein Ziel mit brutaler Direktheit zu erreichen. Der Killerinstinkt wurde gefestigt. Zu seinen Patienten zählten Politiker, Banker und Konzernmanager, die alle auf sein Doping angewiesen waren. Aber Marais hatte noch größere Pläne. Gemeinsam mit Aisha wollte er die Welt beherrschen, die alten Systeme durch gezielte Anschläge destabilisieren und auf den Trümmern eine schöne neue Welt errichten, die seiner Vision entsprach. Das war Marais' Plan. Seine Theorien waren bei Aisha auf fruchtbaren Boden gefallen.

Bald würden sie mit grausamem Terror ihre blutigen Spuren in ganz Europa hinterlassen.

8

Berlin

Der Mann, der das Zollgebäude des Flughafens Berlin-Tegel betrat, sah mitgenommen aus. Er trug eine abgewetzte Lederjacke und ein verschlissener Rucksack hing über seiner Schulter. Ein dichter Vollbart bedeckte die untere Hälfte seines Gesichts und er hatte mit dem gut aussehenden Mann auf dem Passfoto nur noch wenig gemeinsam. Deshalb winkten ihn die Zollbeamten auch in eine separate Kabine.

Nachdem die Zollfahnder seinen Rucksack penibel durchsucht hatten, durfte David Stein endlich den Flughafen verlassen. Der fünfzehnstündige Flug von Kathmandu war ziemlich anstrengend gewesen und David freute sich schon auf ein Hotelbett. Als er nach draußen trat und einem Taxi winkte, schlug eine Geräuschwelle aus Motorenlärm, Schreien, Hupen und Gerede über ihm zusammen und ließ ihn tief durchatmen. Nach der alles umfassenden Stille in den nepalesischen Bergen war Berlin das absolute Kontrastprogramm.

Im Taxi, das ihn in die Stadt brachte, wählte er zum wiederholten Mal die Nummer von Pieter Ahrens. Aber wie zuvor erhielt er nur die Auskunft, dass dessen Handy nicht eingeschaltet sei. Als er die Verbindung trennte, sah er einen eingehenden Anruf.

»Stein, ich nehme an, Sie sind bereits in Berlin«, hörte David die emotionslose Stimme von Robyn, der Strategin und IT-Spezialistin der »Abteilung«. Sie war eine Art Wunderkind, das bereits mit sechzehn Jahren am MIT studiert hatte und jetzt mit Mitte zwanzig mehrere Doktortitel besaß. Leider war bei ihr die emotionale Seite wenig ausgeprägt, weshalb sie für Außenstehende leicht verhaltensgestört wirkte.

»Woher wissen Sie das?«, fragte David überrascht. Doch dann fiel ihm ein, dass Robyn über eine Fülle von technischen Hilfsmitteln verfügte, mit denen sie jede gewünschte Person überall auf dem Globus aufspüren konnte.

»Sie haben von Kathmandu aus versucht, mich zu kontaktieren«, erklärte Robyn. »Wir haben Ihre Nachricht erst jetzt auf unserem Security-Server entdeckt. Weshalb sind Sie nach Berlin gekommen?«

»Mich hat ein merkwürdiger Anruf eines Freundes auf meiner Mailbox erreicht. Ich kann ihn nicht erreichen und dazu befragen«, sagte David. »Darüber würde ich gerne mit Ihnen und Müller sprechen.«

»Das geht nicht. Wir haben eine neue Chefin«, antwortete Robyn. »Ihr Name ist Helen Stratford. Ich brauche allerdings vorab ein paar Informationen, worum es geht. Warten Sie, ich lege unser Gespräch auf eine sichere Leitung.«

»Darüber möchte ich am Telefon aber keine Auskunft geben«, entgegnete David. »Nur so viel: Es hat mit sieben Hornissen zu tun.«

Für einen Augenblick herrschte Stille in der Leitung, doch dann meldete sich eine fremde Frauenstimme.

»Hier spricht Helen Stratford. Wann können Sie hier sein, David Stein?«

»Ich denke, in einer Stunde.«

»In dreißig Minuten wäre besser. Ich bin im Moment sehr beschäftigt.«

Noch ehe David antworten konnte, hörte er erneut Robyn.

»Wir treffen uns in dem sicheren Haus in der Kantstraße. Das kennen Sie doch noch?«, fragte Robyn ihn.

»Natürlich.«

»Gut. Bis gleich«, sagte Robyn völlig emotionslos. Dann machte sie eine kurze Pause. »Wie geht es eigentlich Leyla?« Sie druckste herum und David merkte, dass Robyn persönliche Fragen noch immer sehr schwerfielen.

»Ich weiß es nicht, ehrlich gesagt«, antwortete David und spürte sofort wieder einen Kloß in seinem Hals. »Sie hat mich verlassen, das wissen Sie doch sicher.«

»Richtig. Und Leyla hat sich ein Haus auf Ibiza gekauft.«

»Das wusste ich nicht. Davon hat sie immer geträumt. Sie sind gut informiert, Robyn.«

»Stein, Sie sollten wieder Kontakt zu ihr aufnehmen.«

»Aber Leyla ist von einem Tag auf den anderen aus meinem Leben verschwunden. Es war ihre Entscheidung«, sagte David. Er erinnerte sich an einen nebeligen Morgen auf Mallorca, als ein schwarzer Minibus vor seiner Finca parkte und zwei Männer den Rollstuhl mit Leyla in den Fahrgastraum hievten. An diesem grauen Tag wirkte die Szenerie so unwirklich, dass David dachte, es wäre ein Traum. Aber es war die Wirklichkeit.

»Leyla, was soll das? Wo willst du hin?«, hatte er gerufen.

»Lies den Brief auf deinem Schreibtisch.« Mehr hatte sie nicht gesagt. Es gab keinen Abschiedskuss, nicht einmal ein richtiges Lebewohl. Das letzte Bild, das er von Leyla in seinem Gedächtnis gespeichert hatte, war ihr großer schwarzer Rucksack auf ihrem Schoß und eine verirrte Träne, die ungewollt über ihre Wange lief. Dann wurde die Seitentür des Wagens zugeschoben, der Minibus verschwand mit Leyla und mit ihr die Liebe aus seinem Leben.

Der Brief, von dem sie gesprochen hatte, lag noch immer ungeöffnet auf dem Tisch in seiner Finca. Er hatte bisher nicht den Mut gehabt, ihn zu lesen.

»Logisch betrachtet finden Sie keine Frau mehr wie sie«, blieb Robyn hartnäckig. »Die Statistik zeigt, dass die Wahrscheinlichkeit, dass Menschen mit einer ähnlichen Biografie zusammenfinden, eins zu zehn Millionen ist. Sie haben einen Treffer gelandet.«

»Leyla und ich sind aber kein Statistikprodukt gewesen«, widersprach David. »Bei uns war es Liebe.«

»Liebe ist nur ein emotionales Gefühl, das durch einen chemischen Prozess im Gehirn verursacht wird.«

»Das sagen Sie, weil Sie dieses Gefühl nicht kennen«, antwortete David spontan.

»Ich verlasse mich ausschließlich auf die Fakten und kann deswegen im Leben auch nie verletzt werden«, meinte Robyn kühl, doch David spürte, dass er sie gekränkt hatte.

Deshalb schwächte er dann auch gleich seine Aussage ab. »Tut mir leid. Ich habe das nicht so gemeint.«

»Schon gut, Stein. Sie sind eben ein sensibler Mensch.« Dann beendete Robyn das Gespräch – wie immer, ohne sich zu verabschieden.

Nachdem David seinen Rucksack in einer Pension am Prenzlauer Berg deponiert hatte, hielt sein Taxi vor einem grauen schmucklosen Gebäude in der Kantstraße. David drückte auf den Türöffner und betrat ein düsteres Foyer, in dem Zeitschriften und Prospekte auf dem Boden lagen. An den Wänden hingen diverse Briefkästen und nichts deutete darauf hin, wer oder was hier seinen Sitz hatte. Über eine ausgetretene Treppe gelangte er in den zweiten Stock, wo sich hinter einer unauffälligen Tür die operative Zentrale der »Abteilung« befand. Nachdem er beim Eingang gescannt worden war, ging er einen dunklen Korridor entlang und kam zu einem großen Raum mit Stuckdecke, der als Besprechungszimmer diente. Robyn hatte sich seit ihrem letzten Zusammentreffen kein bisschen verändert. Noch immer hatte sie ihre blonden Haare an den Seiten hochrasiert und trug unterschiedliche Sneaker. Auch ihre Haltung war die gleiche. Mit verknoteten Beinen hockte sie auf ihrem Stuhl und balancierte ein Tablet auf den Oberschenkeln. Marius Müller lehnte mit verschränkten Armen an der Wand und nickte David kurz zu. Wie immer war Müller schwarz gekleidet und trug eine Hornbrille.

Am Ende des Besprechungstisches saß eine gut aussehende Frau mit kurzen blonden Haaren, die ein dunkelblaues Businesskostüm trug.

»Sie sind also David Stein.« Helen Stratford stand auf und kam auf David zu. Ungeniert musterte sie ihn von oben bis unten. »Ich habe schon viel von Ihnen gehört. Sie arbeiten mit unorthodoxen Methoden, dafür liebt oder hasst man Sie hier beim BND.«

»Wie sieht das bei Ihnen aus?«, fragte David. »Liebt oder hasst man Sie?«

Helen wechselte abrupt das Thema und kam zur Sache. »Ich könnte jetzt sagen, man bewundert mich, aber ich glaube, man hat Angst vor mir. Robyn hat mir von einem merkwürdigen Anruf erzählt, den Sie erhalten haben.«

»Das stimmt. Mein alter Freund Pieter Ahrens hat mir auf die Mailbox gesprochen. Leider kann ich ihn schon seit Tagen nicht erreichen. Sein Handy ist abgeschaltet.«

»Pieter Ahrens ist auf einer Fähre verschwunden.«

»Woher wissen Sie das?«

»Ich bitte Sie, wir sind vom Geheimdienst und Pieter war seit einiger Zeit ein Agent von uns.« Helen schüttelte amüsiert den Kopf, wurde dann aber sofort wieder ernst.

»Was ist passiert?«, fragte David interessiert.

Helen informierte David über die näheren Umstände und Robyn schickte dazu Dossiers und Bilder auf einen großen Monitor, der an der Wand hing.

»Woher kennen Sie eigentlich Pieter Ahrens?«, fragte Helen am Ende des Briefings.

»Wir sind beide in Wien aufgewachsen«, antwortete David. »Ich lebte bei meinen Großeltern. Mein Großvater hatte ein kleines Tabakgeschäft im zweiten Bezirk. Eines Abends wurde der Laden von Junkies überfallen. Sie wollten die Tageseinnahmen, aber mein Großvater wollte sie den Dieben nicht kampflos überlassen. Die Junkies verloren die Nerven und hätten ihn beinahe umgebracht, wenn nicht Pieter zufällig vorbeigekommen wäre. Er war mit achtzehn Jahren schon größer als die anderen und schlug die Kerle in die Flucht. Wir haben uns später immer wieder getroffen, wenn es die Zeit erlaubte. Deshalb stehe ich in seiner Schuld und wollte ihm helfen.«

»Pieter Ahrens rettete Ihrem Großvater also das Leben«, meinte Helen nachdenklich. »Mir hat er diese Geschichte aber nie erzählt.«

»Warum sollte er das auch tun? Es war ja eine rein persönliche Sache«, meinte David überrascht. Er strich sich mit dem Daumennagel über die Narbe, die seine rechte Augenbraue zerteilte und ein Andenken an einen Terroranschlag war, bei dem seine Frau Jane getötet wurde.

»Das stimmt. Warum sollte er das tun. Ich habe übrigens auch eine SMS von Ahrens erhalten«, sagte Helen. »Es war der Screenshot einer Mail.«

Robyn wunderte sich und setzte sich aufrecht. »Darüber haben Sie uns noch nicht informiert.«

»Ich wollte erst diese Besprechung abwarten«, antwortete Helen kurz und knapp. »Spielen Sie die Information von Steins Mailbox ab«, wies sie Robyn an.

»Nur dir kann ich vertrauen. Wenn du das hörst, dann bin ich vielleicht schon tot. Sieben Hornissen werden am 7. Juli um 11 Uhr zuschlagen. Den Ort habe ich leider nicht erfahren. Finde diesen Ort, das bist du unserer Freundschaft von früher schuldig. Aber sei vorsichtig und traue niemandem …«

»Fehlt da nicht etwas?«, fragte Robyn. »Die Nachricht hört so abrupt auf.«

»Da muss wohl die Verbindung abgerissen sein«, meinte David, der noch nichts über Genf sagen wollte, denn Pieter hatte ihn gewarnt: Traue niemandem …

»Was kann mit sieben Hornissen gemeint sein?«, fragte Müller, der bisher schweigend am Tisch gesessen hatte. Auf David wirkte Müller merklich gealtert, graue Fäden durchzogen seinen schwarzen Bart. Robyn hatte ihm berichtet, dass Müller voriges Jahr ein Burn-out gehabt hatte und deshalb die Leitung der »Abteilung« an Helen Stratford übergeben musste.

»Ich habe in der Zwischenzeit recherchiert.« Robyn aktivierte ein weiteres Fenster auf dem Bildschirm. »Der britische MI5 hat ebenfalls Gespräche abgefangen, die von diesen mysteriösen sieben Hornissen und dem ominösen Datum 7.7. berichten.« Robyn schaltete eine Tonspur dazu. Aus dem atmosphärischen Knistern und Rauschen schälte sich eine Englisch sprechende Stimme heraus: »Sieben Hornissen werden in deutschem Blut waten.« Nach zehn Sekunden war das Gespräch allerdings schon wieder zu Ende.

Robyn schickte ein weiteres Bild auf den Monitor.

»Was ist das?«, fragte David.

»Der Screenshot, den Ahrens von einem Computer gemacht hat. Wir wissen allerdings nicht, um welchen Computer es sich handelt.«

»Und wir haben nur die Hälfte der Information über diese sieben Hornissen«, ergänzte Müller.

»Wenn es sich überhaupt um potenzielle Ziele der Terroristen handelt«, meinte Helen skeptisch. »Was haben wir denn wirklich konkret in der Hand? Nur das Hassgerede und die vage Vermutung, dass es sich um das Datum für einen Terroranschlag in Deutschland handelt.«

»Aufgrund der bisherigen Analysen komme ich zu dem Schluss, dass die Personen, die unter dem Decknamen ›sieben Hornissen‹ operieren, einen Anschlag planen.«

»Ich brauche mehr Informationen. Das hier ist viel zu unpräzise. Nein, dafür kann ich keine Bewilligung erteilen«, entschied Helen.

»Aber ich habe doch in meiner Analyse von einer ernst zu nehmenden Terrorbedrohung gesprochen«, warf Robyn überrascht ein.

»Ich habe die Analyse zur Kenntnis genommen. Das heißt aber nicht, dass ich mich danach richten muss«, antwortete Helen.

»Wer untersucht eigentlich das Verschwinden von Pieter Ahrens?«, fragte David.

»Die spanische Polizei geht davon aus, dass der Konsul Opfer eines tragischen Unfalls wurde«, sagte Helen. »Ich habe mit seiner Ehefrau bereits persönlich gesprochen und auch ihr ist nichts Verdächtiges aufgefallen. Die bisherigen Erkenntnisse leite ich an den zuständigen Ausschuss des BND weiter.« Helen stand auf und schob ihre Unterlagen zusammen. »Halten Sie mich über die weiteren Schritte auf dem Laufenden. Ich muss zum Flughafen. Danke für Ihre Aufmerksamkeit.«

Dann wandte sie sich direkt an David. »Es hat mich gefreut, Ihre Bekanntschaft gemacht zu haben, David Stein.« Sie räusperte sich, ehe sie weitersprach. »Wie ich höre, arbeiten Sie jetzt als Hundetrainer auf Mallorca. Ich habe auch einen Hund, einen Labradoodle. Vielleicht können Sie mir bei Gelegenheit Tipps für die richtige Hundeerziehung geben.«

»Gerne. Sie haben ja meine Nummer.«

Während er die Treppe wieder nach unten ging, dachte er an den zweiten Teil der Nachricht auf der Mailbox seines Handys. Diese Information hatte er noch nicht weitergegeben. Pieter hatte von einer bestimmten Chocolaterie in Genf gesprochen. Einem Laden namens Chocolaterie Maurice in der Rue de Rive. In diesem Geschäft habe alles begonnen. Das war der letzte Hinweis von Pieter gewesen und dem würde David nachgehen. Er war es seinem Freund schuldig.

9

Algerien

Algerisch-tunesisches Grenzgebiet

Nur in der Wüste fühlte sie sich glücklich. Noch im Flugzeug nach Algier hatte sie ihre westliche Kleidung abgelegt und sich in den weißen Burnus gehüllt. Vor dem Flughafen wartete bereits der Wagen mit laufendem Motor. Sie setzte sich neben den Fahrer und zog das weiße Kopftuch über Mund und Nase. Während sie durch die Außenbezirke der Stadt fuhren, entspannte sie sich und wurde wieder zu der geheimnisvollen Heldin der Wüste, ihrer liebsten Rolle. Sie wäre zwar gerne sofort nach Ghardaia weitergefahren, aber Abdullah, ihr Adjutant, hatte ihren Falken bereits in das Zeltlager an der tunesischen Grenze bringen lassen.

Sofort nach ihrer Ankunft im Lager sprang sie aus dem Jeep und ging in das Versorgungszelt. Der Koch hatte bereits alles vorbereitet und sie zerschnitt selbst ein rohes Stück Fleisch in kleine Stücke. Damit schlüpfte sie in das niedrige gefleckte Zelt, wo Darko, ihr Falke, bereits unruhig auf seiner Stange hin und her wanderte.

Jedes Mal, wenn sie den Raubvogel nach einiger Zeit wiedersah, war sie aufs Neue von seiner majestätischen Gestalt beeindruckt. Mit dem ledernen Helm auf dem Kopf wirkte sein Profil königlich. Sie legte einige der Fleischstücke auf ihre flache Hand und hielt sie Darko hin. Sofort schnellte sein Kopf nach unten und der gebogene Schnabel pickte das blutige Fleisch auf, ohne ihre Handfläche zu berühren. Nachdem der Falke die Fleischstücke gefressen hatte, zog sie den ledernen Handschuh über und löste die Fessel, mit der Darko an die Stange gebunden war. Sie warf sich das weiße Tuch über den Kopf und trat nach draußen in das helle Sonnenlicht.

Aisha streckte den Arm in die Luft und stieß einen leisen Pfiff aus. Darko breitete die Flügel aus und verharrte einen Moment in der Bewegung. Mit einer geübten Handbewegung zog Aisha dem Falken den ledernen Helm vom Kopf. Kraftvoll stieß sich Darko ab und kreiste mit eleganten Flügelschlägen über dem Lager, um dann wie eine Rakete auf den Boden hinabzustürzen und eine Wüstenratte zu packen.

»Wir haben in der Wüste einen unvorsichtigen deutschen Touristen entführt, für den wir Lösegeld verlangen können«, sagte Abdullah, der neben sie getreten war und ebenfalls den Falken bei seiner Jagd beobachtete.

»Du Dummkopf! Wir sind keine Banditen. Deshalb brauchen wir auch keine Ungläubigen gegen Lösegeld auszutauschen. Wir haben ein anderes Ziel«, entgegnete sie kurz angebunden.

»Aber was machen wir jetzt mit dem Deutschen?«, fragte Abdullah ein wenig ratlos. »Sollen wir ihn freilassen?«

»Natürlich nicht«, antwortete Aisha. »Sind die neuen Waffen und die Munition bereits eingetroffen, wie ich es angeordnet habe?«

»Es ist alles zu deiner Zufriedenheit erledigt«, sagte Abdullah ehrerbietig. Wie alle Männer in dem Lager hatte auch er Achtung vor Aisha und war beeindruckt von ihrer Kaltblütigkeit und Intelligenz. Jeder hier wusste, dass Aisha bereits als junges

Mädchen einen Mann getötet und den fürchterlichen Sturz in die berüchtigte Schlangengrube überlebt hatte.

»Was machen wir jetzt mit dem Gefangenen?«, fragte Abdullah erneut. Noch ehe Aisha antworten konnte, läutete das Satellitentelefon, das auf dem großen Klapptisch lag.

»Ich habe alles erledigt, so, wie du es mir aufgetragen hast«, hörte Aisha die vom Rauschen zersiebte Stimme von Tahid. »Wir sind bald bereit.«

»Das war nur die eine Hälfte. Du weißt, was du in Genf noch zu tun hast«, erinnerte Aisha ihn mit einem harten Klang in der Stimme und trennte die Verbindung. Dann legte sie das Satellitentelefon wieder zurück auf den Tisch und drehte sich zu Abdullah.

»Probieren wir die Waffen aus«, sagte Aisha und steckte zwei Finger in den Mund. Sie stieß einen gellenden Pfiff aus und ein schwarzer Punkt tauchte am Horizont auf, der rasch größer wurde. Mit mächtigem Flügelschlag näherte sich Darko dem Lager, flatterte auf Aisha zu und ließ sich dann auf ihrem Arm nieder.

»Holt den Gefangenen her und lasst ihn dann laufen.« Mit dem Falken am Arm ging Aisha zu dem großen getarnten Versammlungszelt, das aus der Luft nicht zu erkennen war.

»Darko sieht eine Springmaus aus hundert Metern Höhe«, sagte sie zu den Männern, die einen Halbkreis um sie gebildet hatten. »Jetzt will ich eure Treffsicherheit auf die Probe stellen.«

Aisha blickte zu Abdullah und auf sein Zeichen zerrten zwei Männer den Gefangenen herein.

Als Aisha den gefesselten Mann sah, dem man einen Sack über den Kopf gezogen hatte, begann plötzlich die Umgebung vor ihr zu schwanken.

»Ich bringe Darko in seinen Käfig«, informierte sie Abdullah und trat aus dem Zelt. Die Luft flirrte und der Horizont wellte sich unter der Hitze. Die Erinnerung traf sie so unvermittelt wie der heiße Wüstenwind.

Plötzlich fühlte sie sich wieder um zehn Jahre zurückversetzt, als sie gerade die internationale Schule in Algier verließ. Sie war fünfzehn Jahre alt und trug die frisch gebügelte Uniform der Schülerinnen des Lycée Internationale d'Alger. Gerade eben hatte sie sich von ihren Klassenkameradinnen verabschiedet und schlenderte den breiten Boulevard hinunter. Ihre Gedanken kreisten um Maurice, einen siebzehnjährigen Jungen, den sie bei ihrer Klavierlehrerin kennengelernt hatte. Noch nie war sie mit einem Jungen allein im Zimmer gewesen, aber einmal telefonierte die Klavierlehrerin mit deren kranker Mutter. Maurice war ein Draufgänger und drückte ihr einen Kuss auf den Mund, der sie vollkommen verwirrte. Aber das berauschende Gefühl von Lippen auf Lippen wurde sie nie wieder los, daher verabredete sie sich mit Maurice, sooft es ging. Auch an diesem heißen Frühlingstag würde sie ihn vor dem Eissalon treffen.

Mit klopfendem Herzen ging sie den Boulevard entlang und bemerkte nicht den weißen Lieferwagen, der im Schritttempo neben ihr herfuhr. Weiter vorn an der Ecke sah sie bereits die schlaksige Gestalt von Maurice, der ihr fröhlich zuwinkte. In diesem Moment hörte sie ein Geräusch neben sich. Als sie sich zur Seite drehte, sah sie den Wagen, dessen Seitentür geöffnet war. Aus dem Inneren sprangen zwei Männer, die schwarze Sturmmützen trugen. Einer von ihnen packte sie unter den Armen und wollte sie in den Laderaum des Lieferwagens stoßen. Sie schrie laut auf und versuchte, sich loszureißen. Durch die Schreie war auch Maurice auf die Männer aufmerksam geworden und rannte auf sie zu.

»Lasst sie sofort los!«, schrie er und wagte es, einem der Männer die Sturmhaube vom Kopf zu reißen. Doch mitten in der Bewegung erstarrte Maurice plötzlich und sah sie überrascht an. Danach glitt sein Blick nach unten. Jetzt konnte auch sie das Messer erkennen,

das in seinem Bauch steckte. Das Letzte, was sie sah, ehe man ihr einen Sack über den Kopf stülpte, war der zuckende Körper von Maurice auf dem breiten Boulevard. Einmal noch probierte er, den Kopf zu heben, dann sank er jedoch wieder zurück. Das Blut quoll aus der Stichwunde in seinem Bauch und leuchtete rubinrot in der gnadenlosen Sonne. Als Maurice starb, hatte auch sie ihr Leben verloren.

»Unsere großmütige Heldin der Wüste schenkt dir die Freiheit«, sagte Abdullah gerade zu dem Gefangenen, als Aisha wieder in das Versammlungszelt zurückkehrte. Langsam verschwand das Gesicht von Maurice aus ihrem Gedächtnis und machte der Wirklichkeit Platz. Diese Wirklichkeit war ein zitternder Mann, der auf dem Boden kniete und mit dumpfer Stimme um Gnade winselte.

»Du bist frei, hast du nicht gehört?«

Mit einem Ruck riss Abdullah dem Gefangenen den Sack herunter und drückte seinen Kopf am Kinn nach oben.

»Wenn du von hier nach Norden läufst, kommst du nach fünf Kilometern zu einer verlassenen Siedlung. Dann bist du gerettet.«

Jetzt trat auch Aisha nach vorn. Sie hatte ihr weißes Tuch fest über Mund und Nase gezogen. Mit ihren hellen Augen fixierte sie den Mann. Er hatte nichts mit Maurice gemeinsam, war übergewichtig und hatte einen dünnen rötlichen Bart. Nein, diesen Mann brauchte sie nicht zu schonen.

»Steh auf«, befahl Aisha und griff nach dem Messer, das ihr Abdullah hinhielt. Damit schnitt sie die Fesseln des Gefangenen durch. Der Mann stand auf und rieb sich die Handgelenke.

»Danke, Sie haben mir das Leben gerettet«, stammelte er in schlechtem Französisch.

»Noch sind Sie nicht gerettet. Sie müssen um Ihr Leben kämpfen«, sagte sie ruhig.

»Wie? Etwa mit Ihnen?« Der Mann zuckte ungläubig zurück.

»Das wäre nicht ehrerbietig einer Frau gegenüber«, antwortete Aisha. »Nein, es ist ganz anders. Wir haben gerade neue Präzisionsgewehre erhalten, die wir testen wollen.«

»Ich … ich verstehe nicht«, murmelte der Gefangene, und sein Blick irrte unruhig umher.

»Wir testen die Gewehre an Ihnen«, erläuterte Aisha. »Wenn Sie es bis zur Siedlung schaffen, sind Sie frei. Wenn nicht …« Den Rest des Satzes ließ sie in der Luft schweben.

»Das können Sie doch nicht machen! Ich habe Familie und Ihnen nichts getan. Bitte, mein Land zahlt sicher jeden Betrag.«

»Uns interessiert Ihr Geld nicht.« Aisha machte eine abwertende Handbewegung. »Wir verabscheuen Ihren kranken Lebensstil. Davon möchten wir die Welt befreien.«

»Sie sind doch komplett verrückt.« Der Mann legte seine ganze Verachtung in diesen Satz. »Das ist glatter Mord.«

»Sie haben Ihre Chance. Reden Sie nicht lange herum, sondern nutzen Sie diese eine Gelegenheit. Vielleicht ist Ihnen das Schicksal wohlgesinnt.«

»Bitte lassen Sie mich am Leben«, heulte der Mann, als man ihn nach draußen schleifte.

Aisha kniff die hellen Augen zusammen. Viele hielten sie für verrückt. Für wahnsinnig und gefährlich. Für unberechenbar. Weil sie reich war und mit Olivier von der schönen neuen Welt fantasierte. Das war nicht immer so gewesen. Aber vor zehn Jahren hatte ihr Leben eine dramatische Wendung genommen. Damals war sie verschwunden und als eine andere Person zurückgekehrt. Damals starb sie als Mädchen und wurde als Frau wiedergeboren.

Abdullah schlug dem Gefangenen den Gewehrkolben in den Rücken.

»Fang an zu laufen. Du hast einen Vorsprung von hundert Metern. Dann werden wir schießen.«

Sie drehte sich zu ihren Männern um.

»Derjenige von euch, der den Ungläubigen auf hundert Meter mit dem neuen Gewehr als Erster trifft, wird mit mir die nächste Operation leiten.«

10

Genf

Altstadt

Das Foto, das man ihm auf das Handy geschickt hatte, zeigte eine große stattliche Person mit aschblonden Haaren und einem aufgedunsenen Gesicht. Der Mann lag auf einer Plastikplane, die man auf einem Betonboden ausgebreitet hatte. Seine Kleidung war mit Wasser vollgesogen und kleine Pfützen hatten sich rings um den Körper auf der Plane gebildet. Die Augen des Mannes waren geschlossen, sein Mund aber war weit aufgerissen. Auf den ersten Blick erkannte man, dass dieser Mann tot war.

David hatte gerade den Flughafen von Genf verlassen, als das Foto auf seinem Handy eintraf. Robyn hatte es ihm mit einer kurzen Notiz geschickt: »Die Leiche von Pieter Ahrens wurde heute Morgen aus dem Meer gefischt.«

Sofort wählte David die Nummer von Robyn.

»Wie ist Ahrens gestorben?«, fragte er und musste wieder an den jungen Pieter denken, der mit ihm gemeinsam studiert hatte, bevor sich ihre Wege trennten.

»Es deutet alles auf einen Unfall hin«, meinte Robyn. »Ich habe den Bericht des zuständigen Ermittlers, ein Inspector

Cortes von der spanischen Polizei, vor mir. Es gibt keine Anzeichen für Fremdeinwirkung.«

»So schnell ist die spanische Polizei mit der Autopsie?«

»Man will den Fall so rasch wie möglich abschließen. Auch bei uns. Das haben Sie ja selbst mitbekommen.«

»Das stimmt.« David zögerte ein wenig mit seiner nächsten Frage. »Robyn, kann ich mich auf Sie verlassen? Vielleicht muss ich Ihre Dienste später noch in Anspruch nehmen.«

»Stein, Sie haben keinen Auftrag von der ›Abteilung‹. Ich darf Sie nicht unterstützen.«

»Ich weiß, vielleicht muss ich Sie auch gar nicht behelligen«, antwortete David.

»Die Wahrscheinlichkeit, dass Sie es doch tun werden, liegt bei achtzig Prozent«, informierte ihn Robyn. »Ich habe übrigens über Hornissen recherchiert. In der schamanistischen Mythologie stehen Hornissen für ein aktives Unrechtsbewusstsein.«

»Das heißt, die sieben Hornissen wollen am 7.7. bestehendes Unrecht rächen.«

»So könnte man das interpretieren«, gab ihm Robyn recht. »Aber natürlich ist das alles nur theoretisch, denn es gibt zurzeit keine ›Operation Hornissen‹ für uns.«

»Nicht für die ›Abteilung‹, aber für mich. Das bin ich meinem Freund Pieter schuldig«, warf David ein.

»Ich weiß, deshalb sind Sie ja auch alleine nach Genf gereist. Ihr Freund hat Ihnen sicher einen weiteren Hinweis gegeben, der mit Genf zu tun hat. Den haben Sie bei unserem Treffen zurückgehalten.«

»Ich melde mich, wenn ich Ihre Hilfe benötige, Robyn«, antwortete David ausweichend.

Mit dem Taxi fuhr David in das Hotel Beau-Rivage, das direkt am Genfer See lag. Noch in Berlin hatte er sich eine neue Lederjacke und schwarze Jeans gekauft. Auch seinen

Bart hatte er in einem Barbershop auf Drei-Tage-Länge trimmen lassen. Nachdem er an der Rezeption eingecheckt hatte, fuhr er eilig mit dem Aufzug nach oben, um seine Tasche in dem Zimmer abzustellen. Die beiden Fenster seiner Suite gingen direkt auf den Genfer See hinaus. Aber David hatte keine Zeit, das schöne Panorama zu bewundern. Wieder zurück in der Empfangshalle nahm er einen altmodischen Stadtplan aus einem Prospektständer und orientierte sich. Sein Ziel lag ungefähr zwei Kilometer vom Hotel entfernt. Das konnte er ohne Weiteres zu Fuß schaffen.

Kurze Zeit später stand David in der Rue de Rive vor einem modernen Designerhaus, das zwischen zwei hohen altertümlichen Gebäuden eingezwängt war. Über der gläsernen Eingangstür stand in unaufdringlichen Lettern »Chocolaterie Maurice« geschrieben. In dem breiten Schaufenster daneben drehte sich eine einzige samtblaue Pralinenschachtel, die von oben durch einen Punktstrahler noch besonders hervorgehoben wurde.

Als David eintrat, begann leise elektronische Musik zu spielen und ein junger Mann mit trendigem Schnurrbart kam aus dem Hinterzimmer. Er trug eine enge Lederhose und ein knapp sitzendes T-Shirt.

»Was kann ich für Sie tun?«, fragte er und stützte seine durchtrainierten Arme auf den Metalltresen, durch dessen Glasplatte man die unterschiedlichsten Schokoladenvarianten bewundern konnte.

»Sind Sie Maurice, der Besitzer?«, fragte David.

»Ja, der bin ich«, antwortete der junge Mann.

»Ihre Chocolaterie wurde mir empfohlen.«

»Ach, das ist aber schön. Von wem, wenn ich fragen darf?«

»Ein Freund aus Barcelona hat von Ihrem Geschäft geschwärmt. Ich bin auf der Suche nach einer speziellen

Schokoladensorte«, sagte David und beugte sich über die Glasplatte.

»Woran haben Sie denn gedacht?«, fragte Maurice, der Chocolatier, und betrachtete David eingehend. »Ich tippe, Sie sind der exzentrische Typ. Schwarze Schokolade mit Chili aus Patagonien.«

»Ich dachte eher an handgeschöpfte Schokolade aus Brasilien mit Erdbeeren und Chilischoten, veredelt mit Eiswasser aus Neuseeland. Von dieser Sorte gibt es nur hundert Stück, hat man mir gesagt.«

»Das ist allerdings eine ganz besondere Rarität«, meinte Maurice und sah David prüfend an. »Wie soll sie denn schmecken?«

»Die Schokolade muss gekühlt gereicht werden«, sagte David. »Sie muss nach Liebe schmecken: Liebe ist ein kalter Ort.«

Das war der letzte Satz von Pieter gewesen, den David auf seiner Mailbox vorgefunden hatte. Und David hatte richtig vermutet, es war ein Codewort.

Maurice nickte. »Ich habe gehört, was mit Pieter passiert ist«, murmelte er. »Er hat etwas Gefährliches entdeckt, deshalb musste er sterben.«

»Sie glauben nicht an einen Unfall?«, fragte David.

»Niemals, kein Mensch stürzt einfach so über Bord. Da steckt mehr dahinter.«

»Das glaube ich auch. Pieter erwähnte sieben Hornissen, die an einem bestimmten Tag zuschlagen. Allerdings weiß ich nicht, wo. Und genau deswegen bin ich hier. Pieter hat mir Ihren Namen genannt. Können Sie mir weiterhelfen?«, fragte David.

»Alles, was ich weiß, ist, dass Pieter eine Spur zum psychiatrischen Sanatorium ›Bellevue‹ verfolgt hat.«

»Wo ist dieses Sanatorium?«, fragte David.

»Hier in Genf«, antwortete Maurice. »Aber Sie müssen vorsichtig sein, denn das Sanatorium gehört einem Mann mit weitreichenden Verbindungen.«

»Wie heißt dieser Mann?«

»Doktor Olivier Marais. Ein ehemaliger Surfweltmeister, der Medizin studiert hat und mit terroristischen Gruppierungen sympathisiert. Angeblich unterhält er sogar eine Beziehung zu einer jungen Terroristin. Er trainiert übrigens auch äußerst gefährliche Hunde auf dem Gelände des Sanatoriums.«

»Danke für die Warnung. Aber vor Hunden habe ich keine Angst, nur vor Menschen«, entgegnete David. »Welche Spur verfolgte Pieter dort genau?«

»Angeblich hat dieser Doktor Marais ein neues Dopingverfahren perfektioniert. Das jedenfalls hat Pieter herausgefunden.«

»Sportdoping? Geht es darum?«

»Nein. Pieter ist dahintergekommen, dass durch diese neuartige Blutwäsche die Leistungsfähigkeit von Menschen um bis zu fünfzig Prozent gesteigert werden kann.«

»Das ist also etwas für Manager, die unter dem Druck ihrer Aktionäre stehen.«

»Richtig, aber auch Politiker sind seine Patienten. Die Therapie fördert den Killerinstinkt. Er mutmaßte, Marais würde es auch dazu verwenden, Terroristen noch zielorientierter und brutaler zu dopen. Sie werden dann zu richtigen Kampfmaschinen.«

»Das kann ich mir beim besten Willen nicht vorstellen.« David verzog skeptisch den Mund.

»Warten Sie einen Augenblick. Pieter hat mich gebeten, eine Blutprobe zu besorgen. Das ist mir geglückt.«

»Wie haben Sie das geschafft?«, fragte ihn David.

»Ich habe eine spezielle Schokolade aus einer Sonderedition für einen Patienten in das Sanatorium gebracht. Das Labor liegt im linken Flügel des Sanatoriums und ist mit einer speziellen Sicherheitstür versehen. Außerdem muss man am Empfang vorbei und dieser ist Tag und Nacht besetzt. Das war mein Glück.« Maurice schmunzelte bei der Erinnerung daran und strich sich über seinen Bart. »Ich bin berühmt für meine köstliche Schokolade. Das wissen auch die Schwestern und Ärzte im Sanatorium. Da hat es sich natürlich herumgesprochen, dass ich komme. Und ich habe selbstverständlich immer einige exotische Schokoladenköstlichkeiten bei mir. Mariella am Empfang hat eine Freundin, die Laborassistentin ist und gerade aus dem Labor kam, ohne die Tür zu schließen. Ich verteilte meine Schokolade und bat um einen Kaffee.

Beide Frauen gingen nach hinten und ich nutzte die Gelegenheit und verschwand schnell im Labor. Ich wusste, ich habe nur wenige Sekunden, deshalb griff ich gleich nach dem Papierkorb neben der Tür. Von draußen hörte ich bereits die Stimmen der beiden Frauen und das zischende Geräusch der Kaffeemaschine. Aber zum Glück lag eine zerbrochene Phiole mit einigen Blutstropfen im Papierkorb und ich steckte sie schnell ein. Dann schlich ich wieder zurück ins Foyer. Leider genau in dem Moment, als die beiden Frauen mit dem Kaffee zum Empfang kamen. Aber ich glaube nicht, dass sie mitbekommen haben, dass ich im Labor war«, meinte Maurice zuversichtlich.

»Ich kann das Blut analysieren lassen«, bot David Maurice an. »Geben Sie mir die Phiole.«

»Warten Sie einen Moment. Ich hole sie aus dem Kühlraum und bin gleich wieder da. Genießen Sie in der Zwischenzeit ein Schokoladenstück aus meiner Edition ›Kalte Liebe‹«, sagte Maurice und ging nach hinten. Während David die Köstlichkeit auf seiner Zunge zergehen ließ, dachte er an Leyla. Wie gerne hätte er sie jetzt bei sich gehabt. Er vermisste sie, aber er wollte nicht den ersten Schritt wagen, denn er hatte Angst, dass Leyla ihn wieder abweisen würde.

Plötzlich hörte er ein lautes Geräusch aus dem hinteren Raum. Es klang, als wäre etwas auf den Boden gefallen.

»Ist alles in Ordnung, Maurice?«, rief David, erhielt aber keine Antwort. Sofort ging er an dem Metalltresen vorbei und schob das künstlerisch verschweißte Scherengitter zur Seite, das den hinteren Teil des Geschäfts vom Verkaufsraum abtrennte. Er sah den Chocolatier auf dem Boden liegen. Aus seinem Hals lief Blut. Ein Mann, der die Kapuze seines Hoodies tief ins Gesicht gezogen hatte, kniete neben Maurice und wollte gerade ein Messer verstecken, als er David bemerkte. Noch ehe David reagieren konnte, sprang der Mann auf und rannte durch die geöffnete Hintertür nach draußen.

»Maurice!« David griff mit zwei Fingern an den blutigen Hals des Chocolatiers, konnte aber keinen Puls mehr spüren. Hastig zog er sein Handy aus der Tasche und verständigte den Notruf. Dann sprang er auf. Draußen zog sich der Flüchtige an der Feuermauer im Hinterhof hoch und verschwand. David rannte zur Mauer, schwang sich ebenfalls hinauf und sah gerade noch, wie der Mann um eine Straßenecke bog, bevor er die Verfolgung aufnahm. Der Kapuzenmann lief immer schneller durch die verwinkelten Gassen der Altstadt und bemühte sich, David abzuhängen. Der war allerdings durch die tagelangen Märsche in den nepalesischen Bergen fit und durchtrainiert und kam immer näher an den Flüchtenden heran. Plötzlich blieb dieser stehen, drehte sich um und zog aus der Tasche seines Hoodies ein Messer. Mit einem leisen Zischen stürzte er auf David zu und wollte ihm das Messer in den Bauch rammen. Doch David hatte den Stoß vorausgesehen und packte blitzschnell den Arm seines Angreifers, um ihm das Messer aus der Hand zu schlagen. Aber der Mann war unglaublich stark und schmerzunempfindlich. Mit einem wütenden Aufschrei riss er sich los und stach sofort wieder zu. Die Klinge traf David am Oberarm, aber zum Glück wurde der Stich durch das dicke Leder seiner Jacke etwas abgemildert. Erneut zischte das Messer durch die Luft und verfehlte David. Durch den Schwung wurde der Angreifer nach vorn gerissen. David brauchte jetzt nur sein Knie zu heben und es ihm in den Magen zu rammen. Sein Gegner krümmte sich zusammen, ging aber immer noch nicht zu Boden. Unter Aufbietung all seiner Kräfte ließ David seine Faust ins Genick des Angreifers krachen. Endlich ging dieser in die Knie.

»Wer bist du?«, fragte David keuchend und zog ihn vom Boden hoch. Er drehte ihm den Arm auf den Rücken und schleuderte ihn mit dem Gesicht voran gegen eine Mauer. »Wer schickt dich? Wer sind deine Auftraggeber?« Als er keine Antwort erhielt, drückte er die Wange des Mannes fest gegen die raue Betonwand. »Du wirst mir jetzt alles erzählen, was du über die sieben Hornissen weißt. Und versuche bloß nicht, mich anzulügen«, warnte David den Mann.

»Von mir erfährst du kein Wort«, antwortete der. »Du hast ja keine Ahnung, mit welchem Feind du dich da einlässt.«

»Wer soll das sein? Was weißt du über die sieben Hornissen?« David ließ nicht locker und versetzte dem Mann einen Schlag in die Nieren. »Antworte, sonst wird diese Unterhaltung sehr schmerzhaft für dich. Hast du Pieter Ahrens getötet?«

»Das wirst du nie erfahren. Wir spüren auch keine Schmerzen. Wir sind nie allein. Es gibt viele von uns. Wenn ich tot bin, kommt der Nächste.«

David wollte den Mann gerade weiter unter Druck setzen, da hörte er plötzlich eine Stimme hinter sich:

»Nehmen Sie sofort die Hände hoch!«

Er drehte sich um und sah zwei Schweizer Polizisten vor sich stehen, die mit ihren Waffen auf ihn zielten.

»Dieser Mann ist ein Mörder. Er hat den Chocolatier Maurice getötet!«, rief David und lockerte seinen Griff ein wenig, mit dem er seinen Gegner gegen die Mauer drückte.

»Lassen Sie den Mann los und kommen Sie beide näher«, befahl einer der Polizisten.

»Das geht nicht. Ich kann ihn nicht loslassen. Es geht um eine nationale Bedrohung«, sagte David bestimmt und drehte sich zu den beiden Polizisten. »Legen Sie ihm Handschellen an.« Doch die Polizisten zögerten und sahen sich nur fragend an. David kochte innerlich, denn im Augenblick lief die Aktion komplett falsch. Aber er musste besonnen vorgehen und durfte nicht überreagieren.

»Geht in Ordnung. Wir kommen jetzt zu Ihnen!«, sagte David und ließ die Hand sinken, mit der er seinen Gegner festgehalten hatte.

Doch diese kurze Unachtsamkeit nutzte der Mann eiskalt aus. Er riss sein Bein nach hinten, traf David in den Bauch, sodass dieser zurücktaumelte. Der Angreifer trat noch einmal nach ihm, dann machte er auf dem Absatz kehrt, rannte an der Hausmauer entlang, sprang über einen niedrigen Zaun zwischen zwei Häusern und war verschwunden. David wollte dem Flüchtenden hinterher, doch die beiden Polizisten standen mit gezogenen Pistolen vor ihm.

»Sie sind verhaftet«, sagte einer der beiden und legte David Handschellen an.

»Das ist ein Fehler«, zischte David. »Sehen Sie in der Chocolaterie Maurice in der Rue de Rive nach. Dort liegt eine Leiche. Ich habe es mit eigenen Augen gesehen und auch den Notarzt verständigt.«

»Wir werden das überprüfen«, sagte der Polizist und blickte zu seinem Kollegen, der bereits telefonierte. Als dieser geendet hatte, wandte er sich an David.

»Der Notarzt hat niemanden angetroffen. Das Geschäft war geschlossen.«

»Dann brechen Sie die Tür auf«, sagte David. »Maurice ist tot.«

Wieder telefonierte der Polizist, drehte sich zur Seite, damit David das Gespräch nicht mithören konnte, und nickte mehrmals, während er sprach.

»Unsere Kollegen haben bereits den Schlüsseldienst geholt, um in dem Geschäft nachzusehen«, sagte er dann.

»Und haben Sie Monsieur Maurice gefunden?«, fragte David.

»Nein. Dort war keine Leiche.«

11

Berlin

Stadtteil Marzahn

Robyn saß in ihrer Einzimmerwohnung in Marzahn vor ihrem hochgerüsteten Laptop und versuchte, aus den verschiedenen Informationen über die sieben Hornissen ein Gesamtbild zu entwerfen. Sie verstand nicht, warum Helen Stratford keine Bewilligung für eine Operation gegeben hatte. Pieter Ahrens war tot und hatte vor seinem Tod noch probiert, David und Helen zu erreichen und zu warnen. Auch der britische MI5 hatte ein Telefonat abgefangen, in dem von sieben Hornissen, von Blut und von Deutschland die Rede war. Und sie hatten ein Datum mit einer Uhrzeit. 7. Juli, 11 Uhr. Sie aktivierte ihre diversen Suchmaschinen, um sämtliche Veranstaltungen für den 7. Juli aufzulisten. Doch es gab Hunderte von Veranstaltungen in den großen Städten Deutschlands, die ein potenzielles Ziel sein konnten.

Seufzend schickte sie die Liste auf den Computer in ihrem Büro. Dort hatte sie größere Datenbanken und Assistenten, die ihr bei der Suche behilflich sein konnten. Allerdings nur, wenn Helen Stratford die Genehmigung erteilte.

Es gab jetzt noch etwas anderes Wichtiges zu tun. Robyn klinkte sich in den Laptop von Pieter Ahrens ein, den Helen aus dem Konsulat in Barcelona nach Berlin mitgebracht hatte. Der Laptop enthielt keine verdächtigen Nachrichten, doch die gelöschten Files im Papierkorb waren alle mit einem Spezialprogramm entfernt worden und es war Robyn bisher nicht möglich gewesen, sie wiederherzustellen. Stirnrunzelnd saß sie vor den Datenkolonnen, die unablässig über den Bildschirm rollten. Plötzlich fiel ihr etwas auf und sie stoppte den Datenfluss. Das Programm war verschlüsselt, aber der Dateiname war noch zu erkennen: »Cloud Diary«.

»Pieter Ahrens hat ein Cloud-Tagebuch geführt«, sagte Robyn, als sie über eine sichere Leitung mit Helen telefonierte. »Die Dateien sind zwar verschlüsselt, aber ich versuche, durch eine Hintertür in die Cloud zu gelangen.«

»Gute Arbeit«, lobte sie Helen. »Wenn Sie das Tagebuch entschlüsselt haben, dann geben Sie mir sofort Bescheid, und zwar ausschließlich mir.«

»Ich könnte den MI5 um Unterstützung bitten«, machte Robyn einen Vorschlag.

»Vielleicht später, wenn wir nicht weiterkommen«, entschied Helen. »Sie können Sebastian Trevor-Jones auch so treffen«, fügte sie spitz hinzu.

»Ich treffe mich mit Sebastian nur für Sex«, antwortete Robyn direkt, ohne nachzudenken.

Helen blockte sofort ab. »Das ist Ihre Privatangelegenheit. Geben Sie mir Bescheid, wenn Sie etwas über dieses Tagebuch wissen.«

»Verstanden.« Robyn trennte die Verbindung.

Seufzend warf sie einen Blick aus dem Fenster. Der Himmel war blau und von unten hörte sie lautes Kindergeschrei. Warum bloß hatte sie ihrer Chefin erzählt, dass sie sich mit dem Agenten des MI5 für Sex traf? Weil Sex bei ihr nichts mit Gefühlen zu tun hatte, gab sie sich gleich selbst die Antwort.

Robyn wusste allerdings auch, dass sie an ihrer Persönlichkeitsstruktur arbeiten musste. Die Psychologin, zu der sie neuerdings ging, hatte ihr leicht empathielose Züge attestiert, was Robyn entschieden zurückwies. Sie ahnte aber, dass ihr die Psychologin nicht wirklich weiterhelfen konnte, deshalb hatte sie ihre eigene Therapie entwickelt. Täglich nach der Arbeit fuhr sie mit der U-Bahn in die Stadt und setzte sich in einem belebten Café an die Bar. Natürlich kam es manchmal vor, dass sie von ein paar alleinstehenden Männern angesprochen wurde. Daraus entwickelte sich gelegentlich sogar eine nette Unterhaltung. Sie hatte es bereits geschafft, sich mit fremden Personen zumindest für kurze Zeit über oberflächliche Themen zu unterhalten.

Nach dem Gespräch mit Helen war es Zeit für eine Pause und sie verließ ihre Wohnung.

Kurze Zeit später saß sie vor einem Latte macchiato in einem Café in Kreuzberg, das durch konsequentes Antistyling schon wieder etwas Besonderes war.

Plötzlich hörte sie eine Stimme neben sich. »Ich habe dich noch nie hier gesehen.« Verwirrt schreckte Robyn aus ihren Gedanken auf.

»Das ist mein erster Besuch«, antwortete sie und drehte sich zu dem Mann, der neben ihr am Tresen lehnte. Er war vielleicht Ende zwanzig und hatte einen langen Vollbart, wie er jetzt in Hipsterkreisen modern war.

»Das glaube ich dir gerne. Sonst wärst du mir ja auch aufgefallen.«

»Warum?«, fragte Robyn und überlegte gleichzeitig, wie die Konversation jetzt weiter ablaufen könnte. Reden und denken auf einem ganz fremden Terrain, das bedeutete Stress.

»Na, weil ich eine so hübsche junge Frau sofort bemerkt hätte«, antwortete der Vollbärtige. »Außerdem sehe ich auf einen Blick, wenn jemand intelligent und hip ist.«

»Wie kannst du das feststellen?«

»Äh, na, du machst einen cleveren Eindruck. Es sind deine Augen. Die wirken so klug.« Der Bärtige lächelte breit und Robyn fühlte ein unbekanntes Kribbeln im Bauch.

»Ich heiße übrigens Kay«, stellte er sich vor und hielt Robyn die Hand entgegen.

»Ich bin Robyn.« Zögernd griff sie nach der ausgestreckten Hand. Warum mussten sich alle Leute bloß immer die Hände schütteln, dachte sie. Millionen von Bakterien wechseln auf diese Weise von Mensch zu Mensch. Aber sie sagte nichts, sondern lächelte jetzt ebenfalls.

»Was machst du beruflich, Robyn?«, fuhr Kay fort und winkte dem Kellner. »Für mich bitte auch einen Latte macchiato.«

»Ich bin in der IT-Branche«, sagte sie, denn natürlich durfte niemand wissen, dass sie für den BND arbeitete.

»Dachte ich mir schon.« Wieder lächelte Kay unwiderstehlich. Erneut spürte Robyn dieses Kribbeln im Bauch. Es war, als würden Ameisen durch ihr Inneres laufen. Höchstwahrscheinlich ist der Kaffee für mich zu stark, versuchte sie, dieses Phänomen logisch zu begründen.

»Wie kommst du darauf?«

»Ist doch klaro! Die unterschiedlichen Sneaker und deine Frisur. Das ist doch absolut hip, meine Liebe«, antwortete Kay.

»Ach so, ich kann in meinem Job tragen, was ich will«, sagte Robyn. »Bist du auch in der IT-Branche, weil du so *up to date* bist?«, fragte sie zurück. Na bitte, die Konversation läuft doch ausgezeichnet, beglückwünschte sie sich.

»Ich? O Gott, nein. Ich bin froh, wenn ich meinen Facebook-Account hinbekomme. Mir gehört nur dieser Laden hier.« Kay machte eine ausholende Armbewegung, als wolle er das ganze Lokal umarmen.

»Das hätte ich jetzt nicht gedacht«, antwortete Robyn ehrlich.

»Wieso? Passe ich nicht hierher?« Kay machte ein betrübtes Gesicht, doch seine Augen blitzten fröhlich.

»Nein, natürlich nicht«, beeilte sich Robyn, ihre Antwort abzuschwächen. »Nur das Café wirkt gar nicht modern.«

»Das ist Absicht.« Kay rückte näher und Robyn konnte sein Aftershave riechen. Vielleicht sollte ich ihn danach fragen, überlegte sie, doch Kay redete weiter. »Durch die absolute Durchschnittlichkeit wird das Lokal schon wieder hip.«

»Hip ist eines deiner Lieblingswörter.«

»Wie kommst du darauf?«

»Du hast es in dieser kurzen Zeit schon dreimal verwendet.«

»Zählst du etwa mit?« Kay lachte laut auf und seine weißen Zähne blitzten.

»Ich habe nur Spaß gemacht«, rettete sich Robyn aus dieser Situation. Sie musste sich mehr auf die Konversation konzentrieren, schärfte sie sich ein. »Läuft der Laden eigentlich gut?«

»Davon alleine könnte ich natürlich nicht leben«, sagte Kay. »Aber ich habe noch ein spezielles Catering-Unternehmen und einen eigenen Streetfood-Truck.«

»Was ist ein spezielles Catering?«, fragte Robyn, die sich darunter nichts vorstellen konnte.

»Wenn große Filmproduktionen hier in Berlin sind und drehen, dann stelle ich mit meinen Partnern das Catering. Da muss natürlich alles absolut diskret ablaufen. Meine Mitarbeiter sind zur Verschwiegenheit verpflichtet. Die Filmstars wollen ja nicht belästigt werden.«

»Das klingt sehr interessant.« Robyn nahm einen Schluck von ihrem Latte und verzog den Mund.

»Dein Kaffee ist ja ganz kalt«, meinte Kay fürsorglich. »Ich lasse dir einen neuen kommen. Geht aufs Haus.«

Sie unterhielten sich noch eine Weile über die unterschiedlichsten Themen und Robyn war zufrieden mit sich. Die Konversation war nie ins Stocken geraten, im Gegenteil. In der

Gegenwart von Kay fühlte sie sich wohl, obwohl sie es rational nicht begründen konnte.

Kay hatte gerade gefragt, ob sie morgen auch wieder in seinem Laden vorbeischauen würde, als ihr Handy klingelte. Sie warf einen schnellen Blick auf das Display und wusste sofort, dass es Schwierigkeiten gab.

»Ich muss telefonieren und habe keine Zeit mehr für dich«, sagte sie zu Kay und rutschte von ihrem Barhocker.

»Etwas Ernstes?« Kay machte eine mitfühlende Miene.

»Warum fragst du?«

»Du wirkst mit einem Mal so anders.«

»Es ist nur einer unserer Mitarbeiter. Er hat ein Problem im Ausland.« Robyn hängte sich die Planentasche mit ihrem Tablet quer über die Schulter, während das Handy ständig weiterklingelte.

»Willst du nicht rangehen?«

»Ja, natürlich«, antwortete Robyn verwirrt, denn plötzlich hatte sie keinen Kopf mehr für leichte Konversation.

»Was gibt's?«, sagte sie leise und hörte kurz zu, was der Anrufer zu sagen hatte. »Das ist keine sichere Leitung«, flüsterte sie dann und sah sich vorsichtig um. Kay löffelte den Schaum von seinem Kaffee und blickte in die Spiegelwand hinter dem Tresen. Als sich ihre Blicke trafen, zwinkerte er freundlich.

»Wir sehen uns dann morgen«, sagte er.

»Das kann ich nicht versprechen«, meinte Robyn zerstreut und verließ schnell das Café. Draußen auf dem Bürgersteig drückte sie hastig einige Tasten auf ihrem Display.

»Wir haben jetzt eine sichere Leitung«, informierte sie den Anrufer und presste das Handy an ihr Ohr. »Jetzt erzählen Sie mir in aller Ruhe, warum man Sie verdächtigt, einen Mord begangen zu haben.«

12

Tripolis

Stadtteil al-Nakar

Das Elend auf den Straßen machte sie traurig und wütend zugleich. Niemand kümmerte sich mehr um die Menschen in dem zerbombten Stadtteil von Tripolis, der hauptsächlich von angesiedelten Berbern bewohnt war. Die Berber hatten als Erste gegen das verhasste Gaddafi-Regime gekämpft, aber das wurde ihnen nicht gedankt. In dem neuen Bürgerkrieg wurde al-Nakar beinahe vollständig zerstört und die Berber, die nicht wieder in die Wüste zurückgekehrt waren, führten ein Leben in ständiger Angst.

Aisha ging durch die mit Schutt und Müll übersäten Straßen, bis sie das Café »Verde« entdeckte, von dem Olivier gesprochen hatte. Eigentlich sollte sie ihn hier treffen, aber es hatte in Genf einen Zwischenfall gegeben, der vielleicht eine Änderung des ursprünglichen Plans nötig machte. Deshalb stand sie an einem altmodischen Münzfernsprecher und telefonierte mit Olivier.

»Hat Tahid meinen Auftrag ausgeführt?«, fragte sie Olivier und sah sich in dem Café um. Sie war die einzige Frau hier und trotz ihres Umhangs, der sie beinahe komplett verhüllte, eine exotische Erscheinung.

»Keine Sorge, Tahid hat alles zu unserer Zufriedenheit erledigt. Wir sind auch bereits wieder im Besitz der Phiole. Allerdings wurde Tahid verfolgt.« Durch den Lärm im Café hörte sie Oliviers Stimme nur undeutlich.

»Wer hat ihn verfolgt?«, fragte Aisha und konzentrierte sich auf das Gespräch.

»Es war ein deutscher Agent. Er hat sich anscheinend schon im Laden aufgehalten. Tahid hat ihn aber nicht bemerkt.«

»Woher weiß er dann, dass es ein Agent war?«, fragte Aisha.

»Er hat Tahid verfolgt und auch gestellt. Dann hat er ihn gefragt, ob Tahid Pieter Ahrens getötet hat.«

»Das ist in der Tat ein Beweis. Konnte Tahid diesen Agenten identifizieren?«

»Nein, es ging alles so schnell. Er hat das Gesicht des Mannes nicht genau gesehen.«

»Wie sieht es umgekehrt aus: Könnte der Agent Tahid identifizieren?«, fragte sie und zuckte zusammen, als ein Mann sie rüde zur Seite stieß, um zu den Toiletten zu gelangen. Es war gefährlich, als Frau in einem Kaffeehaus zu stehen.

»Nein, Tahid war vermummt«, antwortete Olivier. »Es hat ihn keiner erkannt. Der Agent wurde übrigens von der Polizei festgenommen.«

»Gut, dann sind die Geheimdienste ja eine Zeit lang beschäftigt«, sagte Aisha.

»Wunderbar. Von keiner Seite droht Gefahr. Wir können die Operation also wie geplant durchführen«, stimmte ihr Olivier zu.

»Genau das will ich von dir hören.« Aisha liebte die beruhigende Stimme von Olivier, die ihr Sicherheit und Zuversicht gab. Gemeinsam mit ihm war sie unschlagbar und beide würden sie die Welt verändern. Gerne hätte sie noch länger mit

Olivier geredet, seine Stimme gehört und sich seine Hände auf ihrer Haut vorgestellt, aber mittlerweile hatte sich eine Gruppe Männer rund um sie gestellt und betrachtete sie mit finsteren Blicken.

»Das Café ist *merde*«, flüsterte sie Olivier zu und hängte den Hörer auf, ehe er antworten konnte. Mit zusammengebissenen Lippen zwängte sie sich zwischen den Männern durch, spürte Hände, die sie betatschten, aber sie reagierte nicht darauf. Endlich war sie beim Eingang und riskierte einen Blick zurück. Einer der Männer stand breitbeinig im Schankraum, zog sich die Dschellaba hoch und spuckte ihr direkt vor die Füße. Erschrocken wich sie zurück und lief hinaus auf das aufgerissene Pflaster der Straße. Ein Lieferwagen fuhr hupend neben ihr her und plötzlich wurde Aisha wieder eine Gefangene ihrer Vergangenheit.

Sie schrie und wehrte sich mit Händen und Füßen gegen die Fesseln, die man ihr in dem Laderaum des Lieferwagens anlegen wollte. Aber sie war nur ein fünfzehnjähriges Mädchen und hatte gegen Erwachsene keine Chance. Ein nach Schweiß stinkender Mann drückte sie auf den welligen Boden des Kastenwagens und legte sich auf sie. Sein fauliger Atem drang durch den rauen Sack, den man ihr über den Kopf gestülpt hatte, und sie spürte eine Messerklinge an ihrer Kehle.

»Wenn du dich weiter wehrst, dann schlitze ich dir den Hals auf«, zischte der Mann mit einer verbrauchten und vom Rauchen kratzigen Stimme.

»Lass sie in Ruhe!«, hörte sie eine zweite, viel jüngere Stimme von vorn. Das musste der Fahrer sein.

»Hör zu, Mädchen«, sagte er. »Es passiert dir nichts, wenn du dich ruhig verhältst. Wir wollen nur Lösegeld für dich kassieren und dann bist du auch schon wieder frei.«

»Hast du das kapiert?«, fragte der ältere Mann, der sie noch immer auf den Boden drückte.

»Ja, ich habe verstanden.« Widerstandslos ließ sie sich an die seitliche Wand des Lieferwagens fesseln. Mit angezogenen Beinen saß sie auf dem Boden. Das Bild ihres toten Freundes wollte einfach nicht aus ihrem Kopf verschwinden. Noch vor zwei Stunden war sie im Klassenzimmer gewesen und hatte einen langweiligen Literaturvortrag über sich ergehen lassen. In Gedanken war sie bereits bei Maurice gewesen und hatte sich auf einen Nachmittag am Meer gefreut.

»Merde!« *Der Ausruf des jungen Fahrers riss sie aus diesen Gedanken.*

»Was ist los?«, fragte der Mann hinten bei ihr und stand auf. »Gibt's ein Problem?«

»Polizei. Sie halten die Autos an«, sagte der Fahrer.

»Was machen wir jetzt? Wieso suchen sie das Mädchen schon jetzt?«, fragte der Mann neben ihr mit unruhiger Stimme.

»Das ist bloß eine Routinekontrolle«, versuchte ihn der Fahrer zu besänftigen.

»Was ist, wenn sie schreit?« Der Mann im Laderaum wurde immer nervöser. »Was, wenn sie gegen die Wand klopft?«

»Sie wird nichts tun. Nicht wahr, Mädchen?«

»Nein«, murmelte sie dumpf. »Ich bin ganz still. Ich verspreche es.«

Plötzlich hielt der Wagen und die Fahrertür wurde geöffnet. Sie hörte undeutlich, wie der Fahrer mit den Polizisten redete, die jetzt direkt neben dem Lieferwagen standen. Sie hielt den Atem an und dachte hektisch nach. Nur eine dünne Blechwand trennte sie von der Rettung. Diese Chance durfte sie nicht ungenutzt verstreichen lassen. Mit einem schnellen Satz war sie auf den Beinen, doch die Schnur, mit der sie an die Seitenwand gefesselt war, riss sie zurück. Ehe sie schreien konnte, pressten sich grobe Hände so fest um ihren Hals, dass ihr die Luft wegblieb.

»Nur einen einzigen Laut und ich töte dich.«

Aisha wusste nicht, wie sie zu dem baufälligen Haus gekommen war, so sehr hatte sie die Erinnerung aufgewühlt. Aber jetzt stand sie vor dem dreistöckigen Gebäude, das mit seiner zerschossenen Fassade wie aus einem Endzeitfilm wirkte. Vorsichtig öffnete sie die Tür und trat in einen dunklen Gang, von dem aus man in den Innenhof gelangte. Sie stieg eine Treppe nach oben und blieb vor einer stabilen Stahltür stehen. Als sie klopfte, blinkte eine Kamera an der Decke, und nach einigen Sekunden sprang die Tür auf. Drinnen lief ein Generator, der für Strom sorgte, und eine Klimaanlage brummte auf höchster Stufe. Deshalb war es auch angenehm kühl, trotz der vielen Rechner, die in dem loftähnlichen Raum überall herumstanden. Mit Ausnahme von den Computern, mehreren Schreibtischen, einem Bett mit Moskitonetz und einer frei stehenden Badewanne war der riesige Raum leer.

»Hast du schon etwas herausbekommen?«, fragte sie einen übergewichtigen Amerikaner, der in Shorts und T-Shirt vor einem Rechner saß.

»Das Cloud-Tagebuch ist verschlüsselt. Das wird dauern«, meinte er und griff nach einem Stück Pizza, das in einem fettigen Karton auf seinem Schreibtisch stand.

»Olivier hat mir gesagt, dass du der Beste bist, wenn es um das Hacken von Daten geht.«

»In ganz Nordafrika gibt es keinen Besseren als mich«, bestätigte der Amerikaner und drehte sich auf seinem Stuhl herum. »Aber die Cloud ist verdammt gut abgesichert.« Mit beiden Händen stopfte er sich das Pizzastück in den Mund. »Und ich muss doch meine Spuren verwischen.«

»Das stimmt«, gab ihm Aisha recht. »Sonst unterschreibst du dein Todesurteil.«

13

Genf

Polizeistation

David legte den Hörer auf die altmodische Gabel und nickte dem Polizisten zu.

»Danke, dass Sie mich telefonieren ließen.«

Er hatte soeben mit Robyn gesprochen, die ihm versprochen hatte, alles Nötige zu unternehmen, um ihn so schnell wie möglich aus dem Polizeigewahrsam zu holen.

»Jeder Verdächtige hat das Recht auf einen Anruf«, erwiderte der Polizist humorlos. Auf dem glänzenden Namensschild an seiner Uniformjacke, das wie ein Goldbarren wirkte, stand »Jacques Leclerc«.

»Es wird sich alles sehr schnell aufklären«, meinte David zuversichtlich und griff sich an den Oberarm, wo ihm der Notarzt einen Verband angelegt hatte. Zum Glück war der Messerstich durch die Lederjacke abgeschwächt worden und hatte ihm nur eine oberflächliche Fleischwunde zugefügt.

»Wann kann ich gehen?«, fragte David. Er wusste natürlich, dass er jetzt keine Chance mehr hatte, den Mörder von Maurice zu finden. David versuchte, sich an das Gesicht des Kapuzenmannes zu erinnern, doch alles war so schnell gegangen. Er wusste nur, dass der Mörder ein dunkler Typ gewesen war. Wahrscheinlich ein Südländer oder jemand aus dem Vorderen Orient.

»Sie bleiben in Gewahrsam, bis der Haftrichter entscheidet. Ich muss jetzt das Protokoll anfertigen«, beschied ihn Leclerc und tippte weiter in seinen Computer. Leclerc hatte ihn als Verdächtigen in einem Verhörraum vernommen, denn im Hinterzimmer der Chocolaterie hatte man Blut auf dem Boden gefunden und ebenso an Davids Jacke.

David rückte mit dem Stuhl ein wenig nach hinten, um seine Beine übereinanderzuschlagen, als plötzlich unter dem Schreibtisch ein Terrier hervorschoss und mit wütendem Knurren auf ihn zupreschte. Im letzten Moment konnte David seinen Fuß heben, um von dem Tier nicht gebissen zu werden.

»Ist das Ihr Hund?«, fragte David überrascht und beugte sich nach unten, wo der Terrier wieder unter dem Tisch verschwunden war.

»Verzeihen Sie«, entschuldigte sich Leclerc zerknirscht. »Aber Dino meint es nicht so. Immer, wenn jemand mit dem Stuhl rückt, dann dreht er durch und will zubeißen. Ich weiß nicht, was ich machen soll.«

»Sie müssen Dino die Angst nehmen«, sagte David ruhig. »Der Hund glaubt, er muss Ihren Schreibtisch verteidigen. Das überfordert ihn natürlich. Deshalb steht er auch permanent unter Stress.«

»Woher wissen Sie das alles?«, wunderte sich Leclerc und unterbrach das Tippen auf der Tastatur.

»Ich bin Hundeflüsterer«, antwortete David.

»Ach, interessant.« Leclerc setzte sich aufrecht. »Was kann ich mit Dino machen?«

»Wenn jemand diesen Stuhl verschiebt, dann stellen Sie Ihren Fuß auf den Fuß der Person, die darauf sitzt.«

»Wie, ich soll jemandem auf die Füße treten?«, wunderte sich Leclerc.

»Genauso ist es. Dino wird Sie nicht beißen, aber er begreift, dass Sie ihm die Verantwortung abgenommen haben.«

»Das klingt so einfach«, sagte Leclerc skeptisch.

»Ist es auch. Wir probieren es gleich einmal aus«, schlug David vor und schob den Stuhl wieder nach vorn. Sofort schoss Dino unter dem Schreibtisch hervor, doch Leclerc hatte seinen Fuß bereits auf Davids Schuh gestellt und der Hund bremste. Neugierig beschnüffelte Dino den Schuh seines Herrn und zog sich dann wieder unter den Schreibtisch zurück.

»Das ist fantastisch. Sie haben mir wirklich sehr geholfen.« Leclerc nickte anerkennend. Dann blickte er auf seinen Bildschirm. »Ich denke, wir sollten jetzt weitermachen.«

»Das ist ganz in meinem Interesse. Kennen Sie übrigens das Sanatorium ›Bellevue‹?«, fragte David.

»Natürlich«, antwortete Leclerc einsilbig.

David wollte nachhaken, doch da klingelte das Telefon auf Leclercs Schreibtisch. Der Polizist nahm den Anruf entgegen und drehte sich zur Seite, sodass David nichts von dem Gespräch mitbekam.

»Das war das EDA«, sagte er dann mit einem verblüfften Gesichtsausdruck, als er das Telefonat beendet hatte. »Da hat jemand ein gewichtiges Wort für Sie eingelegt. Sie haben nichts mit dem verschwundenen Chocolatier zu tun und können daher jetzt gehen. Anweisung des EDA.«

»EDA?«, fragte David, der sich nur entfernt daran erinnerte, diesen Begriff jemals gehört zu haben.

»EDA ist das Eidgenössische Departement für auswärtige Angelegenheiten«, klärte ihn Leclerc auf.

»Verstehe, das ist das Schweizer Außenministerium.« David stand auf. »Üben Sie weiter mit Dino. Er soll Ihnen gehorchen und nicht Sie ihm.«

»Ich werde es versuchen«, sagte Leclerc und schüttelte David die Hand. »Danke für den Tipp mit dem Auf-die-Füße-Treten. Ich werde das einmal mit meinem Vorgesetzten probieren.«

Als David aus der Polizeistation ins Freie trat, wählte er sofort die Nummer von Robyn. Er ließ es dreimal klingeln und legte dann auf. Sekunden später summte sein Handy. Es war Robyn auf einer sicheren Leitung.

»Danke, dass Sie mich so schnell aus den Fängen der Schweizer Polizei befreit haben«, sagte er.

»Kein Problem. Das habe ich in erster Linie gemacht, um internationale Verwicklungen zu vermeiden«, sagte Robyn.

»Ich verstehe. Aber wie sind Sie auf das Schweizer Außenministerium gekommen?«

»Ich habe mich in den Server eingeklinkt und Ihnen einen Diplomatenstatus verpasst«, antwortete Robyn. »Da werden keine unnötigen Fragen gestellt.«

»Sie wissen, was vorgefallen ist?«, fragte er.

»Ich habe mich informiert. Der Chocolatier Maurice ist wahrscheinlich tot und die Leiche ist spurlos verschwunden. Jemand will mit allen Mitteln verhindern, dass Sie bei der Suche nach dem Anschlagsort der sieben Hornissen Erfolg haben.«

»Ich glaube, alles hängt mit diesem Sanatorium zusammen«, mutmaßte David. »Maurice, der Chocolatier, hat etwas von angereichertem Blut erwähnt, das den Killerinstinkt bei Menschen wecken soll.«

»Diesen Verdacht gibt es schon seit Längerem. Aber vielleicht können wir jetzt die Chefin dafür gewinnen, die Operation ›Sieben Hornissen‹ zu bewilligen.«

Nachdem David das Telefonat beendet hatte, ging er zurück in sein Hotel. Die Stichwunde in seinem Arm schmerzte und er wollte sich ein wenig ausruhen. Doch kaum war er in seiner Suite, läutete erneut sein Handy. Es war Helen Stratford.

»Die Ereignisse in Genf haben mich überzeugt, Stein«, sagte sie kurz angebunden. »Finden Sie das Ziel für den Anschlag der sieben Hornissen heraus. Wir haben wahrscheinlich nicht mehr viel Zeit. Heute ist bereits der 4. Juli. Die Operation ›Sieben Hornissen‹ ist hiermit genehmigt.«

»Ich möchte aber nach meinen Regeln arbeiten«, sagte David.

»Und was sind Ihre Regeln?«, fragte Helen unwirsch.

»Mit Pieter Ahrens hat alles begonnen. Er ist auf diese sieben Hornissen gestoßen. Deshalb muss ich zunächst ein Feeling für seine letzten Stunden bekommen. Woher hatte er die Information? Was ging in seinem Kopf vor sich? Ich will verstehen, was der Sinn seiner letzten Botschaft an mich war. Und warum er ausgerechnet mich nach all den Jahren kontaktiert hat. Deshalb muss ich mich zunächst mit seiner Witwe treffen.«

14

Barcelona

Industrieviertel Poblenou

Der Wagen fuhr über die breite Straße, bis er vor einem stabilen Gittertor zum Stehen kam. Das Tor hatte man quer über die vierspurige Fahrbahn gebaut, und es war der einzige Durchlass in das Lager, das von einem Stacheldrahtzaun umgeben war. Hinter dem Zaun standen Männer und musterten den Wagen mit finsteren Blicken.

»Weiter kann ich nicht fahren«, brummte der Taxifahrer und drehte sich nach hinten.

»Es muss doch möglich sein, in das Lager zu gelangen«, wunderte sich David und zog sein Handy heraus. »Ich stehe jetzt vor dem Lager, aber die Durchfahrt ist versperrt«, sagte er, als sich der gewählte Teilnehmer meldete.

»Warten Sie vor dem Tor, ich hole Sie sofort ab.« Dann wurde die Verbindung getrennt.

»Es werden immer mehr von denen«, bemerkte der Taxifahrer, als David aus dem Wagen stieg. »Bald werden sie die ganze Stadt überschwemmen.«

»Diese Menschen haben alles verloren. Es ist wichtig und unsere Pflicht, ihnen zu helfen«, entgegnete David mit einem zornigen Unterton in der Stimme.

»Ich würde sie alle wieder zurückschicken.« Der Taxifahrer ließ sich nicht beirren und fuhr los. Der Wagen entfernte sich, umgeben von einer Staubwolke, und David setzte seine Sonnenbrille auf.

»Wann können wir endlich hier heraus?«, rief ihm ein junger Mann zu und rüttelte heftig an dem Drahtzaun. »Ich warte hier schon eine Ewigkeit.«

»Ja, wir sitzen hier eingesperrt wie die Tiere«, rief ein Zweiter. Plötzlich fingen die Männer gleichzeitig an zu schreien und an dem Zaungeflecht zu reißen. »Lasst uns gehen!«, skandierten sie auf Englisch. Jetzt mischten sich auch Frauen und Kinder unter die Menge und begannen ebenfalls zu rufen. »Freedom. Germany.« Diese Worte konnte David aus dem Geschrei heraushören.

Doch genauso schnell, wie der Tumult begonnen hatte, verstummte er auch wieder. Die Männer, die an dem Tor hochgeklettert waren, sprangen wieder nach unten und rückten zur Seite. Eine junge Frau, die einen breitkrempigen Hut und eine große Sonnenbrille trug, kam die Straße entlang und öffnete das Tor mit einem Schlüssel, den sie an einem Lanyard um den Hals trug.

»David Stein?« Sie blickte fragend zu David. »Ich bin Isabelle. Kommen Sie bitte herein.«

David trat durch das Tor und folgte der jungen Frau. Sie hielt einen kleinen schwarzlockigen Jungen an der Hand, der zu ihr hochblickte. Die vierspurige Straße war flankiert von Dutzenden weißer Zelte, zwischen denen die Flüchtlinge saßen, die man vor der spanischen Küste aus dem Meer gefischt hatte. Hinter den Zelten waren lang gestreckte Industriehallen zu erkennen, deren Dächer und Scheiben zum Großteil eingestürzt und zerbrochen waren. Die junge Frau ging mit dem kleinen Jungen auf ein zweistöckiges Gebäude zu. Die Farbe der Fassade blätterte an vielen Stellen ab und die Fensteröffnungen waren zugemauert.

»Das ist unser Verwaltungsgebäude«, sagte sie zu David und kniete sich dann neben den Jungen. »Mahmoud, setz dich auf die Stufen und warte, bis ich wieder zurück bin.«

Dann gab sie David ein Zeichen und beide betraten das Gebäude. Drinnen war es stickig und es zog ein Geruch nach Diesel durch die Räume.

»Die Stadt hat uns den Strom abgedreht. Da habe ich einfach einige Dieselgeneratoren gekauft. Ich gebe nicht so leicht auf«, sagte sie, als sie in ein von einer flackernden Neonröhre erhelltes, fensterloses Büro gingen. Sie ließ sich in einen wackeligen Drehstuhl fallen und David setzte sich auf einen zerschlissenen Klappsessel.

»Das ist bewundernswert, Frau Ahrens«, machte ihr David ein Kompliment.

»Nennen Sie mich Isabelle und duzen wir uns doch einfach«, sagte sie und nahm ihren Hut ab. In dem diffusen Neonlicht sah Isabelle zart und zerbrechlich aus. Ihr heller Teint, der durch die schwarzen Haare noch blasser wirkte, erschien im Licht grau und ungesund. David saß ihr gegenüber und ließ den Eindruck auf sich wirken. Isabelle war sicher viel jünger als Pieter gewesen und sein Tod hatte sie anscheinend ziemlich mitgenommen.

»Pieter hat so schön von dir erzählt. Deshalb habe ich mich auch gefreut, als du angerufen hast.« Isabelle schraubte eine Wasserflasche auf und trank direkt aus der Öffnung. Dann hielt sie David eine zweite Flasche entgegen. »Gläser sind im Augenblick Mangelware«, meinte sie entschuldigend.

»Aber das macht doch nichts.« David nahm einen großen Schluck und stellte die Wasserflasche dann auf den Boden. »Ist das ein staatliches Flüchtlingslager?«, fragte er.

»Nein, das habe ich selbst mit meiner Organisation aus dem Boden gestampft. Das Industriegebiet Poblenou ist zwar an einen Investor verkauft worden, aber ich habe ihn überreden können, es mir zumindest für dieses Jahr zur Verfügung zu stellen. Wir finanzieren uns ausschließlich durch Spenden und durch das Geld, das ich zuschieße. Ich habe von meiner Familie eine größere Summe bekommen. Diese Arbeit hilft mir jetzt, über Pieters Tod hinwegzukommen. Ich denke immer nur bis zum nächsten Tag.« Isabelles Lachen war traurig.

»Das ist wirklich sehr beeindruckend, was du hier auf die Beine gestellt hast«, sagte David bewundernd. »Wie viele Flüchtlinge betreust du?«

»Hier sind im Moment achthundert Flüchtlinge, aber ich rechne mit einem deutlichen Anstieg in den Sommermonaten.«

»Pieter muss sehr stolz auf dich gewesen sein«, bekräftigte David. »Es kommt viel zu selten vor, dass sich Menschen so engagieren.« Er machte eine Pause, ehe er weitersprach. »Du hast am Telefon gesagt, dass du die Unterlagen von Pieter durchgesehen hast.«

»Ich wollte sehen, ob ich einen Hinweis finde, der dieses Drama aufhellt«, erklärte Isabelle leise und schniefte kurz auf. »Glaubst du, dass Pieter Selbstmord begangen hat?«, fragte sie dann.

»Selbstmord? Wie kommst du darauf? Hat die Polizei so etwas angedeutet?« David war überrascht.

»Nein, sie wundern sich nur, wie er am helllichten Tag bei ruhigem Wellengang über Bord gegangen sein soll.«

»Da geht es mir wie dir. Selbstmord kann ich mir bei Pieter nicht vorstellen«, bestätigte David, erwähnte aber den Anruf von Pieter nicht. Pieters Stimme auf seiner Mailbox hatte gehetzt und fassungslos geklungen. Er hatte gewirkt, als hätten ihn die Ereignisse einfach überrollt.

»Wo ist Pieter die letzten Wochen denn gewesen?«, fragte er behutsam, denn er wollte Isabelle nicht unnötig aufregen.

»Er war wie immer im Konsulat. Da ist auch nichts Außergewöhnliches passiert.«

»Was war mit der algerischen Familie, wegen der Pieter eine Auseinandersetzung mit dem Botschafter hatte?«

»Woher weißt du davon?«, wunderte sich Isabelle.

»Ich habe einen Kontakt zur Botschaft in Madrid«, sagte David ausweichend.

»Dann weißt du sicher auch, dass die Botschaft das Visum für die Familie nicht bewilligt hat. Sie sind jetzt hier im Lager«, meinte Isabelle mit einem bitteren Unterton.

»Fühlte er sich vielleicht verfolgt?«, fragte David weiter.

»Überhaupt nicht. Wir waren auf Ibiza im Urlaub und er wirkte in den letzten Tagen sogar ziemlich entspannt. Ich war einfach zu wenig aufmerksam und habe nicht bemerkt, dass er vielleicht Depressionen hatte.«

»Mach dir keine Vorwürfe. Das ist nicht deine Schuld«, versuchte David, Isabelle zu beschwichtigen. »War Pieter in den letzten Wochen in Genf?«, fragte er dann unvermittelt. Isabelle runzelte die Stirn und dachte nach.

»Genf? Das könnte möglich sein. Doch, er war beim Arzt zum Durchchecken«, sagte Isabelle. »Ich bin die meiste Zeit hier im Lager, da bekomme ich nicht alles mit, was draußen so vor sich geht«, entschuldigte sie sich.

»War Pieter krank?«

»Nein, wie kommst du darauf?«

»Wegen Genf. Er fliegt nur nach Genf, um sich durchchecken zu lassen? Gibt es denn in Barcelona keine guten Ärzte?«, fragte David.

»Er hat dort einen Vertrauensarzt, den er immer wieder aufsuchte«, antwortete Isabelle. »Aber ich weiß nicht einmal seinen Namen.«

»Mach dir darüber bloß keine Gedanken. Das ist doch jetzt egal«, sagte David beruhigend. Natürlich wusste er von Robyn, dass es diesen Arzt nicht gab. Pieter hatte sich in Genf mit seinem Verbindungsmann, dem Chocolatier Maurice, getroffen.

»Hat Pieter irgendwelche Aufzeichnungen hinterlassen oder vielleicht Tagebuch geführt?«, fragte er Isabelle übergangslos.

»Ich weiß, dass Pieter die letzten Wochen ein Tagebuch geführt hat. Er nannte das ›rückwärts leben‹, wenn er abends aufschrieb, was er tagsüber so erlebt hatte. Und das Erlebte dann noch reflektierte. Weißt du etwas Genaueres darüber?«

»Nein, leider nicht. Ich hatte in den letzten Jahren nur sehr wenig Kontakt zu Pieter«, antwortete David.

»Er hat also mit dir nie über dieses Cloud-Tagebuch gesprochen?«

»Nein. Ich weiß nichts von einem Cloud-Tagebuch.«

Gedankenverloren beugte sich Isabelle zu der Wasserflasche vor und schob dabei ihre Brille ins Haar zurück.

»Schade. Ich hätte es gerne gelesen, denn vielleicht hat Pieter schöne Erinnerungen an unsere gemeinsamen Erlebnisse aufgeschrieben. Das gäbe mir die Kraft, weiterzuleben, und er wäre irgendwie immer bei mir.« Isabelle ließ mit einer eleganten Handbewegung die Brille wieder über ihre Augen gleiten. Plötzlich ging die Tür auf und der kleine Junge von zuvor kam herein. Er hatte Tränen in den Augen.

»Mahmoud, was ist los?«, fragte Isabelle und setzte ihn auf ihre Knie. Der Junge begann sofort, in einer unverständlichen Sprache auf Isabelle einzureden.

»Was hat denn der Kleine?«, fragte David.

»Ich war zu lange weg. Da hatte er Angst, dass ich nicht wiederkomme«, sagte Isabelle.

»Verstehst du Arabisch?«

»Nein, kaum, aber ich kenne seine Geschichte und sehe die Angst in seinen Augen.«

»Warum hat er diese Ängste?«, fragte David interessiert.

»Seine Eltern und seine Geschwister sind bei der Überfahrt von Libyen ertrunken. Er ist jetzt ganz alleine auf der Welt. Ich bin seine einzige Bezugsperson hier in dem Lager«, antwortete Isabelle.

Sie hielt den Jungen in den Armen, als sie aufstand. »Jetzt musst du mich aber entschuldigen. Du siehst ja, ich werde gebraucht.« Ein Lächeln glitt über ihr Gesicht und für einen kurzen Augenblick wirkte Isabelle glücklich.

15

Ibiza

Playa d'en Bossa

Das weiße Haus am Meer war groß und leer. Trotzdem hatte Leyla das Gefühl, als würden die Mauern ihr die Luft abschnüren. Die Wellen donnerten unablässig gegen die Felsen und flüsterten. Warum hast du damals den Auftrag angenommen?

Warum hatte sie es getan?

Weil sie den Mut der russischen Journalistin Natalia bewundert hatte. Diese Kraft, sich gegen ein Regime aufzulehnen, um die Wahrheit ans Licht zu bringen. Selbst auf die Gefahr hin, dass man dabei sein Leben verliert. Diese Konsequenz hatte ihr Respekt abgenötigt. Deshalb musste sie auch nicht lange überlegen, als Natalia sie bat, als ihre Leibwächterin bei der Preisverleihung in Berlin dabei zu sein. Natalia hatte Drohmails erhalten und wollte auf Nummer sicher gehen. Leyla wäre niemals auf den Gedanken gekommen, dass ihr ungeborenes Kind dabei in Gefahr geraten könnte.

Doch jetzt konnte sie wieder ein wenig laufen und die Zukunft war nicht mehr schwarz und düster. Deshalb bestellte sie ein Taxi und ließ sich zu den Klubs an der Playa d'en Bossa fahren. Sie war den ganzen Tag auf den Beinen gewesen und spürte jetzt ihre Verletzung erneut. Wie immer hatte sie das Laufen übertrieben, deshalb bereitete ihr jetzt auch das langsame Gehen Schmerzen.

Auf einen alten Voodoo-Stock gestützt ging sie barfuß durch den Sand, spürte die wuchtigen Bässe, die aus turmhohen Boxen den Strand fluteten. Sie hörte die Vocals und sah die erotischen Tänzerinnen, die sich auf einer Woge aus Musik, Sonne und Liebe ekstatisch bewegten.

Leyla wiegte sich zu der Musik und spürte mit einem Mal, dass ihr David unglaublich fehlte. Hier, mitten unter tanzenden Menschen, eingehüllt in einen Sound aus tiefen Bässen und zwitschernden Vocals, hätte sie ihn gerne geküsst und zum Rhythmus der Musik umarmt. Beide hätten sich einfach mit dem Musikmeer forttreiben lassen.

Plötzlich spürte sie eine Hand auf ihrer Schulter. Instinktiv hob sie ihren Stock und drehte sich um.

»Ich wollte dich nicht erschrecken, Leyla«, sagte ein hünenhafter Mann mit einem rasierten Schädel, der Shorts und ein T-Shirt trug. »Ich habe eine Botschaft für dich.«

»Ich kann mir schon denken, von wem die Nachricht ist«, antwortete Leyla. Sie deutete mit der Hand hinaus aufs Meer, wo eine schwarze Jacht mit drei Decks ankerte. Es war die Jacht von Lars Svenson, einem schwedischen Musikproduzenten, den Leyla vor ein paar Wochen auf einer privaten Party auf Ibiza kennengelernt hatte. Es war das erste Mal seit dem Attentat gewesen, dass sie sich wieder unter Leute gewagt hatte. Anfangs hatte sie sich zwischen all den Menschen unwohl gefühlt, doch dann sah sie einen großen Mann mit gelockten Haaren, dem es ähnlich wie ihr zu gehen schien. Auch er stand abseits und beobachtete nur das Treiben. Mit ihm war sie dann auch ins Gespräch gekommen. Wie sich herausstellte, war Lars Svenson ein Selfmade-Milliardär, der aber die Bodenhaftung noch nicht verloren hatte. Svenson war wie Leyla ein Waisenkind gewesen und in verschiedenen Heimen aufgewachsen. Svenson wollte mehr, das spürte Leyla, daher blieb sie distanziert. Nach diesem Abend, an dem sie sich trotzdem angeregt unterhalten hatten, waren beinahe täglich Mails von Svenson bei Leyla eingegangen, die sie alle ungelesen löschte. Kurz darauf fand sie einen schwarzen Briefumschlag mit einer Einladung auf den Eingangsstufen ihres weißen Hauses. Aber Leyla reagierte nicht darauf. Eine Woche später setzte sich das Spiel fort. Wieder gab es eine Einladung, diesmal in einem blutroten Kuvert. Die letzte Einladung hatte sie vor einer Woche erhalten, ein blütenweißer Umschlag mit einer nachtschwarzen Karte. Aber sie hatte auch darauf nicht geantwortet.

Jetzt stand Svensons Bodyguard vor ihr und hielt ihr einen flachen Goldbarren hin, in den nur die Nummer sieben eingraviert war.

»Was soll ich damit?«, fragte Leyla und malte mit ihrem Stock Kreise in den Sand.

»Mit dieser Einladung kommst du in das Taka-Restaurant in der Altstadt von Ibiza«, sagte der Bodyguard. »Das Lokal ist klein und hat nur Platz für sieben Personen.«

»Ich habe davon gehört«, sagte Leyla. »Aber das ist nichts für mich.«

»Mein Boss würde sich aber sehr freuen, dich dort morgen Abend begrüßen zu dürfen.«

»Dein Boss ist ziemlich hartnäckig. Sag ihm, dass ich seine Einladung leider nicht annehmen kann.« Leyla hielt dem Bodyguard den Goldbarren hin. »Das kannst du ihm auch zurückgeben.«

»Du kannst die Einladung behalten. Sie ist übrigens wirklich aus massivem Gold.«

»Ich brauche kein Gold«, murmelte Leyla.

»Mein Boss hat extra einen Koch aus Japan einfliegen lassen. Es gibt Fugu-Fisch.«

»Ich habe auch kein Interesse an seinen gefährlichen Fischen.« Kurz vor dem Höhepunkt des Songs, der gerade gespielt wurde, war die Musik beinahe verstummt, nur ein leises Zischen lag in der Luft, ehe die druckvollen Bässe die Antwort des Bodyguards auf das Meer hinausbliesen.

»Mein Boss versteht einfach nicht, warum du nicht in ihn verliebt bist. Das macht dich für ihn noch interessanter. Er redet von nichts anderem mehr. Er hat jetzt sogar vor, den alten Hit ›Leyla‹ neu aufzunehmen.«

»Richte ihm aus, dass ich ihn als Freund will, aber nicht als Liebhaber.«

»Kannst du denn nicht lieben?«, fragte der Bodyguard verblüfft.

»Doch, aber ich habe mein Herz bereits an einen anderen verloren«, antwortete Leyla traurig.

»Ich werde es meinem Boss ausrichten.«

Der Bodyguard hob grüßend die Hand und drehte sich dann um. Leyla sah ihn durch den Sand gehen und ein schwarzes Schlauchboot vom Strand ins Wasser schieben. Ohne sich noch einmal umzudrehen, nahm der Bodyguard Kurs auf die schwarze Jacht, von der gerade ein Hubschrauber aufstieg und Richtung Ibiza-Stadt davonflog. Langsam ging Leyla weiter den Strand entlang, ließ sich von den unterschiedlichen Rhythmen einholen, forttragen und wieder zurück in den Sand bringen. Nach einiger Zeit kam sie zu einem strohgedeckten Strandklub, der nichts mit den mondänen Klubs entlang der Küste gemein hatte.

»Leyla, es freut mich, dich zu sehen«, sagte Marc und winkte ihr aus seiner DJ-Kabine zu. Marc kannte sie schon seit einer ganzen Weile, noch aus der Zeit, als sie manchmal mit David nach Ibiza gereist war, um auszuspannen und das Leben zu genießen. Marc hatte lange Jahre in den verschiedensten Klubs in Italien und Griechenland aufgelegt, aber jetzt, mit sechzig

Jahren, war er ein wenig müde geworden und gab nur noch ein Gastspiel in diesem Strandklub.

»Wie geht es dir nach deinem schweren Unfall?«, fragte Marc, dem Leyla eine Geschichte von einem Autocrash erzählt hatte.

»Ich taste mich zurück ins Leben«, antwortete Leyla mit einem leisen Lächeln. »Es ist ein harter Kampf.«

»Wem sagst du das«, meinte Marc. »Aber du stehst wieder auf eigenen Beinen. Das ist doch positiv. Du bist eben eine Kämpferin.«

Leyla winkte ab. »Daran hat mein Physiotherapeut einen großen Anteil.«

»Dein Wille war entscheidend, glaube mir.« Marc nickte und suchte dabei in seinem Plattenkoffer. Er war einer der wenigen DJs, die noch mit klassischem Vinyl auflegten und nicht einfach einen USB-Stick verwendeten.

»Da bin ich altmodisch«, hatte Marc immer gesagt. »Ich liebe eben die 12-Inch-Platten.«

Als er die richtige House-Nummer auf seinem Plattenteller rotieren ließ und mit einem alten Westcoasthit mixte, drehte er sich wieder zu Leyla.

»David und du, ihr habt so gut zusammengepasst. Vielleicht solltest du dir das noch einmal überlegen.«

»Ich denke darüber nach.«

Leyla küsste Marc auf die Wangen und humpelte aus der DJ-Kabine. Selbstverständlich hatte Marc recht, David und sie waren füreinander geschaffen. Natürlich wusste sie auch, dass sie bald wieder mit David sprechen und ihn auch sehen würde. Sie war richtiggehend süchtig nach seiner ruhigen Stimme, seinem durchtrainierten Körper und seiner besonnenen Art.

Mit den Gedanken an David ließ sie sich von den Soundkaskaden den Strand entlangtreiben und merkte gar nicht, dass sie sich bereits weit von den Klubs und DJs entfernt hatte. Die Dämmerung brach langsam herein und im Schein der Kerzen sah sie schemenhaft Liebespaare im Sand liegen.

Zwischen den Dünen tauchte eine dünne Gestalt auf, die einen großen Rucksack trug. Es war ein junger Mann, der Ketten und Armbänder in seinen Händen hielt und sie den Leuten am Strand zum Kauf anbot. Als er Leyla sah, kam er zielstrebig auf sie zu.

»Warte, ich habe etwas für dich!«, rief er ihr schon von Weitem zu.

»Ich kaufe nichts«, antwortete Leyla und ging schnell weiter. Doch der Mann ließ sich nicht abschütteln und hatte sie bald eingeholt.

»Was ist mit deinem Fuß passiert?«, fragte er. »Schönes Teil.« Er deutete auf Leylas Voodoo-Stock.

»Das ist ein Zauberstab, und es ist nicht der Fuß, sondern der Rücken. Jetzt habe ich deine Fragen beantwortet.« Leyla drehte sich zum Meer und atmete die salzige Luft ein. »Ich habe doch schon gesagt, dass ich nichts kaufe.«

»Ich will dir auch nichts verkaufen«, antwortete der Mann und rückte ganz nahe an sie heran, um ihr so den Weg zu versperren. Auf seinem kurz geschorenen Schädel glitzerten Schweißperlen und seine Kopfhaut war gerötet. »Niemand möchte dir etwas verkaufen, Leyla Khan.«

»Woher kennst du meinen Namen?«, fragte Leyla und wandte sich jetzt wieder dem Mann zu. Doch dieser lächelte nur und hielt ihr eine Halskette mit einem schwarzen Stein entgegen.

»Hier habe ich ein Geschenk für dich«, sagte er.

»Was ist das?« Leyla nahm die Kette und betrachtete den Anhänger, der aussah wie ein Insekt.

»Das ist eine schwarze Hornisse.«

Leyla spürte, wie sie plötzlich wieder das altbekannte Gefühl aus ihrer Zeit als Killerin durchströmte und das Adrenalin durch ihre Venen zu rauschen begann. Der Mann war zwar kleiner als sie, aber er war drahtig und wirkte gefährlich. Sie musste auf der Hut sein.

»Diese Kette soll dich immer an deinen Geliebten erinnern.«

»Ich habe keinen Geliebten«, antwortete Leyla und wollte sich an dem Mann vorbeidrücken. Doch dieser hielt sie am Arm zurück.

»O doch. Du hast jemanden in deinem Herzen.«

Er stellte sich auf die Zehenspitzen. »Sorge dafür, dass sich David Stein nicht immer um Dinge kümmert, die ihn nichts angehen«, raunte er Leyla ins Ohr. »Wenn du den Anhänger siehst, dann denke immer daran: Ein Hornissenstich kann tödlich sein.«

16

Berlin

Sicheres Haus der »Abteilung«

David Stein hatte sich seit ihrem letzten Treffen positiv verändert, fand Helen, als sie gemeinsam mit ihm und Robyn in einem fensterlosen Raum im sicheren Haus der »Abteilung« saß. Er trug jetzt nicht mehr seine abgewetzte Lederjacke, sondern ein schwarzes Sakko, und der kurze Dreitagebart ließ seine markanten Gesichtszüge noch deutlicher hervortreten. Doch noch immer umgab ihn eine Aura von Traurigkeit, die ihn aber umso attraktiver erscheinen ließ.

Diese düstere Ausstrahlung hatte mit seiner gescheiterten Beziehung zu der Profikillerin Leyla Khan zu tun, wusste Helen. Es war eine absurde Konstellation – der Agent und die Killerin, die ihn ermorden sollte. Dann verliebten sie sich ineinander.

Aber hatte nicht auch ihre Beziehung zu Pieter unter einem ähnlichen Zeichen gestanden? Als ihre Liebesbeziehung begann, sagte ihr Verstand zwar Nein, aber das Herz sagte Ja.

»Isabelle Ahrens betreibt auf eigene Kosten ein Flüchtlingslager in Barcelona«, fing David an und gab Helen eine kurze Zusammenfassung seines Gesprächs mit Pieters Witwe. Helen musste sich zusammenreißen, um nicht die

Augen zu verdrehen, als David von Isabelles Engagement erzählte. Isabelle war der reinste Engel: schön, reich und sozial.

»Woher haben Sie die Narbe?«, fragte Helen, um auf andere Gedanken zu kommen, und deutete auf Davids zerteilte Augenbraue.

»Diese Narbe erinnert mich immer an Jane«, sagte David zurückhaltend.

»Richtig. Sie waren mit Jane in Afghanistan stationiert. Übrigens habe auch ich Ihre Frau damals gut gekannt. Wir durchliefen ein Spezialprogramm in Brighton«, sagte sie. Doch als sie Davids versteinerte Miene sah, wechselte sie schnell das Thema. »Lassen wir die Vergangenheit ruhen, beschäftigen wir uns mit dem Jetzt und blicken nach vorne«, sagte sie. »Welche Erkenntnisse haben wir bisher?«

»Das Sanatorium ›Bellevue‹ liegt mitten in einem großen Park. Dieser wird von sieben Malinois-Hunden bewacht. Die Hunde gehören Doktor Marais, der sie auch selbst trainiert«, antwortete Robyn und schickte die entsprechenden Bilder auf den großen Bildschirm.

»Sieben Malinois-Hunde und sieben Hornissen. Das hört sich für mich nicht nach einem Zufall an. Gibt es da eine Verbindung?«, fragte David.

»Bisher konnte ich noch keine Zusammenhänge feststellen.« Robyn kauerte sich etwas tiefer in ihrem Stuhl zusammen und beugte sich über ihr Tablet. »Aber es ist natürlich auffällig. Ich habe mir über die Zahl Sieben so meine Gedanken gemacht.«

»Was haben Sie herausgefunden?« Helen klopfte nervös mit den Fingern auf die Tischplatte. Das Sanatorium in Genf war bisher ihr einziger Anhaltspunkt.

»Die Sieben ist die Summe aus drei und vier. Drei steht für die Seele und alles Geistige. Die Vier ist die Zahl der Elemente und bedeutet das Materielle.«

»Was heißt das jetzt für uns?«, fragte Helen ein wenig ungehalten, denn sie hielt nichts von philosophischen Exkursen. Dafür war sie zu sehr praxisorientiert.

»Bei einem Terroranschlag verbinden sich das Geistige und das Materielle«, erklärte David.

»Interessanter Ansatz.« Helen drehte sich zu ihm. »Wie ist das zu verstehen?«

»Terroristen haben doch immer eine Mission, einen geistigen Auftrag. Sie fühlen sich berufen. Diese Berufung, kombiniert mit der materiellen Tatsache, dass sie eine Bombe bauen oder einen Überfall inszenieren können, ergibt eine gesamtheitliche Bedrohung. Sie sind Fanatiker und das macht sie brandgefährlich.«

»Haben diese Hunde damit zu tun oder nicht?«, fragte Helen.

»Das wissen wir noch nicht«, warf David ein. »Deshalb muss ich herausfinden, was es damit auf sich hat.«

»Den Tag und den Zeitpunkt des Anschlags kennen wir. Finden Sie jetzt den Ort. Maurice, der Chocolatier, war einer unserer besten V-Männer. Jetzt ist er tot«, sagte Helen. »Also ist definitiv ein Anschlag in Planung. Man wollte etwas vor uns verheimlichen.«

Der Schweizer Geheimdienst hatte seine Leiche auf einer Müllhalde gefunden. Professionell in Plastikplanen eingerollt und in einer zu verschrottenden Tonne verborgen. »Das ist doch Beweis genug, was brauchst du mehr«, hätte Pieter zu ihr gesagt. Aber auch Pieter war tot.

»Gut, ich schleuse mich in das Sanatorium ein und versuche, das Vertrauen dieses Doktor Marais zu gewinnen. Am besten über das Training seiner Hunde.«

»Wie wollen Sie das schaffen?«, fragte Helen nach einer längeren Pause.

»Ich habe da so eine Idee«, erwiderte David und stand auf. Helen musterte ihn interessiert. Es stimmte, was man über David Stein sagte. Er hatte eine besonnene, überlegte Art, die anziehend war. Genau so war es in diesem Moment, als David mit ruhiger Stimme seinen Plan erläuterte.

»Was meinen Sie dazu?«, fragte sie Robyn, die wie immer das Image des neurotischen Wunderkindes kultivierte. Das ging Helen zwar manchmal auf die Nerven, aber Robyn war eine brillante Strategin und auch als IT-Spezialistin in ganz Europa unübertroffen. Deshalb sah Helen über den exzentrischen Kleidungsstil und das Fehlen jeder emotionalen Regung großzügig hinweg. Robyn konnte es sich leisten, denn sie war tatsächlich ein Genie.

»Ich brauche dazu einen halben Tag, das hängt von den Firewalls ab«, meinte Robyn nüchtern. »Aber meines Wissens sind die Server von Ministerien nur unzureichend gegen Angriffe von außen geschützt.«

»Woher wissen Sie das?«, fragte Helen. »Haben Sie das vielleicht schon einmal getestet?«

»Natürlich, wenn es für eine wichtige Operation von Relevanz gewesen ist«, antwortete Robyn direkt, als wäre das die natürlichste Sache der Welt.

»Dann sind wir uns über die Vorgehensweise also einig?« Helen wollte nicht weiter darüber diskutieren, sondern blickte von David zu Robyn. Beide nickten.

»Sehen Sie zu, dass Sie so schnell wie möglich herausfinden, wo am 7.7. der Anschlag geplant ist. Ich verlasse mich auf Sie, David Stein. Pieter war Ihr Freund. Sein Tod soll nicht umsonst gewesen sein.«

17

Genf

Sanatorium »Bellevue«

Die dunklen Malinois hetzten wie schwarze Abgesandte der Hölle durch den nächtlichen Park. Ein Kaninchen raste über die Wiese, schlug Haken und versuchte, in das rettende Dickicht in der Nähe des Zauns zu gelangen. Die Malinois-Hunde schwärmten aus und bildeten eine Kette, um das Kaninchen immer weiter in die Enge zu treiben.

Das Kaninchen war schneeweiß und erst vor zwei Tagen in einer Zoohandlung in Neuchâtel gekauft worden.

»Da wird sich Ihre Tochter freuen«, sagte die Verkäuferin des Tiergeschäfts, als das Kaninchen abgeholt wurde. »Sie wissen ja, was Kaninchen so fressen.«

»Natürlich, meine Tochter liebt Tiere und hat bereits alles darüber gelesen«, erwiderte Carl gelangweilt und schob das Kaninchen in einen Käfig, den er ebenfalls gekauft hatte. Carl hatte sich von der Verkäuferin auch noch einen Futternapf, Spielringe und die Nummer einer Tierärztin in Neuchâtel aufschwatzen lassen.

»Falls etwas mit dem entzückenden Kaninchen passieren sollte, was wir natürlich nicht hoffen!«, hatte ihm die

Verkäuferin hinterhergerufen. »Wie soll denn das Kaninchen eigentlich heißen?«

»Das überlasse ich wie immer meiner Tochter«, sagte Carl und war froh, endlich das Geschäft zu verlassen. An der Straßenecke wartete ein dunkler SUV. Carl öffnete die Hintertür und warf den Käfig achtlos auf den Rücksitz.

»Hey, so kannst du nicht mit einem Tier umgehen«, rügte ihn Frank, der Fahrer. »Das bekommt bei deiner Behandlung noch einen Herzinfarkt.«

»Du machst dir jetzt schon Sorgen um diesen Hasen?«, fragte Carl verächtlich.

»Das ist kein Hase, es ist ein Kaninchen«, korrigierte ihn Frank.

»Scheiß darauf! Fahr los. Wir haben einen Auftrag zu erledigen.«

Schweigend fuhren die beiden Männer mit dem Kaninchen nach Genf. In einem unauffälligen Haus am Stadtrand öffnete sich die Garagentür und der SUV glitt hinein.

»Wir haben das Paket bei uns«, berichtete Carl, der Minuten später bereits vor einem Computer saß und mit einer blonden Frau auf dem Bildschirm redete.

»Sie werden heute Nacht die Aktion starten. Sollen wir den Plan noch einmal durchgehen?«, fragte sie.

»Nicht nötig, das wird schon nicht so kompliziert werden«, wiegelte Carl ab. »Weshalb macht es denn nicht Ihr Spezialist?«

»Unser Mann wird erst morgen in Genf mit der Maschine aus Berlin eintreffen. Damit er keinen Verdacht erregt. Haben Sie das Parfüm besorgt, das ich Ihnen genannt habe?«

»Na klar! Das war gar nicht so leicht zu bekommen. Wir mussten extra zu einer speziellen Tierhandlung nach Bern fahren.«

»Ich hoffe, Sie haben Ihre Spuren dort verwischt.«

»Wir sind doch keine Amateure«, antwortete Carl ein wenig beleidigt.

Als die Frau vom Bildschirm verschwunden war, drehte sich Carl grinsend zu Frank, der die ganze Zeit mit verschränkten Armen am Küchentresen gelehnt und das Gespräch genau mitgehört hatte.

»Ich glaube, Helen Stratford hat Angst vor Hunden«, meinte er lachend. »Deshalb schärft sie uns auch alles immer zweimal ein.«

»Das sind aber gefährliche Tiere«, sagte Frank nachdenklich, »da müssen wir schon aufpassen.«

»Wenn mir einer dieser Köter zu nahe kommt, dann erschieße ich ihn einfach«, meinte Carl lapidar.

»Bist du verrückt? Damit gefährdest du die ganze Operation«, wies ihn Frank zurecht.

Kurze Zeit später, vor Sonnenuntergang, huschten zwei Schatten im Schutz der Bäume bis zu einem Seitenflügel des Sanatoriums »Bellevue«. Einer von ihnen trug einen Käfig, der mit einem schwarzen Tuch verhüllt war. Es war Frank, der sich jetzt zu Carl drehte, der ein großkalibriges Gewehr in der Hand hielt.

»Du weißt, was du zu tun hast?«, flüsterte Frank seinem Partner zu.

»Ich bin wirklich nicht schwer von Begriff«, erwiderte Carl genervt.

Frank öffnete den Käfig und holte das weiße Kaninchen heraus. Er hob das zitternde Tier an den Ohren in die Luft. Carl griff in seine Tasche und zog den Flakon mit dem Spezialparfüm hervor. Damit sprühte er das Kaninchen von oben bis unten ein, ehe Frank das verängstigte Tier auf die Wiese setzte.

»Wieso kommen die Hunde nicht? Bei Sonnenuntergang haben sie doch ihren letzten Auslauf«, wunderte sich Carl.

Er wollte noch etwas sagen, da hörte er plötzlich ein Geräusch. Überrascht richtete er sich auf, starrte über die Wiese zum Sanatorium. Er sah eine dunkle Wolke direkt auf das Wäldchen zurasen. Aber es war keine Wolke, sondern das Hunderudel. Schwarz und lautlos rannten sie aus dem offenen Zwinger, fegten über den gekiesten Vorplatz und dann weiter über die Wiese.

»Fuck!« Carl stand auf und drehte sich zu Frank. »Die sehen ziemlich unheimlich aus!«

»Kein Problem. Das Kaninchen wird sie ablenken«, zischte Frank. »Wir fangen einen von den Hunden mit der Stange und der Drahtschlinge. Dann schießt du auf ihn mit dem Betäubungspfeil und wir verschwinden.«

Das Kaninchen hatte mittlerweile begriffen, dass es um sein Leben rennen musste. Es hoppelte in schnellem Zickzack auf das kleine Wäldchen zu, um sich in dem Unterholz zu verstecken. Frank und Carl liefen gebückt im Schatten der Bäume, um einen der Hunde einzufangen.

Plötzlich strauchelte Carl und schlug der Länge nach hin. Der Flakon in seiner Tasche zerbrach und er spürte die Flüssigkeit sein Bein hinunterlaufen. Fluchend richtete er sich wieder auf und suchte nach dem Gewehr, das er verloren hatte. Plötzlich sah er sich einem Malinois gegenüber, der mit gefletschten Zähnen direkt vor ihm stand. Geistesgegenwärtig hechtete Carl zur Seite, doch der Hund war schneller. Lautlos sprang er auf Carl zu und durch die Wucht des Aufpralls wurde dieser erneut zu Boden geschleudert. Mit vor Schreck geweiteten Augen sah er das aufgerissene Maul des Hundes mit den gebogenen Fangzähnen, roch den fauligen Atem, hörte das leise Hecheln und spürte den Geifer, der auf seine Hand tropfte. Der Hund wurde durch den Geruch des Parfüms immer wilder und biss zu.

»Fuck! Der Köter hat mich gebissen!« Carl presste die Lippen zusammen, um nicht laut aufzuschreien. Panisch versuchte er, sich von dem Malinois zu befreien. Doch dieser hatte seine Zähne tief in Carls Unterarm geschlagen und zerrte wütend an ihm.

Plötzlich hörte Carl Franks Stimme hinter sich. »Achtung! Ich fange ihn mit der Schlinge.« Die Drahtschlinge senkte sich über den Kopf des Hundes und Frank riss ihn von Carl weg. Zitternd griff der nach seinem Gewehr und schoss auf den Hund. Er hörte ein leises Ploppen, dann fiel der Malinois auf die Seite. Langsam beruhigte sich Carl wieder und der Schock ließ nach. Doch dafür kehrte der Schmerz mit einer unglaublichen Wucht zurück und Carl sank wieder in die Knie.

»Ich muss zu einem Arzt«, stöhnte er und starrte auf seinen blutüberströmten Arm.

»Wir müssen jetzt den Hund nach draußen schaffen, ehe das Wachpersonal etwas mitbekommt. Wo ist das Kaninchen?«, fragte Frank und zerrte Carl wieder hoch.

»Wen interessiert jetzt dieses verdammte Tier!« Carl wurde von Krämpfen geschüttelt und konnte sich nur mit größter Anstrengung auf den Beinen halten.

»Das Kaninchen kann uns verraten.« Nervös ging Frank unter den Bäumen auf und ab. Endlich sah er den weißen Fleck mitten auf der Wiese hektisch hin und her springen, um die Malinois abzuschütteln.

»Du kannst da nicht hin. Das ist zu gefährlich. Wenn dich die Hunde erwischen und dich jemand sieht, dann sind wir erledigt«, versuchte Carl, seinen Partner abzuhalten. Als Frank dennoch losgehen wollte, sah er plötzlich einen blonden Mann um die Ecke des Anwesens kommen. Hastig versteckte er sich wieder im Unterholz.

»Was ist da draußen los? Warum seid ihr alle so verrückt? Aramis, Athos, los, kommt zu mir«, rief der Mann. »Wie kommt dieses Kaninchen hierher? Hier!«

Einer der Leithunde gehorchte sofort auf das Kommando des Mannes hin und Carl und Frank zerrten den betäubten Malinois vorsichtig durch das Dickicht.

»Wo ist Aramis?«, hörten sie die Stimme des Mannes, der jetzt langsam näher kam.

»Ich habe solche Schmerzen. Ich kann den Hund nicht länger ziehen«, jammerte Carl.

»Reiß dich zusammen.«

»Ist da jemand?« Sie hörten ein leises Knacken, als der Mann auf Zweige im Unterholz trat. Doch da hatten sie bereits die Öffnung erreicht, die sie in den Maschendrahtzaun geschnitten hatten. Carl zwängte sich als Erster durch das Loch und zerrte den Hund an den Pfoten hinter sich her, während Frank ihn von hinten schob.

»Mach schon. Der Typ lässt gleich wieder die Hunde frei.«

»Aramis. Hier!«, hörten sie den Befehl des Mannes, der jetzt nur noch wenige Meter vom Zaun entfernt stand.

Endlich hatten sie es geschafft, den betäubten Hund durch das Loch zu ziehen. Hektisch holte Frank eine Rolle Draht aus seiner Jacke und begann, das Loch im Zaun wieder provisorisch zu verschließen.

»Bist du verrückt? Beeil dich! Wir müssen weg«, zischte Carl.

»Es soll niemand wissen, wie wir hereingekommen sind«, ließ sich Frank nicht aus der Ruhe bringen.

Gerade als sie den Malinois über die Straße schleiften, trat der Mann an den Zaun und leuchtete mit seiner Taschenlampe auf die Straße.

»Aramis, bist du da draußen? Hierher, guter Hund.«

»Fuck. Das war knapp«, seufzte Carl, als sie im Straßengraben auf der anderen Seite hockten und warteten, bis der Mann wieder in dem Wäldchen verschwunden war. Schweißperlen standen auf seiner Stirn und der Arm pochte wie verrückt. »Ich brauche einen Arzt!«

»Zuerst muss der Hund weggeschafft werden«, blieb Frank unnachgiebig.

»Wir haben es geschafft«, seufzte Frank, als sie den Malinois endlich in den SUV gehievt hatten und er den Wagen langsam die steile Straße hinunter nach Genf lenkte. Er hatte zwar keine Ahnung, warum sie einen Hund entführen mussten, aber David Stein hatte immer ungewöhnliche Ideen.

18

Genf

Sanatorium »Bellevue«

Einen Tag später stellte John Fox seine abgewetzte Reisetasche auf den Boden des Empfangsbereiches und wartete geduldig, bis die attraktive Krankenschwester seinen Namen im Computer aufgerufen hatte. In dem hellen Raum wirkte Fox in seinem schwarzen Anzug und der schwarzen Krawatte wie ein unheimlicher Fremdkörper.

»Monsieur Fox, da haben wir ja Ihre Anmeldung«, sagte die Krankenschwester und ließ ihre ebenmäßigen Zähne blitzen. »Sie werden direkt an Doktor Marais überwiesen.« Die junge Frau ging um den Tresen herum und reichte Fox die Hand.

»Mein Name ist Alice«, stellte sie sich vor. »Ich bin persönlich für Ihr Wohlbefinden zuständig. Dann zeige ich Ihnen jetzt Ihre Suite.« Ohne seine Antwort abzuwarten, ging Alice vor Fox durch das helle Foyer auf einen breiten Korridor zu.

»Ihre Zimmer liegen ganz hinten und sind sehr ruhig«, erklärte sie und drehte sich halb zu ihm um. »Sie sind in besten Händen, denn Sie bekommen eine Privatbehandlung bei Doktor Marais.«

»Ich hoffe, der Doktor kann mir helfen«, murmelte Fox und zerrte an seinem Krawattenknoten. »Hier ist es verdammt heiß und die Luft ist schlecht.«

»Ihre allgemeine Verfassung wird sich bereits nach der ersten Behandlung bessern«, sagte Alice. »Wie ich der Akte entnehmen konnte, hatten Sie einen Zusammenbruch.«

»Kann hier jeder meine Unterlagen einsehen?«, knurrte Fox und nahm die Sonnenbrille ab.

»Natürlich nicht. Aber ich bin auch diplomierte Psychotherapeutin und arbeite gemeinsam mit Doktor Marais eine spezielle Therapie für Sie aus.«

»Da bin ich mal gespannt«, brummte Fox und setzte die Sonnenbrille wieder auf. »Wieso ist es so unerträglich hell hier drinnen?«

»Dieses Gefühl legt sich. Glauben Sie mir. Es sind nur Ihre überreizten Nerven, die Ihnen diese Helligkeit suggerieren«, bemühte sich Alice, Fox zu beruhigen.

»Da wären wir schon.« Schwungvoll öffnete sie die Tür und führte Fox in ein großes Wohnzimmer, von dem aus man einen fantastischen Blick in den Park des Sanatoriums hatte. »Und das hier ist das Wellness-Center«, verkündete Alice, während sie eine Doppeltür aufstieß und zur Seite trat.

»Wellness-Center … soso«, murmelte Fox und öffnete den obersten Knopf seines weißen Hemdes. Er warf einen Blick in den fensterlosen Raum, der von oben indirekt beleuchtet wurde. Es gab eine in den Boden eingelassene Badewanne und eine Reihe von Fitnessgeräten, die mit Kabeln verbunden und an einen Monitor angeschlossen waren.

»Wir messen täglich Ihre Werte«, erläuterte Alice und zog die Türen hinter sich wieder zu. »So, und jetzt noch der Schlafbereich«, meinte sie geschäftig wie eine Maklerin.

Auch das Schlafzimmer hatte große Fenster zum Park. Über einem Kingsize-Bett hing die Schwarz-Weiß-Fotografie einer Kaffeehausszene. Auf einem hellen Lacktisch stand ein TV-Gerät. Eine ganze Wand wurde von einem großen Einbauschrank eingenommen.

»Der Schrank müsste für Ihre Bedürfnisse ausreichend sein«, meinte Alice nach einem Blick auf die schmale Reisetasche von Fox.

»Ich habe nicht viel dabei«, sagte er einsilbig. »Wann kann ich Doktor Marais sprechen?«

»Sie haben heute Nachmittag einen Termin mit dem Doktor«, sagte Alice, nachdem sie ihr Tablet konsultiert hatte. »Brauchen Sie sonst noch etwas?«

»Wie viele Patienten sind derzeit in der Klinik?«, fragte Fox völlig unvermittelt.

»Wieso interessiert Sie das?« Alice hob überrascht die Augenbrauen.

»Ich will niemandem begegnen. Auch nicht im Park. Deshalb bin ich ja hierhergekommen. Ich benötige absolute Ruhe.«

»Das ist völlig normal für Ihren Zustand«, beruhigte ihn Alice. »Im Augenblick haben wir dreißig Patienten, aber mit denen werden Sie nicht viel in Berührung kommen.«

Nachdem Alice die Suite verlassen hatte, ging Fox zum Fenster und blickte nach draußen. Es war noch Morgen und in der Nacht hatte es geregnet. Ein zarter Dunst hüllte den Park ein und verlieh ihm eine zauberhafte Aura. Fox öffnete das Fenster und horchte nach draußen. Die Stille war absolut beruhigend. Doch plötzlich sah er einen Schatten, der sich blitzschnell zwischen den Bäumen hin und her bewegte. Fox kniff die Augen zusammen und starrte in die Richtung. Wieder bewegte sich etwas zwischen den Bäumen. Ohne Zweifel, es waren dunkle Hunde. Jetzt hatten die Tiere das Wäldchen verlassen und liefen über die Wiese. Den Hunden folgte ein gut aussehender Mann.

Fox legte sich auf das Bett und aktivierte seinen MP3-Player. Während die beruhigende Musik durch seinen Körper flutete, hielt er den Player in die Höhe und gegen die Decke gerichtet, so, als würde er ein anderes Musikstück suchen. Dann schwang er sich aus dem Bett und ging in das Badezimmer. Dort drehte er die Dusche auf und setzte sich auf den geschlossenen Toilettendeckel.

»In der Lampe an der Schlafzimmerdecke ist eine Minikamera installiert, Stein«, hörte er die vertraute Stimme von Robyn durch den Kopfhörer. »Aber das Badezimmer ist sauber.«

»Ich habe bereits die Hunde gesehen«, berichtete David. »Sie laufen mit dem Doktor durch den Park.«

»Wahrscheinlich ist Doktor Marais noch immer auf der Suche nach dem verschwundenen Malinois«, sagte Robyn. »Das ist jetzt Ihre Chance, schnell sein Vertrauen zu gewinnen.«

»Noch hat er nicht mit mir gesprochen.«

»Das wird er. Ich gebe dieses Gespräch jetzt an die Chefin weiter«, sagte Robyn und leitete das Telefonat auf einen anderen Apparat.

»Hallo, Helen. Ich habe die Malinois gesehen, die das Gelände bewachen. Es wird nicht leicht sein, einen neuen Hund in das Rudel zu integrieren«, sagte David.

»Ich habe Ihrem Plan nur zugestimmt, weil Sie meinten, die Malinois seien gelehrige Hunde, die sich gut abrichten ließen. Sie sind der Hundeflüsterer. Wie Sie das Vertrauen von Doktor Marais gewinnen, ist mir egal«, erwiderte Helen. »Das Sanatorium ist bisher unser einziger Anhaltspunkt. Alles, was wir wissen, ist, dass sieben Hornissen am 7.7. irgendwo in Deutschland einen Anschlag vorbereiten. Finden Sie den Ort.«

»Alles klar! Ich habe heute Nachmittag einen Termin mit Doktor Marais«, sagte David.

»Gut«, meinte Helen kurz. »Halten Sie mich auf dem Laufenden. Technische Details können Sie jederzeit mit Robyn besprechen.«

Nachdem sich David unter die Dusche gestellt hatte, ging er wieder zurück in das Schlafzimmer. Auf dem Bett lag ein weißer Jogginganzug und davor standen weiße Sneakers in seiner Größe. David vermied es, einen Blick auf die Lampe an der Decke zu werfen, und ging nach draußen in den Salon.

»Sie sollen doch den Anzug tragen, Monsieur Fox«, hörte er plötzlich eine Stimme von einem der Sofas. »Es ist wie eine neue Haut, die Sie anlegen. Ihre alte Kleidung bekommen Sie wieder, wenn Sie uns verlassen. Ich bin Doktor Marais, der Leiter der Klinik.«

Der Mann stand auf und kam langsam auf David zu. Er war groß und braun gebrannt. Seine blonden Haare hatte er straff nach hinten gebürstet. Olivier Marais sah noch immer aus wie der Surf-Weltmeister von früher. Aber mittlerweile war er Arzt und sein Sanatorium hatte den Ruf einer Luxusklinik für ausgebrannte Manager und Künstler. David erkannte ihn sofort, denn Robyn hatte ihm bereits ein Foto gemailt.

»Doktor Marais. Gehört das zu den Gepflogenheiten der Klinik, sich in die Zimmer der Patienten zu schleichen?«, fragte er mit finsterer Miene.

»Aber ich bitte Sie, Monsieur Fox«, antwortete Marais, ohne verstimmt oder überrascht zu wirken. »Zu den primären Aufgaben unseres psychiatrischen Sanatoriums gehört es, unseren Patienten die Angst zu nehmen.«

»Ich habe keine Angst vor einem Eindringling. Ich habe nur Angst vor mir selbst«, sagte David.

»Wie darf ich das verstehen?«, fragte Marais interessiert nach.

»Ich war Personenschützer eines Ministers und hatte einen Zusammenbruch«, erzählte David. »Das kommt vor, denn der Job ist sehr verantwortungsvoll und ging weit über mein Anforderungsprofil hinaus. Ich musste Tag und Nacht für den Minister da sein. Auch bei seinen privaten Treffen, bei denen es oft hoch herging und die lange dauerten. Eines Tages konnte ich einfach nicht mehr.«

»Das kann ich mir gut vorstellen.« Marais nickte verständnisvoll.

»Aber dann wurde ich von heute auf morgen entlassen«, sagte David ziemlich aufgebracht. »Man hat mich vor die Tür gesetzt.«

»Wie das denn?«, wunderte sich Marais.

»Man hat mir unterstellt, den Minister bedroht zu haben. Aber das war ein Missverständnis. Das System hat mich dazu gebracht«, zischte David.

»Ich denke, wir haben eine Menge Punkte, die wir bei unseren Gesprächen erörtern können.« Marais erhob sich und streckte David die Hand entgegen. »Hier werden Sie wieder zu Ihrer alten Stärke zurückfinden.«

»Das hoffe ich. Dann kann ich es diesen Typen, die mich da reingeritten haben, endlich heimzahlen«, murmelte David mehr zu sich selbst.

»Was möchten Sie? Ich habe das nicht genau verstanden«, fragte Marais nach.

»Ach, nichts. Ich bin nur noch immer verwirrt und kann manchmal nicht klar denken«, antwortete David ausweichend. Dann wechselte er das Thema. »Ich habe Sie am Morgen draußen mit diesen schönen Malinois-Hunden gesehen.«

»Sie kennen die Malinois, die Belgischen Schäferhunde? Ich liebe diese Rasse. Diese Hunde sind äußerst intelligent und werden auch oft für Polizeiaktionen eingesetzt. Mit ihren hochgestellten Ohren und der schwarzen Schnauze sehen sie so elegant aus. Ich trainiere täglich mit ihnen und wollte eigentlich an einem Military-Wettkampf teilnehmen. Und meine Jungs hätten natürlich gewonnen«, meinte er traurig.

»Sie sprechen so, als wäre das jetzt nicht mehr möglich? Ist etwas dazwischengekommen?«

»Aramis, mein Alphatier, ist spurlos verschwunden.« Marais erhob sich und strich sich sein Sakko glatt. »Aber ich will Sie nicht mit meinen kleinen Problemen langweilen. Wir sehen uns heute Nachmittag.«

»Ich hatte auch zwei Hunde, wenn ich im Einsatz war. Einen Deutschen Schäferhund und einen Malinois. Den Malinois habe ich von einem Freund bekommen. Er hat in Belgien die beste Malinoiszucht von ganz Europa.«

»Wie heißt Ihr Freund?«, fragte Marais und blieb bei der Tür stehen.

»Comte Pierre de Balzec«, antwortete David. »Sie haben sicher schon von ihm gehört.«

»Interessant. Nein, bisher noch nicht«, antwortete Marais. »Aber ich habe auch kein Interesse an einem neuen Hund.«

»Das kann ich gut verstehen.« David nickte wissend.

Als Marais verschwunden war, schlüpfte David in den weißen Sportanzug und machte einen Rundgang durch das Sanatorium. Der Wellnessbereich war leer, ebenso das türkische Dampfbad. David beschloss, sich in dem Dampfbad ein wenig zu entspannen und die nächsten Schritte zu überlegen. Die feuchte, heiße Luft wirkte einschläfernd und David wurde erst aus seinen Gedanken gerissen, als sich die Tür öffnete. Schemenhaft erkannte er eine Gestalt in einem weißen Bademantel. Der Mann blieb kurz stehen, als wäre er überrascht, jemanden im Dampfbad zu vorzufinden. David konnte das Gesicht in den Dampfschwaden nicht erkennen und dem anderen erging es wahrscheinlich genauso. Trotzdem kam ihm irgendetwas an den Bewegungen des Fremden bekannt vor, aber er erfasste nicht sofort, was es war. Der Mann überlegte einen Augenblick, drehte sich dann aber wieder um und schloss die Tür. David stützte das Kinn auf seine Hände und konzentrierte sich. Plötzlich hatte er die Szene wieder vor Augen und wusste, wer dieser Mann war: Es war der Mörder von Maurice, und David hatte das ungute Gefühl, dass der Mann auch ihn erkannt hatte.

19

Paris

Saint-Germain-des-Prés

Aisha eilte mit gesenktem Kopf über den Boulevard, ging an dem Café »Les Deux Magots« vorbei, vor dem die Touristen in der Sonne saßen und den Geist von Sartre und Simone de Beauvoir atmeten. Doch Aisha hatte keinen Kopf für Existenzialisten und Schriftsteller, sie suchte eine Adresse, wo sie sich mit einem Geschäftspartner verabredet hatte. Sie war bereits spät dran, denn sie war mit der Morgenmaschine aus Tunis gekommen und die Kontrollen am Flughafen waren wegen der Terrorgefahr sehr zeitraubend gewesen.

An einer Kreuzung hielt sie kurz an und zog den zerfledderten Stadtplan aus der Tasche ihrer kurzen Lederjacke. Aus Sicherheitsgründen verwendete sie keine elektronische Straßenkarte, doch das Handling mit dem großen Faltplan war sehr umständlich. Endlich hatte sie die kleine Straße gefunden und machte sich auf den Weg. Vor einem Trödelladen blieb sie stehen und sah durch das schmierige Schaufenster. Ehe sie den Laden betrat, nahm sie ihre große Sonnenbrille ab.

»Ich will das Springmesser«, sagte sie zu der jungen Frau, die hinter dem Tresen lehnte und eine filterlose Zigarette rauchte. Aisha war natürlich unbewaffnet aus Tunis gekommen, aber ohne Waffe fühlte sie sich immer ein wenig nackt. Deshalb wollte sie wenigstens ein Messer bei sich tragen.

»Springmesser fallen unter das Waffengesetz und sind eigentlich verboten«, meinte die junge Frau. »Ich will dich nur darauf hinweisen.«

»Es ist auch verboten, dass man ständig von irgendwelchen Typen angemacht wird«, erwiderte Aisha. »Aber damit halte ich sie auf Distanz.«

»Da hast du auch wieder recht. Wir müssen zusammenhalten«, sagte die junge Frau und lachte. Sie ging zum Schaufenster und nahm das Messer von einem Bord. »Möge es dir gute Dienste erweisen«, sagte sie ironisch, während Aisha in bar zahlte.

Als sie wieder nach draußen trat, griff sie nach der Sonnenbrille, die in der Tasche ihrer Lederjacke steckte. In der Straße standen hohe Häuser mit breiten Fenstern und kleinen, verschnörkelten Balkonen. Die Sonne schien auf eine weiße Hauswand und blendete sie, ehe sie die Sonnenbrille aufsetzen konnte. Das grelle Licht schoss ungefiltert in ihren Kopf und setzte die Erinnerung frei. Plötzlich fühlte sie sich wieder um zehn Jahre zurückversetzt.

Die Polizei hatte den Lieferwagen weiterfahren lassen. Ihre Chance freizukommen war dahin, und die Enttäuschung war so groß, dass sie zu weinen begann. Noch immer hatte sie den Sack über dem Kopf und die grobe Jute kratzte auf ihrer Haut und raubte ihr den Atem. Hektisch schnappte sie nach Luft, aber jetzt gelangte feiner Staub in ihren Hals, sie musste husten, die Luft wurde weniger und weniger und sie fing panisch an zu schreien.

»Halt die Klappe«, hörte sie die verbrauchte Stimme des älteren Mannes in arabisch gefärbtem Französisch neben sich. Gleich darauf spürte sie einen Schlag auf ihren Hinterkopf und

war sofort still. Mit zusammengebissenen Zähnen hockte sie auf dem gewellten Blechboden des Lieferwagens und wurde durch die hektische Fahrweise des Fahrers ständig hin und her geschleudert. Als der Wagen schließlich anhielt, taten ihr alle Knochen weh.

»Los, aussteigen!« Eine Hand packte sie roh am Arm und zog sie aus dem Laderaum hinaus. Der Lieferwagen stand wahrscheinlich in einer Garage, denn sie konnte keinen Verkehrslärm mehr hören und ihre Schritte hallten von den Wänden wider.

»Bleib stehen!«

Jemand trat hinter sie und zog ihr mit einem heftigen Ruck den Sack vom Kopf. Sie riss die Augen auf und alles wurde schwarz, denn sie blickte direkt in ein gleißendes Licht.

»Setz dich!«

Hände drückten sie auf einen Stuhl, der vor ihr stand. Hinter dem blendenden Licht regte sich etwas. Eine Gestalt tauchte auf, die ihr eine Zeitung in die Hand drückte.

»Jetzt Augen auf und in das Licht sehen!«

»Ich kann nicht. Es blendet so.«

»Wenn du nicht sofort die Augen aufmachst, dann steche ich sie dir aus!«

Panisch öffnete sie die Augen und starrte in die Helligkeit. Von irgendwo vor sich hörte sie das Surren einer Kamera. Sie kannte dieses Geräusch von ihrem Papa, der immer alles gerne filmte.

»Was wollen Sie von mir?«, fragte sie zaghaft und fing an, den Kopf zu drehen. Doch als sie sich ein wenig zur Seite neigte, bekam sie einen Schlag in den Rücken.

»In das Licht schauen. Immer in das Licht.«

»Bitte, das tut so weh«, flüsterte sie und kämpfte mit den Tränen.

»Schweig. Du redest erst, wenn du gefragt wirst«, befahl die Stimme hinter dem Licht. Plötzlich tauchte ein Handy mit einem aufgesteckten Mikro vor ihr auf.

»Sprich.«

»Was? Ich weiß nicht, was ich sprechen soll«, keuchte sie und begann am ganzen Körper zu zittern.

»Sag, dass deine Eltern zahlen sollen, sonst stirbst du. Los, rede.«

»Bitte, ich will nicht sterben. Ich bin doch erst fünfzehn.«

»Und? Bei uns haben die Frauen mit fünfzehn schon Kinder. Also sprich zu deinen Eltern … oder willst du gleich sterben?«

»Mama, Papa, bitte macht, was die Männer sagen. Sie töten mich sonst. Ich habe solche Angst vor dem Licht.«

»Das reicht.« Das Handy mit dem Mikro verschwand. Wieder wollte sie zur Seite sehen und wieder erhielt sie einen Stoß in den Rücken.

»Schau in das Licht.«

»Es tut so weh.«

»Das Licht wird dich töten.«

»Das Licht wird mich töten«, flüsterte Aisha und konnte den Blick nicht von der grellen Hauswand abwenden.

»*Merde*. Verschwinde endlich von der Straße.«

Erst als der Autofahrer sich wütend aus seinem Wagen beugte und sie anschrie, wurde Aisha wieder zurück in die Gegenwart katapultiert.

Verstört setzte sie ihre Sonnenbrille auf und ging eilig weiter, bis sie den Hinterhof erreicht hatte. Als sie durch den breiten Torbogen ging, blieb sie kurz stehen und lehnte sich an die Hausmauer, um zu vergessen.

»Aisha, was ist los mit dir?«, hörte sie plötzlich eine Stimme neben sich.

»Ach, du bist es, Jean-Pierre.« Aisha lächelte und küsste den jungen Mann mit den schwarzen lockigen Haaren auf beide Wangen.

»Ich habe den Truck so umgestaltet, wie du es wolltest«, sagte Jean-Pierre. »Los, komm mit.« Er ging über den gepflasterten Hof und stieß ein großes Holztor auf. Dahinter befand sich eine Garage mit roh verputzten Wänden und einem betonierten Boden. Mitten im Raum stand ein schwarzer glänzender Truck, der auf der Rückseite die Aufschrift »Bio-Love-Vegan-Sexy« trug.

»Na, was sagst du dazu?«, fragte Jean-Pierre und drehte sich erwartungsvoll zu Aisha.

»Das ist also unser Foodtruck für das Streetfood-Festival«, meinte sie und ging um den Wagen herum. »Ist er nicht ein wenig zu groß?« Fragend blickte Aisha zu Jean-Pierre.

»Aber nein, ganz und gar nicht. Hier, das kann man alles herunterklappen«, sagte Jean-Pierre geschäftig und öffnete einen Teil der Seitenwand, der zu einem ausladenden Tresen wurde. »Ich habe das mit einer Hydraulik versehen, jetzt funktioniert es kinderleicht.«

Mit einem leisen Zischen öffnete sich die Klappe nach oben und gleichzeitig schob sich ein weiterer Tresen aus dem Wagen heraus.

»Das ist wirklich ein toller Truck«, machte ihm Aisha endlich ein Kompliment. »Wie sieht er drinnen aus?«, fragte sie und stieg hinein.

»Wozu brauchst du eigentlich die großen Boxen unter dem Tresen?« Jean-Pierre klopfte auf die massive Tischplatte. »Die verstellen doch nur den Platz.«

»Da will ich meine Vorräte lagern«, antwortete Aisha knapp. »In großen Körben.«

»Deshalb müssen Gitter davor sein?«, wunderte sich Jean-Pierre. »Hast du Angst, dass jemand dein Gemüse stiehlt?«

»Frag nicht so viel«, wies Aisha ihn ab, denn sie wollte keine weitere Diskussion. »Wie sieht der Truck beleuchtet in der Nacht aus, wenn das Streetfood-Festival in vollem Gang ist?«

»Warte, ich habe auch mit dem Licht etwas gemacht.« Jean-Pierre legte einen Schalter um. Mit einem Schlag flammte die Beleuchtung auf und tauchte den Tresen in ein weißes Licht.

»Das blendet mich und schmerzt«, keuchte Aisha und riss die Augen weit auf.

»Du sollst nicht in das Helle starren«, hörte sie die Stimme von Jean-Pierre neben sich. »Warte, ich mache es wieder dunkel.«

»Lass nur, bitte.« Aisha trat näher und starrte wie gebannt in das grelle Licht; schwarze Punkte tanzten vor ihren Augen, die Bilder ihrer Entführung hatten sich eingebrannt und waren immer gegenwärtig.

»Was machen Sie mit mir?«, fragte sie und versuchte, die Hände, die sich auf ihre Brust legten, abzuschütteln.

»Ich probiere, ob die Früchte schon reif sind. Das magst du doch.«

»Bitte, tun Sie das nicht!« Sie wandte den Kopf zur Seite, doch sofort traf sie erneut ein harter Schlag. Diesmal auf ihre Wange.

»Du sollst in das Licht sehen. Einmal noch und ich steche dir ein Auge aus.«

»Meine Eltern zahlen doch das Lösegeld für mich, oder?«, fragte sie bang.

»Seit gestern haben sie sich nicht mehr gemeldet. Vielleicht sind sie zur Polizei gegangen oder zur französischen Botschaft?«

»Was ist dann?«

»Dann bist du so gut wie tot.«

»Sie werden mich umbringen.«

»Wer will dich töten? Aisha, kannst du mich hören? Was ist los mit dir?« Jean-Pierre rüttelte sie an den Schultern. Langsam kehrte die Wirklichkeit zurück.

»Nichts, ich hatte nur eine Erinnerung«, sagte Aisha. Es war eigenartig. Seit Kurzem kehrten die Flashbacks immer schneller zurück und sie konnte sie nicht mehr kontrollieren. War es möglich, dass sie bald nur noch in der Vergangenheit leben würde? Etwas stimmte mit ihrem Kopf nicht, da war sie sich sicher. Sie musste mit Olivier darüber reden. Aber erst später, wenn sie ihre Mission erfüllt hatten.

»Gehen wir hinein und regeln das Finanzielle«, sagte sie.

»Ja, natürlich.« Jean-Pierre nickte und schlurfte nach hinten, wo sich ein gläserner Container befand, in dem er sein Büro hatte.

Als sie eintraten, fiel Aishas Blick zufällig auf eine alte Ausgabe der spanischen Klatschzeitung »*Hola*«. Sie war bei dem Prominentenspiegel aufgeschlagen. Mit einem schnellen Blick scannte Aisha die Fotos und biss sich wütend auf die Lippen. Es war das Foto eines Events und sie kannte die Personen auf dem Bild nur zu gut.

Unauffällig sah sie sich in dem Büro um. Der Schreibtisch von Jean-Pierre war wie immer mit Papieren, Kaffeetassen und vollen Aschenbechern überhäuft. An der rückwärtigen Wand gab es ein Fenster, das hinaus auf die Straße ging. Wenn man den Kopf neigte, konnte man ein Stück blauen Himmel sehen. Wieder streifte ihr Blick die Zeitschrift mit den Fotos. Was wusste Jean-Pierre? Hatte er etwas entdeckt? Oder war es Zufall, dass die Zeitschrift genau beim Prominentenspiegel aufgeschlagen war?

»Du bist ein bisschen durch den Wind«, hörte sie seine Stimme hinter sich.

»Wie kommst du darauf?« Langsam drehte sie sich zu Jean-Pierre um. Jetzt wirkte er mit einem Mal nicht mehr wie der hübsche Franzose. Jetzt sah er aus wie ein Mann, der zu allem fähig war. Das lag wahrscheinlich an dem Luftdrucknagler, den er in der Hand hielt und mit dem er auf sie zielte.

»Was soll das?« Aisha verzog den Mund zu einem spöttischen Grinsen, obwohl sich in ihrem Kopf die Gedanken überschlugen. Sie wollte Paris unauffällig wieder verlassen. Sie hatte andere Pläne. Sie wollte nicht töten.

»Ich bin zufällig auf das Foto gestoßen«, sagte Jean-Pierre.

»Ach, darum geht es?« Sie deutete mit dem Kopf auf die Zeitschrift.

»Genau. Ich habe ein wenig recherchiert. Jetzt will ich von dir ein paar Antworten. Was machst du eigentlich immer dann, wenn du für ein paar Tage aus dem Lager verschwindest?«

»Willst du mich erpressen? Ich habe Geld. Wie viel soll ich zahlen?«, fragte sie und zuckte mit den Schultern. Als Jean-Pierre schwieg, warf sie ihm einen angewiderten Blick zu. »Nein, du willst nicht nur Geld. Du willst auch etwas anderes. Du willst mich ficken, du Schwein.«

»Spar dir diese vulgären Worte. Aber es stimmt, jetzt kannst du mich nicht mehr wie den kleinen Jungen behandeln. Jetzt werden wir unseren Spaß haben. Wenn du nicht gehorchst, dann rufe ich die Polizei.«

»Was soll ich tun?«

»Du wirst mir zuerst sagen, was dieses Foto bedeutet. Dann sehen wir weiter.«

»Können wir nicht mit dem angenehmeren Teil beginnen?«, schlug Aisha leise vor und machte einen Schritt auf Jean-Pierre zu. »Ich will jetzt nicht darüber reden. Es belastet mich alles zu sehr.«

Wieder machte sie einen winzigen Schritt nach vorn. Wie viele Zentimeter trennten sie von Jean-Pierre? Nicht mehr als eine Körperlänge. Aber das reichte, um sie mit einem Nagel zu durchbohren.

»Ich gebe mich geschlagen«, seufzte sie und lehnte sich mit gesenktem Kopf an den Schreibtisch. Auch Jean-Pierre ließ den Luftdrucknagler sinken und atmete tief durch.

»Ich dachte schon, du wirst aggressiv«, sagte er erleichtert.

»Wie kommst du darauf?«

»Du hattest so einen harten Glanz in deinen Augen.«

»Du täuschst dich. Los, komm her, ich erzähle dir die Geschichte, die hinter diesem Foto steckt. Dann gehen wir ins Bett.« Aisha lächelte verführerisch und drückte ihr Kreuz durch. Reflexartig riskierte Jean-Pierre einen Blick auf ihre Brüste. Dieser kurze Moment genügte. Aisha stieß sich von dem Schreibtisch ab und hechtete auf Jean-Pierre zu. In der Bewegung zog sie das Springmesser aus der Gesäßtasche ihrer Jeans und ließ es aufschnappen. Jean-Pierre hatte nicht den Hauch einer Chance. Das Messer fraß sich gierig wie ein stählernes Raubtier durch sein T-Shirt, dann weiter durch die Haut, zerschnitt die Bauchdecke und wütete schließlich in seinen Gedärmen.

»Schon einmal hat jemand versucht, mich zu vergewaltigen«, flüsterte Aisha dem sterbenden Jean-Pierre ins Ohr. »Dem ist es genauso ergangen.«

Dann wischte sie das Blut von ihrem Messer und nahm Papiere und Schlüssel für den Truck an sich. Zum Schluss rollte sie die Zeitschrift zusammen und steckte sie ein. Niemand würde jemals hinter ihr Geheimnis kommen, da war sie sich sicher.

20

Berlin

Tiergarten

Die Löwen lagen träge in der Sonne und schienen zu schlafen. Doch davon sollte man sich nicht täuschen lassen, denn in Wirklichkeit beobachteten sie ihre Umgebung genau. Bei der geringsten Unachtsamkeit ihres Gegners waren sie bereit und gingen ohne Bedenken zum Angriff über.

Genauso verhält es sich mit dem jungen Mann an meiner Seite, dachte Helen Stratford, als sie vor dem Gehege stand und wie so oft die Löwen betrachtete. Mit seinem bleichen Gesicht und den rötlichen Haaren wirkte er wie ein schüchterner Buchhalter, doch in Wahrheit scheute er keine Gefahr. Einer der Löwen stieß ein tiefes Gebrüll aus und Helen erschauderte. Schon als kleines Kind war sie von der Kraft und Schönheit dieser Raubtiere fasziniert gewesen und sie hatte noch immer einen Stofflöwen bei sich zu Hause.

Ihre Gedanken kehrten wieder zu Sebastian Trevor-Jones zurück, der schweigend neben ihr stand und sich langweilte. Sebastian war lange Zeit als Agent des MI5 in Berlin stationiert gewesen, jetzt aber hauptsächlich in London tätig. Natürlich wusste Helen auch, dass Sebastian eine lockere Beziehung mit Robyn hatte. Das entsprach nicht den Richtlinien der »Abteilung« und war verboten, aber so erfuhr Helen wenigstens von Robyn, was die Briten so planten.

Schließlich brach Helen das Schweigen. »Mögen Sie Löwen?«

»Es sind beeindruckende Tiere«, antwortete Sebastian unverbindlich.

»Mich fasziniert die unterschwellige Gefahr, die von ihnen ausgeht. Selbst wenn sie faul auf dem Boden liegen, besitzen sie eine majestätische Aura.«

»Interessanter Ansatz«, sagte Sebastian höflich und drehte sich dann zu Helen. »Aber wir sind doch sicher nicht hierhergekommen, um über Löwen zu plaudern.«

»Nein, natürlich nicht. Sie hatten angedeutet, dass es Neuigkeiten über Pieter Ahrens, den verstorbenen Konsul, gibt«, gab Helen zurück und hakte sich bei Sebastian unter. »Gehen wir ein Stück. Dann kann ich mich besser konzentrieren. Die Löwen lenken mich so ab.«

»London möchte Ihnen mit einem IT-Spezialisten gerne behilflich sein, das digitale Tagebuch von Pieter Ahrens zu entschlüsseln«, meinte er, als sie langsam über den breiten Kiesweg gingen und vor einem mobilen Bistro stehen blieben.

»Möchten Sie vielleicht einen Becher Kaffee, Sebastian?«, fragte Helen und kramte einige Euromünzen aus ihrer Tasche.

»Danke, nein, ich bevorzuge Tee.«

»Durch und durch Brite, wie konnte ich das nur vergessen.« Helen schüttelte amüsiert den Kopf. »Wieso interessiert sich London für dieses Tagebuch?«, fragte sie dann, als sie mit dem Kaffee zurückkam.

»Wir haben Informationen, dass Pieter Ahrens unangenehme Dinge in diesem Cloud-Tagebuch notiert haben könnte«, sagte Sebastian kryptisch und schob die Hände in die Taschen seiner Anzughose.

»Ich verstehe nicht, welche unangenehmen Dinge?« Helen blieb stehen und trank einen Schluck Kaffee. »Er war ein Mitarbeiter des BND, der uns regelmäßig Bericht erstattete. Aber das wissen Sie ja bereits.«

»Das meine ich nicht. Pieter Ahrens ist aller Wahrscheinlichkeit einem Maulwurf auf die Spur gekommen«, sagte Sebastian.

»Ein Maulwurf? Jemand, der Informationen weitergibt? In unserer ›Abteilung‹? Das kann ich mir nicht vorstellen«, antwortete Helen spontan.

»Das hört man nicht gerne. Aber haben Sie sich nicht auch gewundert, dass Ihr V-Mann in Genf getötet wurde?«, entgegnete Sebastian. »Woher wusste man von seiner Existenz?«

»Stimmt, der Mord an Maurice, dem Chocolatier, kam völlig überraschend.«

»Sehen Sie. Unsere Informationen gehen davon aus, dass dieser Maulwurf vielleicht sogar mit Terroristen zusammenarbeitet.«

Helen starrte Sebastian verblüfft an. In ihrem Kopf überschlugen sich die Gedanken. Woher hatte der britische Geheimdienst diese Hinweise?

»Das ist ein harter Brocken, den Sie mir da vorsetzen, Sebastian.« Helen atmete tief durch. »Heißt das, Pieter Ahrens musste vielleicht sterben, weil er die Identität eines Maulwurfs aufgedeckt hat? Von jemandem, der mit Terroristen gemeinsame Sache macht?«

»Das wissen wir noch nicht. Deshalb hat die Entschlüsselung des Cloud-Tagebuchs höchste Priorität. Wenn wir die Aufzeichnungen von Pieter Ahrens haben, dann sind wir sicher einen Schritt weiter.«

»Wer kann dieser Maulwurf bloß sein?«, fragte Helen mit leiser Stimme und warf den halb vollen Kaffeebecher in einen Papierkorb am Wegrand. »Offiziell war der Tod von Pieter Ahrens ein Unfall.«

»Wir belassen es zunächst dabei. Wir haben den Namen des Maulwurfs noch nicht, aber das ist nur eine Frage der Zeit, bis sich eine Spur findet«, gab sich Sebastian optimistisch.

»Wie sicher ist diese Information? Haben Sie das auch gegengecheckt?«

»Ich habe die Auskünfte gerade erst von einem unserer V-Männer erhalten. Deshalb glauben wir auch, dass uns das Cloud-Tagebuch da weiterhelfen kann. Sollen wir nicht Robyn bei der Entschlüsselung behilflich sein?«, fragte Sebastian.

»Robyn ist unsere fähigste IT-Expertin«, sagte Helen. »Sie wird das Tagebuch bald decodiert haben. Dann setze ich Sie sofort über den Inhalt in Kenntnis.«

»Schade, ich hätte Robyn gerne unterstützt.«

»Tut mir leid.« Helen blickte auf ihre Armbanduhr. »Gehen wir wieder zurück.«

Vor dem Löwengehege blieb sie stehen und verabschiedete sich von Sebastian.

»Halten Sie mich wegen des Cloud-Tagebuchs auf dem Laufenden«, sagte Sebastian. »Ich fliege heute Abend wieder nach London. Vielleicht kann Sie mein Chef doch noch davon überzeugen, eine eigene britisch-deutsche Taskforce für die Entschlüsselung zu bilden.«

»So wie ich Sir Humphrey kenne, wird er davon nicht begeistert sein«, antwortete Helen.

»Wahrscheinlich haben Sie recht. Sir Humphrey lebt immer noch in den Zeiten des British Empire.«

Als Sebastian verschwunden war, beobachtete Helen wieder den Löwen, der seinen mächtigen Schädel in die Sonne hielt. Plötzlich drehte er sich zu Helen und blinzelte träge in ihre Richtung. Sie fragte sich spontan, ob es ein geheimes Band zwischen dem Löwen und ihr gab. Es klang absurd, aber sie hatte schon immer eine Verbindung zwischen sich und der Raubkatze gespürt.

Plötzlich hörte sie eine Stimme neben sich. »Sie möchten doch so gerne bei der Löwenfütterung dabei sein.« Es war ein Mann in einem Overall, der eine Schubkarre vor sich herschob. Helen hatte ihn bereits mehrmals gefragt, ob sie einer Löwenfütterung aus nächster Nähe zusehen könnte.

»Ja, das würde mir große Freude bereiten.«

»Dann kommen Sie mal mit.« Der Mann winkte Helen und sie folgte ihm um das Gehege herum. Vor einem bunkerähnlichen Betonbau blieben sie stehen.

»Hier wird das Futter für die Raubtiere aufbewahrt«, erklärte der Mann und stellte die Schubkarre ab. Er zog einen Schlüssel aus seinem Overall und sperrte die Tür auf. Ein Luftschwall aus Blut, Fleisch und Tod schlug Helen entgegen, als sie eintrat. Unwillkürlich musste sie sich die Hand vor Nase und Mund halten.

»Ja, das stinkt ziemlich«, meinte der Mann. »Das ist der Futtertrog für die Löwen.« Er deutete auf eine metallene Box, die bis oben hin mit großen Fleischteilen gefüllt war.

»Wie bekommen Sie das Fleisch in das Gehege?«, fragte Helen, die sich nicht vorstellen konnte, dass ein einzelner Mann den schweren Trog tragen konnte.

»Wir haben einen Mini-Hubstapler«, meinte der Mann stolz und deutete auf ein Gerät, das wie ein Rasenmäher mit Sitz aussah. »Damit kommt das Futter in die Zwischenkammer. Dann öffne ich die Schleuse und die Löwen kommen hereinspaziert und fressen alles weg.« Er winkte Helen zu sich. »Durch dieses Fenster können Sie die Fütterung beobachten.«

»Lassen die Löwen von dem Fleisch nie etwas übrig?«, fragte Helen.

»Wo denken Sie hin. Die fressen alles ratzeputz weg. Es sind ja Raubtiere.«

Auch eine interessante Möglichkeit, eine Leiche verschwinden zu lassen, überlegte Helen und verabschiedete sich mit einem schnellen Blick auf die kauenden Löwen.

21

Genf

Sanatorium »Bellevue«

»Erzählen Sie mir von Ihrer Wut, John«, sagte Dr. Olivier Marais und schaltete die Aufnahmefunktion seines Voicerekorders ab. »Wir nehmen nichts davon auf. Sie können also ganz offen mit mir darüber sprechen.«

»Man hat mich einfach kaltgestellt«, sagte David mit unterdrücktem Zorn in der Stimme. Noch immer spielte er die Rolle des ehemaligen Personenschützers John Fox, der nach einem Burn-out entlassen worden war. Es war später Nachmittag und David war pünktlich zu seinem Termin mit dem Doktor in dessen Sprechstunde erschienen. Dass der Mann, der Maurice getötet hatte, hier im Sanatorium aufgetaucht war, bestätigte nur den Verdacht, dass es eine Verbindung zwischen dem Sanatorium und den sieben Hornissen geben musste. Auf der anderen Seite war sein Aufenthalt deshalb noch gefährlicher geworden. Denn es konnte durchaus sein, dass ihn der Mann auch wiedererkannt hatte.

»Das muss ein harter Schlag für Sie gewesen sein«, sagte Marais mitfühlend. »Und es ist sehr ungerecht, auf einen Mann, der bereits am Boden liegt, noch einzutreten. Was genau ist denn geschehen?«

»Man hat mir unterstellt, den Minister bedroht zu haben. Deshalb wurde ich aus dem Dienst entlassen. Aber das stimmt nicht«, begehrte David auf. »Dieser Schwachkopf hat mich provoziert.«

»Wie das?« Marais beugte sich interessiert vor. »Was kann jemanden wie Sie so aufregen, dass man die Kontrolle über sein Handeln verliert?«

David schwieg und starrte auf die Wand hinter Marais, an der ein großes Bild hing. Es war die abstrakte Darstellung einer perfekten Welle mit einem Surfer oben auf dem Kamm in Schwarz- und Grautönen. Er erinnerte sich, dass Marais vor seinem Medizinstudium Surfweltmeister gewesen war. »Das Wellenreiten erfordert Konzentration und Disziplin. Es ist eine spirituelle Angelegenheit und ich bin der Anarchist der Meere. Man muss eins werden mit den Elementen und die Welle begreifen«, hatte Marais in einem Interview gesagt.

»John, hören Sie mich? Möchten Sie auf diese Frage nicht antworten?«

»Doch, ich will Ihnen gerne antworten. Aber ich muss meine Worte sorgfältig wählen.«

»Lassen Sie sich alle Zeit der Welt.« Marais lächelte sanft und blickte David dabei unverwandt an.

»Der Minister hat angedeutet, dass meine Hunde ins Tierheim kommen«, erwiderte David schließlich.

»Ihre Hunde?« Das Lächeln in Marais' Gesicht verschwand und machte einem ernsten Ausdruck Platz. »Ach ja. Ich erinnere mich. Sie haben ja am Vormittag von den beiden Hunden gesprochen.«

»Ich hatte einen Deutschen Schäferhund namens Othello und Jago, einen Malinois, einen Belgischen Schäferhund. Ich habe sie nach Figuren von Shakespeare benannt. Jago war der intelligentere und trickreichere von beiden, Othello hingegen war zwar klug, brauchte aber Vorgaben.«

»Das stimmt. Die Malinois begreifen schnell und lassen sich hervorragend trainieren«, stimmte Marais mit plötzlichem Enthusiasmus zu. »Was ist dann passiert?«

»Der Minister, dieses Schwein, hat Tierfänger beauftragt. Diese haben die Hunde in einer Nacht-und-Nebel-Aktion abgeholt. Als ich am nächsten Tag ins Ministerium gegangen bin, um meine Papiere abzuholen, war der Zwinger leer. Ich fuhr zum Tierheim, doch da waren die Hunde bereits tot. Angeblich hätten sie die Hundefänger angefallen. Da ist in meinem Kopf ein Schalter gekippt. Ich bin zurück in das Ministerium und habe dem Minister einfach die Pistole an den Kopf gehalten. Er sollte spüren, wie das ist, wenn man stirbt. Dann bin ich zusammengebrochen«, keuchte David.

»Das war sehr impulsiv, John. Dachten Sie keinen Moment an die Konsequenzen?«

»Ich dachte vor allem an meine toten Hunde, meine einzigen Freunde. Die beiden waren mir das Wichtigste auf der Welt. Hunde kennen keine Falschheit. Sie sind ehrlich und direkt. Nicht so hinterhältig wie wir Menschen.«

»Das kann ich verstehen«, seufzte Dr. Marais.

»Ich weiß, denn Sie haben ja ein ganzes Rudel Malinois hier auf dem Gelände.«

»Genau.« Der Doktor nickte und machte dabei eine betrübte Miene.

»Sie wirken bedrückt. Sagten Sie nicht vorhin, dass etwas mit den Hunden passiert ist?« David gab seiner Stimme einen mitfühlenden Tonfall.

»Ja, gestern ist Aramis, mein Alphatier, spurlos verschwunden. Das ist ein herber Schlag für mich. Ich wollte mit allen sieben Hunden bei einer Military-Challenge teilnehmen. Das kann ich nun wohl vergessen.«

»Weshalb? Sie haben ja noch immer die sechs anderen Malinois.«

»Aber ich habe sieben gemeldet. Für diesen Wettkampf müssen es genau sieben Hunde sein, das ist die Bedingung. Es geht um die Führung eines Rudels. Sieben Hunde müssen auf eine gemeinsame Aufgabe trainiert werden. Und Aramis war der Leithund, an dem sich die anderen orientiert haben.«

»Wo findet denn diese Challenge eigentlich statt?«, fragte David ganz nebenbei.

»Der Ort wird erst kurz vorher bekannt gegeben, damit man nicht heimlich auf dem Gelände übt«, antwortete Marais. »Aber ohne Aramis ist das alles sinnlos.«

»Er wird schon wieder auftauchen«, sagte David zuversichtlich. »Leider kann ich Ihnen meinen Malinois nicht mehr zur Verfügung stellen«, ergänzte er traurig.

»Aber Sie können doch etwas für mich tun«, sagte Marais. »Haben Sie nicht Ihren Malinois aus einer bedeutenden Zucht bekommen?«

»Ja, der Comte de Balzec züchtet Malinois speziell für die Polizei und das Militär«, antwortete David. »Ich habe übrigens einige Rüden auf seinem Gut für Military-Challenges trainiert.«

»Glauben Sie, dass man in kurzer Zeit einen Alpharüden in ein fremdes Rudel integrieren und für Military trainieren kann?«, fragte Marais vorsichtig.

»Normalerweise nicht. Aber die Malinois sind sehr intelligent und werden von Pierre speziell für das Militär und die Polizei gezüchtet. Deshalb ist es durchaus möglich.«

David war mit dem Verlauf des Gesprächs zufrieden. Die Strategie, die er mit Robyn ausgearbeitet hatte, war erfolgreich. Marais hatte von einem sehr kurzen Trainingsvorlauf gesprochen. Das könnte zu dem Datum passen, das sie von Pieter erfahren hatten. Marais hatte den Köder geschluckt und bald würde David wissen, wo und wofür die Hunde eingesetzt werden sollten. Er durfte nur nichts überstürzen, sondern musste seine Rolle als ausgebrannter, zurückhaltender Personenschützer weiterspielen. Marais musste selbst mit dem Vorschlag kommen, ob David einen neuen Hund trainieren könne.

»Besorgen Sie mir bitte einen Malinois von Ihrem Freund«, sagte Marais plötzlich und stand auf. »Das klingt für Sie vielleicht ein wenig unorthodox. Aber ich sehe das als Teil unserer Therapie. Auf diese Weise erhalten Sie eine Aufgabe und Ihre Aggressionen verschwinden.«

»Das kommt ein wenig überraschend.« David wiegte seinen Oberkörper vor und zurück und verzog skeptisch das Gesicht. »Ich weiß nicht, ob ich dazu schon in der Lage bin.«

»Natürlich sind Sie das«, widersprach Marais. »Ihr Burnout spielt sich nur im Kopf ab. Sie werden feststellen, wenn Sie wieder eine Arbeit haben, die Sie befriedigt, dann verschwinden die Symptome ganz von selbst. Diese Therapie funktioniert natürlich nur in Kombination mit unseren hervorragenden pharmazeutischen Produkten.«

»Vielleicht haben Sie recht«, meinte David nachdenklich. »Ich werde Pierre anrufen, ob er zurzeit einen passenden Malinois hat.«

»Es muss aber unbedingt ein ausgewachsener Hund und ein Alphamännchen sein«, sagte Marais. Er warf einen Blick auf die Pultuhr auf seinem Schreibtisch. »Ich denke, für heute haben wir genug geredet. Klären Sie das mit dem Malinois und dann lassen Sie sich von Alice für die Nacht verwöhnen.«

Als David den hell erleuchteten Korridor zu seiner Suite entlangging, hatte er das Gefühl, als würde ihn jemand beobachten. Doch als er sich unauffällig umdrehte, war niemand zu sehen.

22

Algerien

Ghardaia in der algerischen Sahara

In dem lichtdurchfluteten Innenhof eines Lehmhauses in der Wüstenstadt Ghardaia saß Aisha im Kreis der Berberfrauen. Wie diese trug auch Aisha einen blendend weißen Umhang, der den ganzen Körper verhüllte und nur ein Auge zum Sehen freiließ. Seit sie aus Paris zurückgekehrt war, fühlte sie sich energiegeladen und aufgeputscht. Der Foodtruck war auf dem Weg nach Genf und man würde sie informieren, wenn er von dort aufbrach, um an sein eigentliches Ziel in Berlin zu gelangen. Jetzt mussten sie sich nur noch auf den 7. Juli vorbereiten. In dem Sanatorium wurde Tahid mit angereichertem Blut gedopt und die Hunde regelmäßig trainiert. Gemeinsam mit Olivier hatte sie alles ganz genau geplant und organisiert.

Mit der westlichen Kleidung hatte Aisha auch das westliche Denken abgelegt und war wieder tief in die Sitten und Gebräuche der Mozabiten eingetaucht. Die Mozabiten waren ein uraltes Berbervolk und Ghardaia ihr Zentrum. Zwar verstand Aisha deren eigene Berbersprache nicht, aber die Traditionen dieses Volkes faszinierten sie. In dieser Gesellschaft gibt es weder Betteln noch Diebstahl, jeder Mozabite hat das Anrecht auf Arbeit und ein eigenes Haus, es gibt keine Hierarchien und keinen Wettbewerb. Von diesen Menschen konnte der Westen noch viel lernen.

Sie dachte zurück an Jean-Pierre, den sie getötet hatte. Die französische Polizei würde seine Leiche zwar finden, aber nicht mehr viel damit anfangen können, denn sie hatte in seinem Büro Feuer gelegt.

Als sie den Frauen genug von Paris und der Dekadenz der westlichen Welt erzählt hatte, stand sie auf und ging in das Haus. Wegen der Lehmwände war es drinnen angenehm kühl, obwohl die Sonne durch die Fenster schien. Das Haus hatte drei Zimmer und einen großen Gemeinschaftsraum in der Mitte, von dem aus man auf die Dachterrasse gelangte. Das große Zimmer war sparsam möbliert, es gab nur niedrige Tische und bunte Kissen auf dem Boden. Alles schien auf den riesigen goldenen Käfig ausgerichtet zu sein, der in der Mitte des Zimmers stand. Mit einem Ruck zog Aisha das schwarze Tuch herunter, das den Käfig verhüllte. Darko, ihr Falke, schlug träge mit den Flügeln und beobachtete Aisha. Er schien zu spüren, dass er bald wieder in sein angestammtes Revier, den dunstig blauen Himmel, aufsteigen würde, um majestätisch über der Wüste zu kreisen. Vorsichtig öffnete Aisha den Käfig und stülpte Darko den ledernen Helm über den Kopf. Dann setzte sie den Vogel auf ihren Unterarm, der mit einem langen Lederhandschuh geschützt war.

»Ich reite zu der verwunschenen Oase«, sagte sie zu Abdullah, ihrem Adjutanten, der wie immer diskret und schweigend im Hintergrund gewartet hatte. »Bring mir mein Pferd.«

Als Aisha wenig später im Sattel saß, schob sie sich den Umhang von ihrem Gesicht und genoss die heißen Sonnenstrahlen auf ihrer Haut. Dann nahm sie Darko den Helm ab und streckte ihren Arm nach oben. Der Falke stieg wie ein Pfeil in die Luft. Aisha lachte glücklich und ritt mitten in die unendliche Wüste hinein. Noch vor zehn Jahren hatte sie keine Ahnung vom Reiten und dem Leben in der Wüste gehabt, aber jetzt war sie eins mit Darko, ihrem Pferd, der Wüste und dem Himmel. Wieder hielt sie ihr Gesicht in die Sonne, die grell wie ein Scheinwerfer war.

»Scheinwerfer«, murmelte sie automatisch und tauchte schlagartig wieder in den Horror ein, der vor zehn Jahren seinen Höhepunkt erreicht hatte.

»Deine Eltern sind sehr dumm«, hörte sie die Stimme des Mannes hinter dem Scheinwerfer. »Sie haben mit der algerischen Polizei und der französischen Fremdenlegion gesprochen. Zu viele Leute durchkämmen jetzt ganz Algier auf der Suche nach dir.«

»Aber ich kann doch nichts dafür. Bitte, lassen Sie mich frei«, bettelte sie. Ihre Stimme war leise, war nur noch ein müdes Krächzen, denn seit Tagen bekam sie wenig Wasser und durfte von dem Stuhl nur aufstehen, wenn sie auf die Toilette musste. Und ständig strahlte sie der Scheinwerfer an, bis sie nicht mehr wusste, ob es Tag oder Nacht war, bis sie völlig die Orientierung verloren hatte. Wenigstens hatte man ihr gestattet, die Augen vor dem grellen Licht zu schließen, um nicht blind zu werden.

»Wir werden gleich aufbrechen. Wenn du auch nur einen Laut von dir gibst, dann steche ich dir ein Auge aus«, drohte der Mann.

»Ich mache nichts. Sie können mir vertrauen«, sagte Aisha und spürte, wie ihr Herz vor Panik heftig klopfte.

»Wohin bringen Sie mich?«, fragte sie zaghaft.

»In die Wüste, wo dich niemand findet und von wo noch nie jemand zurückgekehrt ist«, antwortete der Mann ungerührt. Sie hörte seine Schritte, die sich langsam näherten, und riss die Augen auf. Das grelle Licht blendete sie und sie drehte schnell den Kopf zur Seite. Der Mann stand jetzt neben ihr. Sie roch seinen Schweiß und spürte eine schwielige Hand, die langsam über ihren Hals strich.

»Ich werde dich jetzt losbinden, dann wirst du diese Kleider anziehen«, sagte er und legte ein Bündel Kleider auf ihren Schoß. »Wenn du versuchst zu fliehen, schneide ich dir die Zehen ab.«

»Ich fliehe nicht, denn meine Eltern bezahlen das Lösegeld. Da bin ich mir sicher.«

Der Mann brummte nur und begann, mit einem Messer die Stricke durchzuschneiden, mit denen sie an die Sessellehne gefesselt war. Als er die Fesseln löste, spürte sie, wie das Blut in ihre tauben Fingerspitzen schoss. Sie atmete tief durch und rieb sich die aufgeschürften und bereits entzündeten Handgelenke.

»Zieh dich jetzt um«, sagte der Mann. Sie blickte nach unten auf ihren Schoß, wo eine schmutzige weiße Hose, ein langes weißes Kleid und ein großes weißes Tuch lagen.

»Was sind das für Sachen?«, fragte sie.

»Das ist die Berbertracht«, antwortete der Mann kurz angebunden. »Hör auf zu fragen und mach schon. Der Wagen wird gleich da sein.«

Vorsichtig stand sie auf und musste sich an der Stuhllehne festhalten, um nicht umzufallen. Umständlich zog sie ihre verdreckte Schuluniform aus und ließ sie zu Boden gleiten. Es kam ihr so vor, als würde damit auch ihre alte Identität Stück für Stück verschwinden und sich in nichts auflösen. Schließlich stand sie nur noch mit einem dünnen Slip bekleidet im Licht des Scheinwerfers und breitete das weiße Kleid aus, um hineinzuschlüpfen. Plötzlich trat der Mann hinter sie und seine schwieligen Hände fassten nach ihren Brüsten. Sie wollte sich aus seiner Umklammerung winden, doch er zog sie hart zu sich heran und riss sie zu Boden.

»Bitte, tun Sie das nicht«, flüsterte sie, aber der Mann reagierte nicht, sondern packte sie im Nacken und drückte sie auf den rauen Betonboden. Mit einer Hand umklammerte er ihren Hals, mit der anderen zerrte er ihr den Slip herunter. Seine raue Hand fuhr über ihren Hintern und zwischen ihre Beine. Panisch tastete sie mit den Händen über den Boden, stieß plötzlich mit den Fingerspitzen an

Metall. Es war das Messer, mit dem der Mann ihre Fesseln durchgeschnitten hatte. Er hatte es einfach auf den Boden gelegt und es dann vergessen. Sie packte das Messer, während der Mann ihre Beine immer weiter auseinanderschob, um in sie eindringen zu können. Unter Aufbietung aller Kräfte drehte sie sich zur Seite, holte aus und rammte dem Mann das Messer in den Hals. Mit einem erstickten Schrei kippte er zur Seite und das Blut aus seiner Schlagader schoss wie ein Wasserfall des Todes über ihr Gesicht.

Als der Hengst wieherte und plötzlich stieg, war Aisha wieder im Hier und Jetzt. Wie in Trance war sie einfach durch Sand und Steine geritten und bis zu einem ausgetrockneten Wadi gekommen. Ihr Hengst hatte angehalten, um nicht über die steile Geröllhalde in das trockene Flussbett zu stürzen. Aisha beruhigte das Pferd, saß ab und ließ Darko auf der Suche nach Beute wieder durch die Luft kreisen.

Mit der Hand strich sie sich über das Gesicht, hatte das Gefühl, als wäre sie noch immer blutverschmiert wie vor zehn Jahren. Nachdem sie Wasser aus einem ledernen Beutel getrunken hatte, ritt sie schnell zu ihrem Ziel. Es war eine verlassene Oase mitten in der Wüste. Da es dort kein Wasser mehr gab, waren die wenigen Einwohner schon längst verschwunden. Die Berber aus Ghardaia munkelten, dass früher Zauberer mit dem bösen Blick die Oase bewohnt und sie verhext hatten. Für Aisha hatte dieser Ort aber auch noch eine andere Bedeutung. Hier hatte ihr altes Leben geendet und ein neues begonnen.

23

Genf

Sanatorium »Bellevue«

Der schwarze Jet mit dem dezenten Wappen des Comte de Balzec landete auf einem kleinen Privatflughafen in der Nähe von Genf. David stand mit Marais in der Ankunftshalle und wartete, bis der einzige Passagier das Flugzeug in einer gepolsterten Box verlassen hatte.

»Das ist Diego, ein dreijähriger Malinois-Rüde«, sagte David, als er die Gittertür der Box öffnete und der Belgische Schäferhund vorsichtig herauskam.

»Ein Prachtkerl«, sagte Marais bewundernd.

David musste ihm recht geben. Das kurze Fell des mittelgroßen Malinois war von einem sehr dunklen Grau, er hatte einen durchtrainierten Körper, der sich stromlinienförmig nach hinten verjüngte. Seine pechschwarzen Ohren standen aufrecht in die Höhe und harmonierten mit seiner dunklen, elegant schmalen Schnauze. Wenn man den Hund von vorn anschaute, hatte man das Gefühl, als würde er sofort jedes Wort verstehen.

»Ich bin neugierig, wie Sie den Hund jetzt trainieren«, sagte Marais zu David. »Sie haben nicht viel Zeit dafür, John.«

»Je kürzer die Zeit, desto intensiver nimmt diese kluge Rasse das Erlernte auf«, erwiderte David.

»Dann wollen wir einmal sehen, wie sich Aramis in das Rudel integriert.«

»Sie dürfen ihn nicht Aramis nennen«, unterbrach ihn David streng. »Das würde ihn und das Rudel nur verwirren. Sagen Sie immer seinen richtigen Namen. Er heißt Diego.«

David griff nach der Leine und führte Diego zu dem SUV, wo man auf der Ladefläche einige Decken für ihn ausgebreitet hatte. Er spürte die Anspannung des Hundes und versuchte, ihn zu beruhigen.

»Spring«, sagte er mit leiser Stimme und klopfte auf die Ladefläche des Wagens. Diego spitzte die Ohren an und blickte zu David. »Spring«, wiederholte David und klopfte erneut fast unhörbar auf die Decke. Diego tänzelte zurück, wurde aber von David an der Leine wieder zum Wagen gezogen. Auf diese Weise sollte der Malinois lernen, dass es keine Alternative zu dem Befehl gab.

»Spring«, befahl David zum dritten Mal, und diesmal gehorchte der Hund und sprang auf die Ladefläche. David holte einen Keks aus seiner Tasche und legte ihn auf die flache Hand, damit der Hund ihn schnappen konnte.

»Dieser Malinois macht einen ziemlich nervösen Eindruck.«

»Das ist ganz natürlich. Der Flug in der Hundebox und die fremde Umgebung haben das Tier gestresst. Wir müssen ihm jetzt Stabilität bieten.«

»Ich hoffe, er integriert sich schnell in das Rudel.«

»Keine Sorge, das wird er schon. Das ist ein starker Hund«, meinte David optimistisch.

Als sie beim Sanatorium ankamen, ließ David den Malinois sofort aus dem SUV springen und das Gelände erkunden.

»Holen Sie die anderen Hunde aus dem Zwinger«, sagte er nach einer kurzen Weile zu Marais. »Jetzt soll Diego mit dem Rudel konfrontiert werden.«

Marais gab die Anweisung, den Zwinger zu öffnen, und sofort jagten die sechs Malinois-Hunde über die Wiese. Als sie den Neuling erblickten, stutzten sie und näherten sich langsam. Auch Diego verharrte und hob die rechte vordere Pfote in die Höhe, als er die Hunde sah.

»Er ist ein echtes Alphatier«, meinte David und zeigte auf die Pfote.

»Wie können Sie das jetzt schon feststellen?«, fragte Marais leise.

»Er hebt die Vorderpfote als Zeichen seiner Dominanz. Das soll bedeuten, dass er hier das Sagen hat«, antwortete David und warf einen Blick auf Marais. »Aber das sollten Sie doch eigentlich wissen.«

»Es war nur ein kleiner Test, ob Sie auch wirklich etwas von Hunden verstehen«, antwortete Marais und lächelte kühl.

»Wenn Sie mir nicht vertrauen, dann machen Sie das doch selbst«, fauchte David in seiner Rolle als vom Burn-out geplagter Ex-Personenschützer John Fox.

»Beruhigen Sie sich, John. Sie machen das großartig. Das ist alles Teil Ihrer Therapie«, lenkte Marais ein und klopfte David beruhigend auf die Schulter.

Mittlerweile hatten sich die Hunde angenähert und nach einer kurzen heftigen Auseinandersetzung mit Athos, einem stämmigen Malinois, war die Rangordnung geklärt. Diego befehligte das Rudel.

Marais öffnete die Tür eines Verschlags neben dem Zwinger und holte einen schwarzen Nylonrucksack heraus, den er David zuwarf. »Schnallen Sie Diego diesen Rucksack um. Er soll sich von Anfang an an das Gewicht gewöhnen.«

»Wozu muss Diego einen fünf Kilo schweren Rucksack tragen?«, fragte David.

»Das gehört zu der Challenge«, antwortete Marais. »Die Hunde müssen mit Rucksäcken durch niedrige Räume kriechen.« Marais deutete auf lange Bretter, die auf niedrigen Stützen lagen. »Wir können das sofort ausprobieren.« Er gab einem seiner Hunde ein Zeichen und dieser robbte bäuchlings mit dem Rucksack auf dem Rücken unter dem Brett hindurch.

»Das ist wirklich eine interessante Challenge«, meinte David. »Ich habe diese Military-Übungen ein wenig anders in Erinnerung. Soweit ich weiß, müssen die Hunde über schmale Balken balancieren, eine schräge Wand nach oben springen oder auf einem beweglichen Brett das Gleichgewicht halten.«

»Dieser Wettkampf ist eben ein wenig anders und sehr schwierig«, antwortete Marais einsilbig. Er drehte sich zu David und packte ihn an beiden Schultern. »Was macht Ihre Wut, John? Sind Sie noch immer voller Hass auf die Regierung, die Sie einfach abserviert hat?«

»Wie kommen Sie jetzt darauf?«, fragte David und presste die Lippen zusammen.

»Weil ich in Ihren Augen noch immer den Hass sehe«, erwiderte Marais leise. »Denken Sie an das Unrecht, das man Ihnen angetan hat, wenn Sie den Hund trainieren. Sie müssen den Zorn spüren, dann wird diese Wut auch auf den Hund übergehen und er wird das Rudel zum Sieg führen.«

»Sie haben recht. Ich spüre noch immer diesen Hass auf die da oben«, sagte David und wies mit dem Zeigefinger in den blauen Himmel.

»Das ist gut, John. Dieser Hass wird Sie beim Training beflügeln. Und wenn unsere Hunde in Berlin gewinnen, dann sind Sie geheilt.«

»Ach, der Wettkampf findet in Berlin statt?«, fragte David. Doch Marais antwortete nicht darauf, sondern pfiff Diego zu sich.

»Guter Hund«, meinte Marais, als sich der Schäferhund gehorsam neben ihn legte, und gab ihm einen Keks. »Für heute haben wir genug geübt«, sagte er dann zu David. »Lassen Sie sich von Alice einen Termin für unser Bikram-Yoga geben. Das wird Sie entspannen.«

Kurz darauf stand David in einer kleinen Halle, die auf vierzig Grad erwärmt worden war. David hatte die Figuren des Hatha-Yoga in Nepal mit Trunkpa geübt, deshalb erschienen ihm die Übungen des Bikram-Yoga zunächst einfach, wenn nicht die Hitze dazugekommen wäre. Bereits nach zehn Minuten war er schweißüberströmt. Er zog sein T-Shirt aus und griff nach seiner Wasserflasche.

»Stopp, John. Sie dürfen erst nach zwanzig Minuten trinken«, sagte Alice und nahm ihm die Flasche aus der Hand. »Was haben Sie denn da für eine Verletzung?«, fragte sie und deutete auf die Stichwunde an seinem Oberarm.

»Ach, nichts weiter. Nur eine kleine Meinungsverschiedenheit, die ich in Berlin hatte. Wissen Sie übrigens etwas Näheres über den Hundewettkampf, der in Berlin stattfindet?«, fragte David und zog sein T-Shirt wieder an.

»Ich kümmere mich nicht um die Hunde, sondern nur um unsere Patienten«, antwortete Alice. »Und Sie sollten sich jetzt wieder auf die Übungen konzentrieren.«

Als die Yogastunde zu Ende war, fühlte sich David komplett dehydriert, obwohl er zwei Liter Wasser getrunken hatte. Langsam ging er in die Umkleidekabine. Alice lehnte in der Tür, die zum Korridor führte, und telefonierte gerade. Als sie David sah, steckte sie das Telefon schnell weg.

»Privatgespräche sind verboten«, sagte sie mit schuldbewusster Miene. »Ich hoffe, Sie verraten mich nicht.«

»Keine Angst«, beruhigte David sie und wartete, bis Alice verschwunden war. Dann griff er nach dem MP3-Player und setzte die Ohrhörer auf.

»Ich habe einen Ort«, sagte er leise, als er Robyns Stimme hörte. Er wollte noch etwas sagen, doch in diesem Moment wurde ihm der Kopfhörer heruntergerissen. Als er herumwirbelte, sah er den Mann vor sich, der ihn mit dem Messer in der Nähe der Chocolaterie angegriffen hatte.

»Sie sind mir gleich so bekannt vorgekommen«, flüsterte der Mann und rammte David eine Spritze in die Hüfte. David konnte sich noch losreißen und zur Tür taumeln. Doch ehe er den Korridor erreicht hatte, gaben seine Beine nach, und er schlug schwer auf dem Boden auf. Das Letzte, was er hörte, war die höhnische Stimme des Mannes.

»Das ist eine Weiterentwicklung der Droge GHB, die ich Ihnen verabreicht habe. Sie sagen uns alles, können sich später aber an nichts mehr erinnern.«

24

Ibiza

Weisses Haus an der Westküste

Das weiße Haus auf dem Felsen sah einsam und verlassen aus, als Leyla aus dem Taxi stieg. Verwundert stellte sie fest, dass sich die automatische Außenbeleuchtung nicht eingeschaltet hatte. Die breiten Steinplatten, die nach oben führten, lagen im Dunkeln, denn es war bereits spät in der Nacht. Das Psychotraining hatte diesmal wesentlich länger gedauert als geplant.

Zum ersten Mal hatte sich Leyla nicht in Selbstvorwürfen zerfleischt, sondern Zukunftspläne geschmiedet.

»Ich will wieder mit David leben«, hatte sie zu der Psychologin gesagt. Mit diesem Satz hatte sie erreicht, dass ein frischer Wind durch ihren Kopf fegte, der die düsteren Gedanken der letzten Monate einfach fortblies.

Alles wird gut.

Doch als sie jetzt das düstere Haus sah, das einsam auf der Klippe thronte, kamen die Zweifel rasch wieder. Was wäre, wenn David vielleicht keine Lust mehr hatte, mit ihr zu leben? Auf diesen Gedanken war sie überhaupt noch nicht gekommen. Unschlüssig blieb sie am Fuß der breiten Steinplatten stehen.

Plötzlich wusste sie, dass etwas nicht stimmte. In ihrem Kopf gingen die Alarmlichter an und die Gedanken an David wurden in den Hintergrund gedrängt. Innerhalb weniger Augenblicke waren ihre Killerinstinkte geweckt. Leyla musste an den Schmuckverkäufer denken, der ihr den Hornissenanhänger geschenkt und die Warnung für David mitgegeben hatte. Das war ein erstes Zeichen gewesen. Die fehlende Außenbeleuchtung war ein weiteres Signal, dass Unheil drohte.

Leyla schlich gebückt die schmale Straße entlang, bis sie zu der niedrigen Mauer gelangte, die ihr Grundstück umgab. Sie schwang sich über die Mauer und kletterte im Dunkeln den Hang zu der vorderen Terrasse hinauf.

Als sie im Schatten der Hauswand auf ihrer Terrasse kauerte, erblickte sie den hellen Mond, der auf das Meer leuchtete, das in seinem kalten Schein wie ein perlenbesticktes schwarzes Tuch glitzerte. Der lang gestreckte Raum hinter der großen Glasfront an der Vorderseite des Hauses, die sich zum Meer hin öffnete, war dunkel. Im ganzen Haus brannte kein Licht. Leyla schob sich an der Hausmauer entlang und überlegte kurz. Sie war sich ziemlich sicher, auch die in den Boden eingelassenen Spots im Wohnzimmer mit der Zeitschaltung kombiniert zu haben. Vorsichtig schlich sie weiter an der Hausmauer entlang und spähte durch das schmale seitliche Fenster in den großen Raum. Der Mond leuchtete durch die Glasfront und sie konnte deutlich die Umrisse einer Gestalt erkennen, die auf dem großen Sofa in der Mitte des Zimmers saß. Erschrocken duckte sich Leyla.

Das Adrenalin flutete wie ein Sturzbach durch ihre Venen. Von einer Sekunde auf die andere verwandelte sie sich wieder in die Kämpferin von früher.

War das der Schmuckverkäufer? Vielleicht lauerten auch noch andere Männer in ihrem Haus? Gebückt lief sie um das Haus, bis sie zu der kleinen steinernen Hütte am Rand des

Grundstücks gelangte, in der sie Sonnenliegen und Kissen aufbewahrte. Vorsichtig öffnete sie die Tür und huschte hinein. Drinnen herrschte wie üblich Chaos, Matten lagen auf dem Boden, an der Wand lehnten zerfledderte Sonnenschirme und es standen ramponierte Stühle und Liegen herum. Aber diese Unordnung war beabsichtigt. Denn unter einer schimmligen Bastmatte befand sich eine Klappe, die einen Hohlraum verbarg. Und in diesem Versteck hatte Leyla ihre Überlebensbox deponiert. Vorsichtig holte sie die wasserdichte Metallbox heraus und öffnete sie. Im Inneren lagen zwei unförmige Stoffbündel, die Leyla jetzt auf den Boden legte und auseinanderschlug. Zwei verchromte Berettas kamen zum Vorschein, die auf dem schwarzen Tuch wie Schmuckstücke wirkten. Professionell überprüfte sie die Waffen, ließ die Magazine einrasten und entsicherte die Pistolen.

Als Leyla die kühlen Griffe der Waffen spürte, ließ ihre Anspannung nach und machte einer kühlen Überlegung Platz. Sie musste den ungebetenen Gast überrumpeln, so viel war sicher. Doch wenn sie die großen Glastüren auf der Terrasse aufschob, bot sie selbst eine Zielscheibe. Deshalb musste sie durch den Seiteneingang, der in den Abstellraum hinter der Küche führte, in das Haus gelangen. Die Küche ging zwar offen in den Wohnraum über, aber wenn sie schnell war, hatte sie den Überraschungseffekt auf ihrer Seite. Im Notfall konnte sie hinter dem Tresen in Deckung gehen.

Minuten später stand sie bereits im Abstellraum und atmete tief durch. Die Wirkung der Analgetika ließ nach und ein gleichmäßiger Schmerz strahlte in ihr Rückgrat aus, doch sie ignorierte dieses Pochen. Mit angehaltenem Atem öffnete sie die Tür und schlich lautlos in die Küche. Der Tresen aus Beton, der die Küche vom Wohnzimmer trennte und in den der Gasherd integriert war, bot ihr zunächst ausreichend Schutz.

Das Mondlicht schien jetzt heller durch die riesigen Glasfenster und sie konnte die Gestalt auf dem Sofa deutlicher erkennen. Die Person saß im Schneidersitz auf den Kissen und hatte ein Handy auf ihrem Oberschenkel, das matt leuchtete, wenn sie etwas darauf tippte. Draußen fegte plötzlich der Wind einen dünnen Ast gegen das Fensterglas und die Gestalt hob überrascht den Kopf. In diesem Moment wusste Leyla, wer in ihrem Wohnzimmer saß. Sie sprang auf und schaltete das Licht ein.

»Was machen Sie hier, Robyn?«, fragte sie überrascht und legte ihre beiden Pistolen auf den Betontresen.

»Ich warte auf Sie, Leyla Khan. Schön, dass Sie endlich da sind«, sagte Robyn gleichmütig, als wäre es das Natürlichste von der Welt, dass sie in diesem Wohnzimmer saß.

»Wie sind Sie hier hereingekommen?«

»Der Zahlencode an der Tür und die Alarmanlage sind kein allzu großes Hindernis für mich«, meinte Robyn und deutete auf ihr Handy. »Das schaffe ich mit einem Smartphone.«

»Aber Sie sind nicht hierhergekommen, um mein Sicherheitssystem zu überprüfen.« Leyla setzte sich ihr gegenüber auf ein Sofakissen. Das letzte Mal hatte sie Robyn auf der Veranstaltung gesehen, bei der sie selbst niedergeschossen worden war.

»Diese Überprüfung hätte ich auch online durchführen können«, antwortete Robyn trocken. »Ich muss vorausschicken, dass ich auf eigene Faust agiere«, redete sie weiter. »In der ›Abteilung‹ hätte man kein Verständnis dafür, dass ich eine ehemalige Gegnerin um Hilfe bitte.«

»Hilfe? Sie wollen, dass ich Ihnen helfe?«, fragte Leyla erstaunt. »Ich kann mir nicht vorstellen, was ich für Sie tun kann.«

»Es geht um David«, sagte Robyn und blickte suchend umher. »Haben Sie vielleicht ein Glas Wein für mich?«

»Was ist mit David?« Leylas Herz schlug hektisch, als sie seinen Namen aussprach. »Was ist mit ihm?«, wiederholte sie, als keine Antwort von Robyn kam.

»Haben Sie keinen Wein?«

»Was? Ach so, ja, natürlich.« Leyla sprang auf und nahm eine Flasche Weißwein aus dem Kühlschrank. Mit der Flasche und zwei Gläsern kam sie zurück. »Ich hole uns noch Eis«, murmelte sie, um ihre Nervosität nicht allzu deutlich zu zeigen.

»David hat einen neuen Auftrag«, begann Robyn, als sie einen Schluck Wein getrunken hatte. »Ich verrate Ihnen jetzt geheimdienstliche Informationen«, fuhr sie fort und trank das halbe Glas leer. »Dafür riskiere ich meinen Job und vielleicht sogar eine Gefängnisstrafe.«

»Was ist das für ein Auftrag?«, fragte Leyla. Jede Menge Gedanken rasten wie schwarze Insekten durch ihren Kopf. War David wieder in den Geheimdienst zurückgekehrt? Aber er wollte doch nichts mehr mit Lügen und Töten zu tun haben.

»Hat dieser Auftrag vielleicht mit Hornissen zu tun?«, erkundigte sie sich spontan, als sie sich an den Schmuckverkäufer zurückerinnerte.

»Woher wissen Sie davon?« Verwundert hob Robyn den Kopf. Leyla erzählte ihr von der Begegnung mit dem Schmuckverkäufer und der Warnung, die er ausgesprochen hatte.

»Sie hatten David wohl schon länger unter Beobachtung.« Robyn leerte das Glas Wein und wartete, bis Leyla nachgeschenkt hatte. Dann erzählte Robyn ihr von dem Auftrag in dem Sanatorium in Genf, von dem Hundetraining und dass die Verbindung zu David mitten in einem Gespräch plötzlich abgerissen war. Seit diesem Zeitpunkt war David Stein verschwunden. Für die »Abteilung« war es schwierig, schnell einen neuen Agenten in das Sanatorium einzuschleusen.

»Aller Wahrscheinlichkeit nach ist Stein nicht tot. Er wird in dem Sanatorium festgehalten«, sagte Robyn.

»Wieso sind Sie da so sicher?«

»Weil Doktor Marais gewiss Informationen von ihm will. Man wird Stein vielleicht foltern, aber eine Zeit lang hält er das schon durch. Er hat einen starken Willen.«

»Was soll ich also tun?«, fragte Leyla und stand auf. Mit einem Mal waren Pessimismus und düstere Gedanken wie weggeblasen. Sie sah Davids blaue Augen vor sich und hörte seine einfühlsame, dunkle Stimme, die sie als so beruhigend empfand. David zu retten, das war jetzt ihre Aufgabe und die beste Therapie, die sie sich vorstellen konnte.

»Sie fahren nach Genf und sehen sich in dem Sanatorium um. Wenn Sie wissen, wo David steckt, dann geben Sie mir Bescheid. Ich besorge Ihnen einen Diplomatenausweis, damit kommen Sie auf das Gelände. Sie sind die Assistentin eines alkoholkranken Prinzen aus Saudi-Arabien und begutachten das Sanatorium unter strengster Geheimhaltung, ehe der Prinz eincheckt.«

»Warum erledigt das nicht Ihr Geheimdienst?«, fragte Leyla.

»Weil meine Chefin keine internationalen Verwicklungen wegen David Stein riskieren will. Die ganze Operation findet ohne Unterrichtung der Schweizer Behörden statt«, erklärte Robyn und zuckte resignierend mit den Schultern.

»Was ist, wenn meine Tarnung auffliegt?«, fragte Leyla.

»Dann wird man Sie töten«, sagte Robyn ohne sonderliche Gefühlsregung.

Leyla lächelte, als sie diesen Satz hörte. Wie oft hatte man das schon zu ihr gesagt: »Entweder Sie töten oder man wird Sie töten.« Aber jetzt ergab das Töten Sinn, denn jetzt ging es um Davids Leben.

»Wann fliege ich nach Genf?«, sagte sie daher.

»Bereits morgen. Ich habe einen Flug für Sie gebucht. Sie reisen nach Barcelona und von dort weiter nach Genf.«

»Sie sind sich ja ziemlich sicher, dass ich bei dieser Aktion mitmache«, meinte Leyla.

»Natürlich, denn Sie lieben David immer noch«, antwortete Robyn ernst.

»Das stimmt. Er ist meine Zukunft.«

25

Genf

Sanatorium »Bellevue«

Olivier Marais hatte den ungenutzten Ostflügel des Sanatoriums zu einem riesigen Trainingsfeld für Aishas Männer umbauen lassen. Neben diversen Kampfsälen gab es auch ein eigenes Labor, in dem das Blut gewaschen und darauf mit chemischen Stoffen angereichert wurde. So war es möglich, die Killerwirkung sofort zu testen.

Wie so oft fragte sich Marais, wie die schöne neue Welt, die er mit Aisha erschaffen wollte, denn aussehen sollte. War es richtig, für eine Vision Hunderte, ja vielleicht sogar Tausende von Menschen zu opfern? Aber für eine bessere Welt musste man Opfer bringen. Da konnte man nicht auf das Schicksal Einzelner Rücksicht nehmen. Es ging immer um das große Ganze.

Wenn die westlichen Wirtschaftssysteme durch Terror und Krisen erst einmal destabilisiert waren, würden Aisha und er der Welt beweisen, dass es auch anders gehen konnte. Es war Schicksal gewesen, dass er Aisha vor zehn Jahren getroffen und sie gerettet hatte. Sie ergänzten sich optimal. Mit ihr einen

Anschlag durchzuführen, das war, wie auf der perfekten Welle zu surfen.

Wenn Aisha nach Genf kam, war er glücklich. Nur manchmal, wenn Aisha wieder für eine Zeit untertauchte und verschwand, dann war er schlecht gelaunt.

Auch in Algerien fühlte er sich an ihrer Seite wohl, obwohl er die Berberstadt, in die Aisha vor zehn Jahren verschleppt worden war, mittlerweile als zu einfach und schmutzig empfand. Aber er hütete sich davor, Aisha gegenüber Kritik an Ghardaia und dem Volk der Mozabiten zu üben.

Heute war es wieder so weit. Aisha hatte ihr Kommen angekündigt. Als der schwarze SUV am Morgen endlich vor dem Eingang der Klinik parkte, hielt er es in seinem Büro nicht mehr aus, sondern eilte den Flur entlang, um Aisha gleich bei der Treppe zu empfangen.

»Ich bin müde«, sagte Aisha zur Begrüßung, nahm ihren Schleier ab und küsste Marais intensiv. Sie trug ein äußerst kleidsames Businesskostüm, hatte aber ihr Gesicht zur Hälfte mit einem Schleier bedeckt. Das war eine der vielen exzentrischen Facetten, die er an ihr liebte. Wie immer hatte sie eine ganz spezielle Aura, der er sich nicht entziehen konnte. Sie war zweifellos schön, aber die Ereignisse hatten bereits feine Kerben an den Mundwinkeln in ihre Haut gegraben.

»Wie war dein Flug?«, fragte Marais und führte sie sofort in den Ostflügel.

»Es ist immer traurig, wenn man das Land verlässt, an das man seine Seele verloren hat«, antwortete Aisha. »Deshalb fällt es mir ja so schwer, von Ghardaia fortzugehen, denn dort wurde ich wiedergeboren.«

»Hier, trink«, sagte Marais, als sie in seinem Büro waren. »Ich habe es extra für dich gemixt.«

»Du hast wirklich mit dem Gift experimentiert, das ich aus der verhexten Oase mitgebracht habe? Du bist ein Genie.« Sie strahlte. Mit einer geschmeidigen Handbewegung zog Aisha das Tuch von ihrem Gesicht und ging auf Marais zu. Sie nahm sein Gesicht in ihre beiden Hände und küsste ihn lange auf den Mund.

»Ich liebe dich«, flüsterte sie. Doch als Marais ihren Kuss erwidern wollte, stieß sie ihn lachend zurück. »Wo ist mein Drink?«

»Ich habe dem Schlangengift mit reinem Sauerstoff und anderen biochemischen Bestandteilen ein wenig von seiner Gefährlichkeit genommen. Die Wirkung ist jetzt vergleichbar mit Kokain.«

»Bekommt Tahid auch diesen Wirkstoff?«, fragte Aisha interessiert und setzte sich auf die Schreibtischkante.

»Nein, dieser Wirkstoff ist viel zu wertvoll. Tahid bekommt ausschließlich chemisch angereichertes Blut. Das genügt, um ihn zu einer Kampfmaschine zu machen.«

»Zeig mir, wo er trainiert.« Aisha hakte sich bei Marais unter und sah ihn erwartungsvoll an. Ihre Iris war so hell, dass Marais im ersten Moment gedacht hatte, Aisha wäre blind, doch dann hatte er das lichte Blau entdeckt, in das er sich auf der Stelle verliebt hatte.

»Als ich entführt wurde, musste ich über mehrere Tage in einen grellen Scheinwerfer starren. Dadurch ist die Farbe meiner Augen ausgebleicht«, hatte ihm Aisha erklärt, als sie nebeneinander im Bett lagen. Sie hatte es mit einer so todernsten Stimme erzählt, dass er beinahe versucht gewesen war, ihr zu glauben, obwohl es natürlich nicht sein konnte.

Sie waren seit drei Jahren zusammen, und noch immer durchzuckte es ihn vor Erregung, wenn er sie ansah. Oft kamen sie tagelang nicht aus dem Bett und verhielten sich wie normale

Liebespaare, obwohl ihre Gespräche nach dem Sex nichts mit Liebesgeflüster zu tun hatten. Denn dann redeten sie über Tod und Vernichtung.

Aisha war fünfundzwanzig und er fast dreißig Jahre älter. Doch der große Altersunterschied war nicht das Entscheidende für ihre intensive Beziehung. Es war Aishas Vergangenheit und der Horror, den sie erlebt hatte. Die Entführung und sein Auftauchen hatten sie nachhaltig geprägt und sie zu der Frau gemacht, die sie jetzt war.

Im Grunde war Aisha ein psychisches Wrack, denn sie litt unter einem massiven Stockholm-Syndrom. In den Jahren ihrer Gefangenschaft hatte sie ihr Leben völlig dem Terror gewidmet und war zu einem anderen Menschen geworden. Doch das hinderte ihn nicht daran, sie in seiner schönen neuen Welt als Königin an seiner Seite zu sehen.

»Das ist wie ein Ballett des Todes«, sagte Aisha, als sie vor einer großen Spiegelwand standen und nach unten in einen großen Saal blickten. Dort kämpfte Tahid mit mehreren Männern, die sich gerade aus großer Höhe nach unten abgeseilt hatten.

»Diese Energie ist unglaublich«, meinte Aisha enthusiastisch. »Wir werden sie alle besiegen.«

»*First we take Manhattan, then we take Berlin*«, summte Marais einen alten Leonard-Cohen-Song.

»Du wirst sehen, mit unserer Aktion in Berlin erschüttern wir das kapitalistische System. Es wird zusammenbrechen und wir können eine freie Gesellschaft ohne Konkurrenz gründen, so wie in Ghardaia.«

»Das ist ein wenig naiv gedacht«, warf Marais ein. »So etwas passiert nicht von heute auf morgen.«

»Aber es wird passieren, weil ich es will.« Aisha drehte sich zu ihm und starrte ihn an. »Ich wollte damals überleben, obwohl man schon mein Grab geschaufelt hatte. Und ich habe überlebt. Es ist der Wille, der zählt.«

Ihre Stimme klang hart. Marais schauderte bei dem Gedanken daran, was sich hinter ihrer hohen und glatten Stirn abspielte. Noch immer raubten ihr die grauenerregenden Bilder ihres ersten Mordes den Schlaf. Ohne seine Spezialtabletten konnte sie nie einschlafen, zumindest nicht hier in Genf. In Algerien hingegen, so hatte sie ihm erzählt, schlafe sie tief und traumlos unter freiem Himmel.

»Tahid hat mich gut behandelt«, sagte Aisha plötzlich und lehnte ihre Stirn an die Spiegelwand, um besser sehen zu können. »Er hat mich am Leben gelassen. Ist er verletzt?«, fragte Aisha und tippte gegen das Glas. »Er hat Striemen auf den Wangen.«

»Es gab eine Auseinandersetzung mit einem Agenten. Der Mann hat sich als John Fox hier in das Sanatorium eingeschlichen. Aber Tahid hat das Problem gelöst.«

»Tahid darf aber kein Aufsehen mehr erregen. Die Polizei hat bereits die Leiche des Chocolatiers gefunden. Also kein weiterer Toter. Ich will hier in Genf keine Schwierigkeiten. Was macht das Hundetraining?«

»Ich habe dir doch erzählt, dass Aramis, der Leithund, spurlos verschwunden ist. Aber ein neuer Hund ist schon hier«, berichtete er Aisha. »Er ist auch in das Rudel integriert und bereits gut trainiert.«

»Wie hast du das so schnell geschafft?«

»Ich hatte Unterstützung. Und zwar von dem Agenten, den Tahid ausgeschaltet hat.«

»Bist du verrückt? Einer deiner Hunde verschwindet und ein Agent taucht unter falschem Namen hier auf, der Hunde trainieren kann. Das ist doch alles kein Zufall. Wie konnte das nur passieren?« Aisha war wütend. »Habt ihr seinen Lebenslauf nicht überprüft?« Sie schüttelte fassungslos den Kopf.

»Aber natürlich haben wir das. Doch sämtliche Online-Unterlagen wurden professionell gefälscht. Das deutet alles auf einen Agenten des BND hin.«

»Hat dieser Agent etwas über unsere Pläne und die Bedeutung unserer Hunde herausgefunden? Und weiß er, welche Rolle der Foodtruck dabei spielt?«

»Nein, Tahid hat ihn außer Gefecht gesetzt, ehe er mit seinem Verbindungsmann Kontakt aufnehmen konnte.«

»Gut, dann ist unsere Aktion nicht gefährdet. Der Truck kommt heute Mittag nach Genf. Dann werden die Hunde verladen und fahren nach Berlin.«

»Willst du diesen John Fox sehen?«, fragte Marais.

»Wo ist er jetzt?«, fragte Aisha. »Ich hoffe, Tahid hat ihn nicht getötet.«

»Nein, Tahid hat ihn mit GHB, unserer synthetischen Droge, die dem körpereigenen Neurotransmitter GABA ähnlich ist, ausgeschaltet. Er könnte noch Informationen für uns haben. Tahid hat ihn in den Bunker gesperrt.«

»Dann gehen wir zu ihm«, befahl Aisha, und Marais nickte zustimmend.

Sie fuhren mit dem privaten Lift nach unten in die geschlossene Felsenbar. Dahinter hatte man einen Bunker in den Felsen gesprengt, wie es in der Schweiz für Gebäude ab einer bestimmten Größe Vorschrift war. Auch hier gab es einen verspiegelten Teil aus Panzerglas, durch den man hineinsehen konnte.

»Vielleicht werden wir auch die wahre Identität von John Fox bald knacken«, gab sich Marais zuversichtlich und blickte auf den Mann, der mit gesenktem Kopf auf einer Pritsche hockte und mit den Füßen wippte. Plötzlich hob er den Kopf und blickte so gebannt in den Spiegel, dass Marais zurückzuckte.

»Das ist nicht möglich«, sagte Aisha, die neben ihm stand und durch das Glas in den Bunker starrte. Dann drehte sie sich zu Marais.

»Ich kenne diesen Mann. Er heißt David Stein und ist ein Topagent des BND. Du befragst ihn und danach muss er sterben, noch ehe der Truck Berlin erreicht.«

26

Genf

Sanatorium »Bellevue«

Sie stand vor dem lang gestreckten dreistöckigen Bau, der in dem frühsommerlichen Regen grau und abweisend wirkte. Leyla war erst vor wenigen Stunden in Genf angekommen und hatte sich wie eine Touristin in der klinisch sauberen Altstadt einen Kaffee und ein Croissant genehmigt. Anschließend war sie kurz durch die Stadt flaniert und hatte der Versuchung widerstanden, sich ein nachtschwarzes Mountainbike in einem modernen Fahrradshop zu kaufen. Als sie am Ufer des Genfer Sees entlangging, bekam sie die erwartete SMS, die sie daran erinnerte, dass sie in einem bestimmten Laden noch Blumen kaufen musste.

»Ich brauche einen Strauß Rosen«, sagte Leyla zu der jungen Verkäuferin, die mehrere Ringe in einem Ohr trug.

»Ich stelle Ihnen ein wunderschönes Bouquet zusammen«, sagte die Verkäuferin. »Was soll ich auf die Karte schreiben?«

»Gruß der schwarzen Hornisse«, antwortete Leyla, ohne nachzudenken. Es war das vereinbarte Codewort, das sie von Robyn erhalten hatte.

»Geht in Ordnung.« Die Verkäuferin nickte wissend und ging nach hinten. Kurz darauf kam sie mit mehreren Päckchen Blumendünger und einer Gartenschere zurück. Sie schob alles in eine Papiertüte. »Jetzt haben Sie alles Nötige, was Sie für die Aufzucht brauchen.«

Nachdem Leyla den Rosenstrauß in Empfang genommen hatte, ging sie zu Fuß den Hügel zum Sanatorium hoch. Von Robyn wusste sie, dass der weitläufige Park an ein Waldstück grenzte. Sie bahnte sich ihren Weg durch das Unterholz und hockte sich neben den Zaun. Mit der speziellen Gartenschere schnitt sie ein Loch in das Drahtgeflecht. Das war der Notausgang für den Fall, dass etwas schiefgehen würde. In einem anderen Päckchen befand sich eine SIG Sauer, die sie nicht besonders mochte, aber jetzt war nicht der richtige Zeitpunkt für Extrawünsche.

»Ich bin die Assistentin des Prinzen Abdullah al-Aziz«, sagte Leyla kurz darauf zu einer jungen Frau am Empfang des Sanatoriums und zeigte ihren Diplomatenausweis, den sie von Robyn erhalten hatte. Die junge Frau lächelte kurz und blickte dann lange mit gerunzelter Stirn auf den Bildschirm ihres Computers.

»Ach, hier habe ich den Eintrag. Sie bewohnen die Penthouse-Suite. Wann dürfen wir den Prinzen erwarten?«

»Der Prinz wird morgen Abend einchecken«, antwortete Leyla. »Ich würde jetzt gerne die Suite des Prinzen auf ihre Sicherheit hin überprüfen.«

»Ja, natürlich, so ist es in der Mail auch avisiert worden«, murmelte die Frau, während sie weiter auf den Bildschirm blickte. Dann griff sie zum Telefon.

»Gibt es ein Problem?«, fragte Leyla streng.

»Nein, ich informiere nur Doktor Marais, dass Sie die Suite besichtigen wollen.«

»Ich will sie nicht besichtigen, sondern ich muss sie überprüfen. Das ist mein Job als Sicherheitsbeauftragte des Prinzen«, antwortete Leyla.

»Doktor Marais ist im Augenblick leider sehr beschäftigt«, entschuldigte sich die Empfangsdame, nachdem sie telefoniert hatte, und lächelte Leyla an.

»Das macht nichts. Haben Sie zurzeit viele Patienten?«, fragte Leyla, als sie mit dem Lift nach oben in die Penthouse-Suite fuhren.

»Diese Frage ist sehr unüblich«, meinte die Empfangsdame.

»Warum wundert Sie das?«, fragte Leyla.

»Unsere Patienten beschäftigen sich nur mit sich selbst«, antwortete die Frau.

»Ich muss eben alles wissen, bevor der Prinz hier eincheckt«, gab sich Leyla betont gleichgültig.

»Die Suite hat vierhundert Quadratmeter und einen eigenen Aufzug, mit dem der Prinz direkt vom Empfang in seine Räume fahren kann«, sagte die Empfangsdame und führte Leyla weiter durch die Räume. Während sie die Vorzüge der Suite anpries, nahm Leyla ihr Handy heraus und studierte die eingehenden Anrufe, die Robyn fingiert hatte. Tatsächlich aber war das Handy auf das Signal eines Senders programmiert, den David in seiner Gürtelschnalle mit sich führte. Wenn David noch in dem Sanatorium war, dann konnte sie mit dem Signal seinen Standort orten.

»Sie können mich jetzt alleine lassen«, ordnete Leyla an. Die Empfangsdame blieb stehen und hatte einen irritierten Ausdruck im Gesicht.

»Aber ich dachte, ich soll Ihnen alles zeigen.«

»Ich kenne mich mit Hotelzimmern aus«, meinte Leyla und ging in die beiden Schrankräume. Sie öffnete die Türen und rief dann nach hinten: »Gibt es noch mehr Schränke?«

»Nein, aber wir können bis morgen Abend noch einen Raum umwidmen«, antwortete die Frau.

»Tun Sie das. Der Prinz kauft gerne ein.«

Als Leyla alles inspiziert hatte, wählte sie die Nummer des Empfangs.

»Wo ist mein Zimmer?«, fragte Leyla.

»Direkt unterhalb der Penthouse-Suite«, gab ihr die Empfangsdame Auskunft.

Das Zimmer von Leyla ging nach hinten zum Park hinaus. Es war verschwenderisch groß und geschmackvoll möbliert. Leyla legte das Handy auf den Couchtisch und aktivierte die Einstellungen. Mit einem leisen Piepsen kündigte sich eine SMS des Prinzen an. Das bedeutete, dass sie ein Signal empfangen hatte. David war also noch in dem Sanatorium oder auf dem Gelände.

Während sie darüber nachdachte, wo David in dem Sanatorium gefangen gehalten werden könnte, klopfte es an ihrer Tür. Als sie öffnete, stand ein imposanter Mann davor, der sie eingehend taxierte.

»Ich bin Doktor Marais«, stellte er sich vor. »Und Sie sind die Sicherheitsbeauftragte des Prinzen.«

»Leyla Farruk«, sagte Leyla und gab Marais die Hand. Robyn hatte ihr diesen Decknamen verpasst. »Kommen Sie ruhig herein.«

»Gefällt Ihnen das Zimmer?«, fragte Dr. Marais, nachdem er sich ein wenig umgesehen hatte.

»Ja, es ist in Ordnung«, erwiderte Leyla kurz angebunden. »Ich muss noch das restliche Sanatorium überprüfen. Das ist doch kein Problem?«, erkundigte sie sich dann bei Marais.

»Aber natürlich nicht. Wie ich hörte, wird der Prinz erst morgen anreisen. Da könnten wir ja heute gemeinsam zu Abend essen. Sagen wir um acht Uhr?«

»Ja, warum nicht«, antwortete Leyla. Sie wollte auf gar keinen Fall Verdacht erregen, deshalb willigte sie ein.

»Dann sehen wir uns später«, sagte Marais erfreut und ging zur Tür. »Ich wünsche Ihnen noch einen angenehmen Aufenthalt in unserem Sanatorium.«

Den Rest des Tages verbrachte Leyla damit, sich in dem Sanatorium umzusehen. Als Sicherheitsbeauftragte eines saudischen Prinzen konnte sie sich unauffällig überall frei bewegen. Immer wieder blickte sie auf ihr Handy, doch das Signal war gleichbleibend schwach.

Als es Abend wurde, zog Leyla ein schwarzes Kleid und hochhackige Pumps an. Schon lange hatte sie keine Kleider mehr getragen. Eingehend betrachtete sie sich im Spiegel und stellte fest, dass der eng anliegende Stoff ihre Figur perfekt zur Geltung brachte. Sie wirkte mit einem Mal nicht mehr dünn und ausgezehrt, sondern einfach elegant schlank. Das Handy und ihre Pistole verstaute sie in einer kleinen paillettenverzierten Handtasche, die sie unter den Arm klemmte. Dann fuhr sie mit dem Aufzug nach unten und ging in den großen Speisesaal. An dem runden Tisch direkt in der Mitte saßen bereits Marais, zwei Männer, die wie Bodyguards aussahen, und eine Frau, die ihr den Rücken zukehrte. Die Frau trug ein durchsichtiges Kopftuch mit winzigen Perlen, das ihr langes schwarzes Haar durchschimmern ließ.

»Da sind Sie ja«, sagte Marais, als er Leyla entdeckte, und stand auf, um sie zu begrüßen. Auch die Frau drehte sich langsam um, und Leyla sah, dass sie ihr Gesicht bis auf die Augen mit dem Schleier bedeckt hatte. Die Frau war jung und ihre Augen von einer eigentümlichen Helligkeit. Etwas an dieser Frau hatte mit Leylas Erinnerung aus der Vergangenheit zu tun, aber sie kam nicht sofort dahinter, was es war.

»Leyla Farruk, ein interessanter Name«, sagte die junge Frau und ließ ihren Schleier sinken. »Ich bin Aisha.«

Bei der Nennung des Namens wusste Leyla plötzlich, woher sie die Frau kannte. In Beirut hatte Brian Farruk, für den Leyla früher gearbeitet hatte, von einer jungen Frau gesprochen, die man entführt hatte. Jetzt lebte sie mit einem Berberstamm irgendwo in der algerischen Sahara. Diese junge Frau wollte Farruk damals für einen Auftragsmord rekrutieren und sie waren sich auf dem Flur vor seinem Büro kurz begegnet. Zum Glück konnte sich Aisha nicht mehr an sie erinnern.

»Sind Sie schon einmal in Beirut gewesen?«, fragte Aisha plötzlich, als sie bereits beim Nachtisch angelangt waren.

»Natürlich. Der Prinz hat geschäftliche Verbindungen nach Beirut«, antwortete Leyla und spannte jede Faser ihres Körpers an. War das nur eine unverfängliche Frage oder steckte mehr dahinter? Hatte Aisha sie vielleicht doch erkannt?

»Der Name Farruk erinnert mich an einen Mann aus Beirut, für den ich fallweise gearbeitet habe. Er heißt Brian Farruk«, redete Aisha weiter. »Sind Sie mit ihm verwandt?«

»Nein«, erwiderte Leyla lächelnd. »In Saudi-Arabien ist der Name Farruk weit verbreitet.«

»Das stimmt«, meinte Aisha und blickte nachdenklich auf ihr Dessert. Nach einer Weile stand sie auf, warf sich das Tuch wieder über Kopf und Mund und verschwand, ohne sich zu verabschieden.

»Ihre Frau ist eine interessante Person«, sagte Leyla. »Woher kommt sie?«

»Das müssen Sie Aisha schon selbst fragen«, antwortete Marais lächelnd. »Sie hat eben ihren eigenen Willen. Das ist erstaunlich, denn sie ist noch jung.«

»Haben junge Frauen sonst keinen eigenen Willen?«, warf Leyla ein.

»In der arabischen Welt ist das nicht sehr üblich«, erwiderte Marais. »Sie als saudische Frau müssen das ja besonders zu spüren bekommen.«

»Da gebe ich Ihnen recht. Der einzige Ort, wo wir uns frei entfalten können, ist zu Hause und natürlich im Ausland.«

Leyla blickte umher.

»Wo ist Ihre Frau jetzt? Ist sie schon zu Bett gegangen?«

»Wo denken Sie hin. Sie musste noch dringend nach Berlin fliegen.«

Nach einer Weile verabschiedete sich auch Leyla und ging nach draußen in das Foyer. Sie zündete sich eine Zigarette an und kontrollierte dabei das Signal auf ihrem Handy. Es wurde stärker, wenn sie das Smartphone Richtung Osten drehte. Unauffällig blickte sie sich um. Der Empfang war unbesetzt und das Foyer war nur von blauen Spots beleuchtet.

Leyla rief sich den Lageplan des Gebäudes auf das Display. Das Signal kam aus dem Ostflügel. Um keinen Lärm zu verursachen, schlüpfte sie aus ihren High Heels und ging barfuß weiter. Mit den Schuhen in der Hand kam sie durch einen dunklen Korridor, bis sie an eine stabile Stahltür stieß, die mit einem Codeschloss versehen war. Das Signal nahm an Intensität zu und das Display von Leylas Telefon leuchtete hell auf.

»David muss hier ganz in der Nähe sein.« Leyla schob sich einen Stecker in ihr Ohr und flüsterte in ihr Handy. »Aber es gibt eine Stahltür mit einem Nummernschloss.«

»Zum Glück ist es keine Sicherung mit biometrischem Fingerabgleich«, hörte sie Robyns Stimme durch den Ohrstecker. »Dann können wir die Zahlenkombination herausfinden.«

»Okay.« Leyla starrte angespannt auf das Nummerndisplay und wartete. »Was ist, haben Sie die Kombination?«, fragte sie nach einiger Zeit.

»Das geht nicht so schnell. Ich muss überlegen. Statistisch betrachtet verwenden Männer häufig Geburtsdaten oder Autonummern als Codes. Marais war Surfweltmeister. Ich suche mir das Datum, wann es war.« Kurze Zeit später meldete sich Robyn wieder. »Am 21. Dezember 91 ist er in Australien zum Weltmeister gekürt worden. Probieren Sie die Zahlen.«

Leyla tippte die entsprechenden Zahlen ein, doch plötzlich blinkte ein rotes Licht auf.

»Die Nummer stimmt nicht«, flüsterte sie nervös. »Was ist, wenn ein stiller Alarm losgeht?«

»Dann verwenden Sie die Pistole«, sagte Robyn. »Ich habe noch eine Idee. Geben Sie 070711 ein.«

Leyla tippte die Zahlenkombination ein und ein grünes Licht leuchtete auf.

»Es hat funktioniert. Was sind das für Zahlen?«, fragte sie.

»Das ist der 7. Juli um 11 Uhr.«

»Und was bedeutet das?«

»Das ist der Tag, an dem höchstwahrscheinlich ein Anschlag geplant ist«, antwortete Robyn und instruierte Leyla weiter. »Seien Sie vorsichtig. Halten Sie das Display des Handys in alle Richtungen, dann kann ich überprüfen, ob es Kameras oder andere technische Geräte gibt.«

»Es ist übrigens eine gefährliche Frau aus Algerien an diesem Terroranschlag beteiligt. Ich habe sie beim Abendessen kennengelernt. Es ist angeblich die Frau von Doktor Marais«, berichtete Leyla, als sie die Tür hinter sich wieder geschlossen hatte.

»Eine Frau? Wie heißt sie?«

»Sie heißt Aisha. Ich bin ihr einmal in Beirut begegnet. Es gab damals das Gerücht, dass sie entführt worden war, dann von ihren Entführern umgedreht wurde und ab dieser Zeit selbst an Terroranschlägen beteiligt war.«

»Die Frau hat das Stockholm-Syndrom«, stellte Robyn nüchtern fest. »Sind Sie sicher, dass sie mit dem Anschlag zu tun hat?«

»Ganz sicher. Mein früherer Arbeitgeber wollte sie für einen Terroreinsatz engagieren.«

»Und, hat sie den Anschlag durchgeführt?«, fragte Robyn ohne sonderliche Gemütsregung.

»Nein, sie hat abgelehnt, denn die Aktion hatte nicht die richtige Philosophie. Außerdem war sie nicht auf das Geld angewiesen.«

»Also eine reiche Fanatikerin, die mit Terror die Welt verbessern will«, analysierte Robyn schnell.

»Sie ist eine Fanatikerin, das trifft es auf den Punkt.«

Leyla trennte die Verbindung und kam an einer riesigen Glaswand vorbei, durch die man in einen großen Trainingssaal blicken konnte, der jetzt aber dunkel und verlassen war.

Ein Trainingscamp für Terroristen mitten in der Schweiz, erkannte Leyla, als sie an einem professionellen Schießstand vorbeikam. Das war genial, denn niemand würde auf die Idee kommen, dass Terroristen in der neutralen Schweiz ausgebildet wurden.

Wieder blickte sie auf das Signal, das immer stärker wurde. Am Ende des Korridors entdeckte sie eine Treppe, die in den Keller führte.

Mit der Pistole im Anschlag schlich sie nach unten und gelangte in einen vollgestellten Raum, dessen Rückwand aus zerklüfteten Felsen bestand. Ein lang gestreckter, gebogener Tresen aus Wurzelholz und Hirschgeweihe an den Wänden zeigten Leyla, dass es sich um eine Bar handelte. In die Felswand waren schmale Fenster eingelassen, und als Leyla hindurchschaute, sah sie David apathisch auf einer Pritsche sitzen. Sie klopfte gegen das Glas, doch David rührte sich nicht.

»Ich habe David gefunden«, flüsterte sie hektisch in das Handy. »Er ist in einem Kellerraum eingeschlossen.«

»Können Sie die Tür öffnen?«

»Ich versuche es.«

Auch diese Tür war aus massivem Stahl, hatte aber nicht nur ein Nummernschloss, sondern auch ein kompaktes Drehschloss, wie es früher bei Tresoren üblich gewesen war.

»Wir haben wieder eine Zahlenkombination«, sagte Leyla leise zu Robyn, mit der sie noch immer verbunden war.

»Probieren Sie jetzt 211291«, antwortete Robyn.

»Das ist der Tag, an dem Marais Surfweltmeister wurde.«

»Genau.«

Leyla atmete tief durch und tippte die Zahlen ein. Ein grünes Licht leuchtete auf. Erleichtert drehte sie an dem Ring. Die Verriegelung öffnete sich mit einem leisen Knirschen und Leyla schob die schwere Stahltür zurück.

»David! Du bist gerettet. Ich bin hier«, flüsterte sie und leuchtete mit dem Handy in den Bunker. Sie huschte in den Raum und packte David an den Schultern. Teilnahmslos schwankte er vor und zurück. Leyla fühlte seinen Puls und war erleichtert, als sie das schwache Klopfen seines Herzens spürte.

»Du musst aufwachen. Wir müssen sofort verschwinden.« Sie packte David unter den Armen und wuchtete ihn von der Pritsche hoch. Ein stechender Schmerz in ihrem Rücken durchzuckte sie. Aber darauf konnte sie jetzt keine Rücksicht nehmen. Mit zusammengebissenen Zähnen zerrte sie ihn auf den Ausgang zu. Doch gerade als sie David aus dem Bunker schob, hörte sie Schritte auf der Treppe.

27

Berlin

Penthouse von Helen Stratford

»Wir kennen den Ort noch immer nicht, wo der vermeintliche Anschlag stattfinden soll«, seufzte Helen und beendete die Videokonferenz, die sie gerade mit Müller geführt hatte. An eine Wand in ihrem Wohnzimmer hatte sie einen Veranstaltungskalender deutscher Großstädte für Freitag, den 7. Juli, gepinnt. Gemeinsam mit den Analysten des BND hatten sie mögliche Ziele in den Landeshauptstädten herausgefiltert, dazu große Events, Fußballspiele, Popkonzerte und dergleichen. Aber es gab unendlich viele Veranstaltungen. Es war wie die berühmte Suche nach der Nadel im Heuhaufen. Helen hatte sich auch die wichtigsten Veranstaltungen in Berlin herausgepickt. Das waren ein Rockkonzert in der Waldbühne, eine spanische Performancetruppe im Tempodrom, das europäische Streetfood-Festival und noch viele andere Events.

»Vielleicht ist es nur blinder Alarm«, sinnierte sie, als sie mit einem Glas Rotwein auf ihre Terrasse in die Nacht hinaustrat. Wie gerne hätte sie gemeinsam mit Pieter diese Aussicht über das nächtliche Berlin genossen.

»Geschieht dir ganz recht, dass du jetzt tot bist«, flüsterte sie einem Bild zu, das sie mit Pieter vor dem Reichstag zeigte. Sie nahm den Bilderrahmen in die Hand und dachte für einen kurzen Moment daran, ihn hinaus in das Dunkel zu schleudern. Aber dann drehte sie das Bild bloß um und legte es mit der Rückseite nach oben auf ein Regal.

»Was steht wohl in deinem Cloud-Tagebuch? Hast du auch über uns geschrieben? Über deine Vorlieben und Abneigungen?«, redete sie weiter mit den Sternen. Vermutlich würde das Tagebuch so einiges ans Licht bringen, aber noch war es nicht so weit.

Am Abend hatte sie mit Robyn gesprochen, die mit Hochdruck dabei war, das Cloud-Tagebuch von Pieter zu entschlüsseln. Sie hatten nur mehr eine geringe Chance, denn die Zeit lief ihnen davon. Robyn hatte sie auch darüber informiert, dass eine algerische Terroristin namens Aisha an dem Anschlag beteiligt sein würde. Leider existierte von Aisha kein Foto. Woher sie das alles wusste, darüber schwieg Robyn. Aber diese Soloaktion würde in den nächsten Tagen noch ein Nachspiel haben.

Gerade als sie sich ein weiteres Glas Rotwein einschenkte, klingelte es an der Tür. Überrascht blickte Helen auf die Uhr, es war bereits weit nach Mitternacht. Auf dem Monitor der Videoüberwachung sah sie nur die schemenhafte Silhouette einer Frau.

»Was machen Sie hier in Berlin, Isabelle?«, fragte sie erstaunt, als Isabelle Ahrens in das Penthouse und in ihr Leben trat. Gerade noch hatte sie an Isabelle und Pieter gedacht und jetzt stand seine Witwe vor ihr.

»Ich bin hier, um mir für unsere Organisation ein Bild von dem Flüchtlingslager in Tempelhof zu machen«, antwortete Isabelle und setzte sich auf das Sofa. »Haben Sie etwas zu trinken für mich?«, fragte sie und deutete auf das Glas Rotwein auf dem Tisch.

»Ja, selbstverständlich«, sagte Helen überrumpelt. »Warum kommen Sie zu mir?«, fragte sie, als sie sich wieder einigermaßen gefasst hatte.

»Wir haben beide den Mann verloren, den wir geliebt haben.« Isabelle lächelte. »Da dachte ich, wenn ich schon einmal in Berlin bin, dann können wir doch gemeinsam trauern.«

»Woher wissen Sie von Pieter und mir?«, fragte Helen verblüfft.

»Pieter und ich hatten keine Geheimnisse voreinander«, antwortete Isabelle. »Wir konnten uns alles ganz offen sagen. Das war das Geheimnis unserer glücklichen Ehe trotz des großen Altersunterschieds.«

»So ernst kann Pieter es mit dem gegenseitigen Vertrauen aber nicht gewesen sein, wenn er ein verschlüsseltes Cloud-Tagebuch geführt hat«, stichelte Helen.

»Ach ja, das Cloud-Tagebuch.« Isabelle trank einen Schluck Wein. »Sind Ihre Leute mit dem Entschlüsseln schon ein Stück weitergekommen?«

»Woher wissen Sie denn davon?«, fragte Helen verwundert.

»Der Freund von Pieter, David Stein, hat mir das erzählt. Er hat mich in Barcelona besucht. Ein interessanter Mann mit sensiblen Augen.«

»Ich habe ihm noch nicht so tief in die Augen geschaut wie Sie«, antwortete Helen.

»Glauben Sie, Pieter hat über unsere erotischen Kochexzesse Buch geführt?«, überlegte Isabelle lächelnd.

»Ich glaube kaum«, entgegnete Helen müde. »Dafür war Pieter viel zu fein.«

»Es ist schon merkwürdig. Jetzt sitzen wir hier gemeinsam als Frau und Geliebte und denken an ihn«, seufzte Isabelle.

»Wir lassen die guten und die schlechten Tage mit Pieter Revue passieren.«

»Ich muss Sie enttäuschen, Isabelle, wenn ich an das Leben mit Pieter denke, dann fallen mir nur schöne Stunden ein. Ich hatte keinen einzigen schlechten Tag mit ihm.«

Was hatte Pieter nur an dieser naiven Frau so anziehend gefunden, überlegte Helen. War es ihre Jugend gewesen oder der entzückende französische Akzent, den sie beim Reden übertrieben stark betonte? Wahrscheinlich spielte wie immer das Geld eine entscheidende Rolle. Auch das musste Pieter gereizt haben. Isabelles Eltern waren tot und sie hatte ein Vermögen geerbt, das sie unter anderem für humanitäre Zwecke einsetzte, das hatte ihr David Stein erzählt. Aber mehr wusste sie nicht über diese Frau. Und ehrlich gesagt, es interessierte sie auch nicht im Geringsten.

»Es ist schon sehr spät und ich muss morgen früh raus«, sagte Helen schließlich und stand auf.

»Was ist das?«, fragte Isabelle, die ebenfalls aufgestanden war und mit dem Weinglas in der Hand vor dem Veranstaltungskalender stand, der an der Wand hing. »Wollen Sie all diese Veranstaltungen besuchen?«

»Das geht Sie nichts an, Isabelle. Wenn Sie jetzt bitte so freundlich wären zu gehen«, sagte Helen bestimmt. »Ich habe morgen einen anstrengenden Tag vor mir.«

»Ich glaube, der morgige Tag wird ganz geruhsam für Sie sein, Helen.« Mit einem Lächeln auf den Lippen drehte sich Isabelle zu Helen.

»Ich verstehe nicht, was Sie meinen?« Unwillkürlich trat Helen einen Schritt zur Seite. Sie fand es zwar ein wenig verrückt, aber sie wollte nicht mit der Aura von Isabelle in Berührung kommen. Es war, als würde deren Ausstrahlung sie plötzlich vergiften.

»Doch, Sie verstehen mich ganz genau. Sie sind doch die Chefin der geheimsten Abteilung des Geheimdienstes«, sagte Isabelle auf einmal provozierend. »Da kennen Sie sicher auch mein Geheimnis.«

»Isabelle, was ist los? Sie haben zu viel getrunken. Bitte verlassen Sie jetzt mein Apartment. Ich rufe Ihnen ein Taxi. Übrigens, Ihr Geheimnis interessiert mich nicht die Bohne.«

»Das sollte es aber.« Isabelle ließ sich nicht aus der Ruhe bringen. Sie drehte ihr Weinglas in den Händen und hielt es gegen das Licht. »Warum, glauben Sie, bin ich zu Ihnen gekommen?«

»Weil Sie es nicht akzeptieren können, dass Pieter mich geliebt und Sie nur wegen Ihres Geldes und Ihrer Beziehungen geheiratet hat. Sie sind krankhaft eifersüchtig, das glaube ich. Vielleicht hatte er genug von Ihnen und wollte zu mir zurückkehren.«

»Ganz falsch, Helen«, antwortete Isabelle mit einer übertrieben süß klingenden Stimme. »Ich bin hier, weil ich dich töten werde.«

28

Genf

Sanatorium »Bellevue«

David lehnte apathisch neben der Tür des Bunkers und atmete flach. Seine Wange war aufgeschürft und im Mundwinkel hatte er getrocknetes Blut. Leyla wusste sofort, dass man ihn geschlagen hatte, um Informationen aus ihm herauszubekommen. Vorsichtig machte sie die schwere Stahltür zum Bunker wieder zu. Dann packte sie David und schob ihn hinter den Tresen, wo er erneut zusammensank.

»Was haben sie dir gegeben?«, flüsterte Leyla und kniete sich neben ihn. Die Schritte auf der Treppe kamen näher und Leyla wusste, dass sie nicht mehr viel Zeit hatte. Wieder rüttelte sie David. »Haben sie dir Drogen injiziert?«

»Es ist sicher GHB«, keuchte David, und Leyla merkte, dass ihm das Sprechen schwerfiel. »Damit wollten sie mich zum Reden bringen. Ich kann mich nicht erinnern, was dann weiter passiert ist und ob ich etwas gesagt habe.«

»GHB!« In Leylas Kopf überschlugen sich die Gedanken. Sie hatte davon gehört. Die Wirkung war ähnlich wie bei K.-o.-Tropfen. Man wurde apathisch und verlor die Kontrolle, redete zu viel und konnte sich später an nichts mehr erinnern. Auch nachdem der Effekt nachgelassen hatte, war man eine Zeit lang lethargisch und desorientiert.

»Du bist bald wieder okay«, sagte Leyla optimistisch und küsste David auf die schweißnasse Stirn. In einem Regal unter dem Tresen fand sie eine Wasserflasche, die sie David in die Hand drückte.

»Du musst trinken, dann ebbt die Wirkung der Droge schneller ab.«

Gehorsam trank David fast die ganze Flasche leer, während sich Leyla mit entsicherter Pistole hinter dem Holztresen der Felsenbar verschanzte. Jetzt hatten die Schritte das Ende der Treppe erreicht und ein Mann tauchte in der Bar auf. Es war einer der Bodyguards, die zuvor mit Marais und Aisha im Speisesaal gesessen hatten. Noch hatte er Leyla und David nicht bemerkt, sondern ging zielgerichtet auf die Stahltür zu. Doch als er das Rad drehen wollte, bemerkte er, dass die Tür nicht verschlossen war. Langsam wandte er sich um und griff nach seiner Waffe. Leyla zögerte keinen Moment, sondern wollte das Überraschungsmoment ausnutzen. Mit einem schnellen Satz sprang sie auf den Tresen und zielte mit ihrer Pistole auf den Bodyguard.

»Leg deine Waffe auf den Boden!«, forderte sie ihn auf. Die Verletzung in ihrem Rücken begann wieder zu schmerzen, doch sie ließ sich nichts anmerken. »Hinlegen! Sonst schieße ich dich einfach nieder.«

»Aisha hat recht behalten mit ihrer Vermutung, dass du ein falsches Spiel treibst.«

»Das nützt dir jetzt aber nichts. Weg mit der Waffe.«

»Du hast doch keine Chance und wirst Aishas Aktion nicht verhindern«, verkündete der Mann gelassen. »Aber ich gebe mich geschlagen.«

Mit zwei Fingern fischte der Mann seine Pistole aus dem Holster und ging in die Knie.

»Ich lege jetzt die Waffe auf den Boden.«

»Lass sie einfach fallen«, kommandierte Leyla. »Eine falsche Bewegung und ich schieße.«

Der Bodyguard gehorchte und ließ die Waffe auf den Steinboden fallen. Im selben Augenblick rollte er sich jedoch zur Seite, und obwohl Leyla sofort schoss, konnte er hinter einigen umgekippten Barhockern in Deckung gehen. Er drehte sich geschickt auf den Bauch, zog eine Pistole aus dem Schaft seiner hohen Sneakers und eröffnete sofort das Feuer. Doch Leyla hatte sich bereits mit einem Sprung hinter ein Flaschenregal in Sicherheit gebracht. Vor ihr reihten sich Dutzende von leeren Whiskey- und Wodkaflaschen auf, die durch die Schüsse des Bodyguards über ihrem Kopf zersplitterten. Ein Glasregen ergoss sich über Leyla, doch sie erwiderte das Feuer. Das Krachen von zerberstendem Glas und das Knallen der Schüsse wurden von den Wänden zurückgeworfen und vermischten sich zu einem ohrenbetäubenden Lärm. Querschläger rissen Verputz und kleine Steine von den Wänden, während sich Leyla und der Bodyguard einen heftigen Schusswechsel lieferten. In einer Feuerpause hörte Leyla plötzlich polternde Schritte auf der Treppe.

»Mach, dass du wegkommst, Leyla«, flüsterte David, dem es inzwischen ein wenig besser ging. »Gib mir eine Waffe. Ich halte sie so lange auf.«

»Ich lasse dich nie mehr im Stich. Wir schaffen das gemeinsam«, machte Leyla David Mut. Sie griff vorsichtig nach einer leeren Flasche und warf sie zur Treppe, wo sie zerschellte. Überrascht blickte der Bodyguard auf und drehte sich in die Richtung. Sofort sprang Leyla auf und feuerte. Mit einem leisen Stöhnen sackte der Mann zusammen. Leyla bückte sich und schob die Pistole, die auf dem Boden lag, mit dem Fuß zu David. In diesem Moment tauchte der zweite Bodyguard in der Bar auf und riss sofort die Waffe hoch. Leyla erstarrte in der Bewegung und wusste, dass sie verloren hatte.

Ein Schuss knallte und Leyla ließ sich flach auf den Boden fallen. Der Bodyguard taumelte, versuchte noch, seine Waffe zu heben, doch dann versagten seine Kräfte und er fiel rücklings auf die Treppe. Überrascht drehte sich Leyla um. David lehnte am Tresen und hielt die Pistole in der Hand.

»Das war knapp«, murmelte er und holte tief Luft. »Lass uns schnell verschwinden.«

Vorsichtig schlichen beide die Treppe hinauf in den Korridor.

Oben war es noch immer dunkel und still. Von den Patienten im Westtrakt des Sanatoriums schien niemand etwas von der Schießerei mitbekommen zu haben. Sie passierten den großen Trainingssaal, dann noch zwei kleinere Räume und kamen an dem Hightech-Schießstand vorbei.

»Ein professionelles Trainingscamp für Terroristen«, entfuhr es David, als er die Übungsanlage sah. »Ich muss sofort der ›Abteilung‹ Bescheid geben.«

»Zuerst müssen wir hier raus. Wir haben es gleich geschafft.«

Leyla deutete auf die Stahltür, die sie mit dem Nummerncode geöffnet hatte und die noch immer einen Spalt breit offen stand. Durch die Öffnung sahen sie bereits das von den blauen Spots beleuchtete Foyer. Kurz davor war noch ein kleiner Raum, in dem auf weißen Tischen Phiolen und Reagenzgläser standen. Das musste das Labor sein.

»Wir nehmen eine Phiole mit dem angereicherten Blut mit. Das kann unser Labor dann analysieren«, sagte David und blieb stehen.

»Wir haben keine Zeit dafür.« Leyla drängte zur Eile. Doch David war bereits in das Labor gegangen.

»Diese Schießerei ist sicher nicht unbemerkt geblieben. Gleich wird Marais hier auftauchen«, warnte Leyla.

Während sie das sagte, flammte plötzlich die Beleuchtung in dem Labor auf und tauchte alles in ein grelles Licht. Marais stand in der Tür. Er lächelte überheblich und schien nicht im Mindesten davon überrascht zu sein, David und Leyla vor sich zu sehen.

»Ich habe gerade einen Selbstversuch mit dem angereicherten Blut gemacht. Das menschliche Killer-Gen wird dadurch aktiviert«, teilte er ihnen ruhig mit. Dann hob er seine kleine, handliche Uzi-Maschinenpistole und feuerte.

29

Berlin

Lagerhalle in Neukölln

Aisha war zu früh in Berlin eingetroffen. Allein stand sie in der leeren Lagerhalle und telefonierte über ein Prepaidhandy mit Tahid.

»Wo bist du?«

»Es gab einen Unfall auf der Autobahn. Ich bin in etwa einer Stunde da.«

»Gut, aber beeile dich.«

Sie trennte die Verbindung und ging in der großen Halle auf und ab. Immer wieder versuchte sie, sich auf den morgigen Tag zu konzentrieren, aber die Erinnerung an die Entführung und den Mann, den sie erstochen hatte, schob sich wieder unbarmherzig in ihre Gedanken.

»Was hast du gemacht?«, hörte sie eine hektische Stimme und schlug die Augen auf. Ihre Hände waren blutverschmiert und von ihrem Kinn tropfte Blut.

»Er wollte mich vergewaltigen«, stotterte sie und ihre Augen füllten sich mit Tränen.

»Verdammt, du hast ihn getötet.« Der junge Araber schüttelte den Kopf und riss sich die Maske vom Gesicht. »Was machen wir jetzt bloß mit dir?« Hektisch ging er auf und ab und spielte dabei mit seiner Pistole. »Ich muss dich umbringen«, murmelte er. »Das ist die einzige Möglichkeit.«

»Warum? Was habe ich dir getan?«, keuchte sie und versuchte aufzustehen.

»Bleib auf dem Boden sitzen«, herrschte sie der Junge an und kam mit der Waffe langsam auf sie zu. »Dreh dich um«, sagte er dann leise.

»Was … was hast du vor?«

»Es läuft alles aus dem Ruder. Du hast meinen Bruder getötet und jetzt muss ich dich töten.«

»Aber das Lösegeld? Meine Eltern bezahlen doch für mich«, sagte sie und blickte dem jungen Araber starr ins Gesicht. »Sie lieben mich und werden bezahlen.«

»Das geht jetzt nicht mehr. Ich muss meinen Bruder rächen.« Hektisch fuhr sich der junge Mann mit der Hand über die Stirn.

»Warum nur musste er dich anrühren?« Nervös ging er auf und ab. »Meine Freunde müssten auch schon längst zurück sein.«

»Vielleicht wurden sie von der Polizei erwischt?«, überlegte sie. »Aber du kannst noch fliehen.«

»Sei still. Du hast meinen Bruder getötet. Das ändert alles.«

»Dein Bruder war ein schlechter Mensch. Aber du bist anders. Warum lässt du mich nicht frei?« Sie kniete noch immer auf dem Boden und starrte in die Mündung der Waffe, die ihr Entführer auf sie gerichtet hatte.

»Das geht nicht.«

»Doch, du kannst selbst entscheiden. Du weißt, dass dein Bruder Unrecht begangen hat. Er darf eine Frau nicht gegen ihren Willen berühren.«

»Das weiß ich doch!« Der Junge überlegte und ließ die Waffe sinken. »Aber ich kann dich zu meinem Onkel bringen. Er soll dann entscheiden, was mit dir geschieht.«

»Wo lebt dein Onkel? Was ist er für ein Mensch?«, fragte sie ängstlich.

»Er lebt in der Sahara. Und er führt einen Kampf gegen die Ungläubigen«, berichtete der junge Araber. »Die westliche Kultur ist eine Erfindung von Satan, sagt er.«

»Das stimmt. Alles dreht sich nur um Geld«, antwortete sie schnell. »Auch ich verabscheue dieses System.«

»Wirklich?« Er hob skeptisch die Augenbrauen. »Aber du bist doch eine von denen. Dein Vater ist reich, du besuchst eine teure Privatschule und trägst nur Markenklamotten.«

»Aber dazu werde ich gezwungen. Meine Eltern wollen das und ich muss mich fügen. Bring mich zu deinem Onkel, ehe die anderen Männer vielleicht doch noch zurückkommen«, bettelte sie.

Der junge Berber kaute nervös an seinen Fingernägeln und überlegte. Schließlich atmete er durch und sagte:

»Gut, brechen wir auf.«

»Wie heißt du?«, fragte sie den Mann, der ihr jetzt die Hände auf dem Rücken fesselte.

»Mein Name ist Tahid«, antwortete er kurz angebunden. »Und jetzt sei still.«

Tahid zerrte sie nach draußen, wo der klapprige Lieferwagen stand. Die Sonne brannte vom Himmel und die Helligkeit tat ihren Augen weh.

»Hast du eine Sonnenbrille für mich?«, fragte sie Tahid.

»Was?« Tahid schüttelte den Kopf und schob sie in den Lieferwagen. »Du kommst hinten hinein. Ich muss dich fixieren, damit du nicht auf dumme Gedanken kommst.«

»Es stinkt so und ist heiß«, jammerte sie, als Tahid ihre Hände mit einer Schnur an einen Eisenring band, der an die Wand des Lieferwagens geschweißt war.

»Mit dem Wagen transportiere ich die Ziegen zum Großmarkt«, erklärte Tahid.

»Du fährst mit Ziegen herum? Aber du bist doch für Besseres geschaffen«, sagte sie leise.

»So, findest du? Aber ich bin ein Berber, die zählen hier nicht viel«, erwiderte Tahid.

»Du bist klug und sprichst perfekt Französisch«, machte sie ihm ein Kompliment.

»Mag schon sein, aber jetzt sei still. Wir müssen fahren, sonst ist es zu spät.«

Wenig später rumpelte der Lieferwagen durch die Straßen von Algier. Unauffällig versuchte sie, den Strick von ihren Handgelenken zu lösen, schaffte es aber nicht. Durch die Wände des Lieferwagens hörte sie den Verkehrslärm, sie hörte Menschen reden und lachen, Autos hupten und entfernt erklang die Sirene eines Polizeifahrzeugs. Aber sie war eingeschlossen in dem fensterlosen Laderaum eines Lieferwagens, in dem Ziegen zur Schlachtbank gefahren wurden. Sie überlegte, ob auch sie jetzt getötet werden würde, und begann zu weinen. Die Lösegeldübergabe war höchstwahrscheinlich gescheitert, sonst wären die anderen Männer längst in der Lagerhalle aufgetaucht und sie wäre frei. So aber war sie auf die Gnade eines jungen Berbers angewiesen, der sie jetzt in die Wüste brachte, immer weiter aus der Zivilisation weg, bis nichts mehr an sie erinnerte und sie für immer verschwunden bleiben würde.

Die Fahrt durch die Wüste dauerte mehrere Tage, aber so genau wusste sie das nicht. Wie ein Schlachttier hockte sie gefesselt in dem dunklen Lieferwagen. Tahid brachte ihr zu essen und zu trinken.

Endlich stoppte der Wagen und die rückwärtigen Türen wurden aufgestoßen, aber diesmal war es nicht Tahid, der in das Innere kroch, sondern ein älterer Araber, den sie noch nie gesehen hatte.

»Ist sie das?«, fragte er, und der Kopf von Tahid tauchte hinter ihm auf.

»Ja. Sie hat Mahmoud getötet.«

Sie wollte etwas sagen, doch der Mann schlug ihr ins Gesicht.

»Schweig!«, herrschte er sie an.

»Was machen wir jetzt?«, fragte Tahid erschrocken. »Wir können doch kein Mädchen töten.«

»Wir bringen sie in die verwunschene Oase. Sollen die Schlangen entscheiden, was mit ihr geschieht.«

»Die Schlangen sollen entscheiden«, flüsterte Aisha und hockte sich auf den Boden der Lagerhalle. Die Erinnerung verflüchtigte sich wie eine einsame Regenwolke über der Wüste. Aisha stand auf und hatte plötzlich das Bedürfnis, mit Olivier zu telefonieren. Sie kramte das Prepaidhandy hervor und wählte seine Nummer. Ihr war klar, dass diese Telefonate riskant waren, denn der BND wusste vielleicht mehr, als sie ahnten. Trotzdem wollte sie jetzt die Stimme von Olivier hören, um nicht mehr ständig an die Vergangenheit denken zu müssen. Olivier war ihre Gegenwart und ihre Zukunft. Olivier, der so überraschend in ihr Leben getreten war, als sie nicht mehr daran glaubte zu überleben, als die Hoffnung sie bereits verlassen hatte.

30

Genf

Sanatorium »Bellevue«

Das Handy in Marais' Sakkotasche summte und er blickte kurz zur Seite. Dieser Moment der Ablenkung genügte Leyla. Im Bruchteil einer Sekunde hatte sie einen metallenen Labortisch umgeworfen und war mit David dahinter in Deckung gegangen. Beide schossen auf Marais, doch dieser hatte sich hinter der Tür in Sicherheit gebracht. Plötzlich sprang er mit einem Satz in den Raum und stellte die Uzi-Maschinenpistole auf Dauerfeuer. Weder David noch Leyla konnten aus ihrer Deckung heraus schießen, ohne selbst von dem Kugelhagel getroffen zu werden.

Marais' Schüsse zersiebten die gesamte Laboreinrichtung, es war ein Inferno der Verwüstung. Glasphiolen, Schränke und technische Geräte zersplitterten unter den Salven, und über die kugelsicheren Scheiben der Fenster rasten die Sprünge kreuz und quer und breiteten sich wie ein feinmaschiges Spinnennetz aus.

»Wir warten, bis das Magazin leer ist«, flüsterte Leyla. »Dann erledigen wir ihn.«

»Nein! Wir brauchen Marais lebend, er muss uns sagen, wo der Anschlag stattfindet«, bestimmte David.

Beide legten sich flach auf den Boden und warteten, bis Marais seine Munition verschossen hatte. Als sie nur noch ein trockenes Klacken hörten, sprang David auf und zielte auf Marais.

»Waffe weg!«, befahl er. »Wo planen Sie mit Aisha diesen Anschlag?«, rief er. »Reden Sie schon, dann lasse ich Sie am Leben.«

»Schießen Sie doch«, forderte Marais ihn heraus und warf die nunmehr wirkungslose Maschinenpistole zur Seite. »Das wird Ihnen auch nichts mehr nützen. Es ist bereits zu spät, um noch irgendjemanden zu warnen. Sie können uns nicht aufhalten. Unsere Leute sind schon unterwegs, um Schrecken und Tod zu verbreiten.«

»Wohin sind Aisha und Ihre Männer unterwegs?«, fragte Leyla und hob drohend ihre Pistole. »Los, reden Sie endlich.«

»Von mir erfahren Sie nichts!«

»Nun gut, dann werden Sie jetzt sterben«, sagte Leyla und spannte den Hahn.

»Wir wissen bereits, wann der Anschlag stattfindet, Marais«, hörte sie plötzlich David in ihrem Rücken. »Arbeiten Sie doch mit uns zusammen und sagen Sie uns, welches Ziel Sie ausgesucht haben.«

»Ich sage kein Wort.«

»Reden Sie schon.« David packte Marais am Hals. »Tausende unschuldige Menschen werden nur deshalb sterben, weil Sie und Aisha es so wollen?«

»Sie verstehen überhaupt nichts«, begehrte Marais auf und reckte den Kopf kämpferisch in die Höhe. »Dieses kapitalistische System muss vernichtet werden. Dass es dabei nicht ohne Tote abgeht, ist bedauerlich, aber nicht zu ändern. Aisha ist eine Frau mit Idealen, die sich nicht von ihrem Ziel abbringen lässt. Denn wir wollen die Welt verbessern. Wir wollen eine schöne neue Welt erschaffen.«

»Sie wollen eine bessere Welt mit dem Töten von Unschuldigen schaffen? Was ist das für eine schöne neue Welt, die auf dem Blut und dem Leid von unschuldigen Opfern aufbaut?«

»Sparen Sie sich diese Sentimentalitäten. Wir werden gewinnen, egal, ob Sie mich töten oder nicht. Aisha wird nie aufgeben. Sie hat auch vor zehn Jahren nicht aufgegeben.«

»Sie halten ja mächtig viel von Aisha«, sagte Leyla und ging auf Marais zu. »Aber Aisha ist eine vollkommen gestörte Persönlichkeit, das weiß ich noch aus Beirut.«

»Und wenn schon. Vielleicht ist es diese Unberechenbarkeit, die ich an ihr so liebe.« Marais' Miene verhärtete sich und er ballte die Fäuste. »Als ich vor zehn Jahren hörte, dass sie einen ihrer Entführer getötet hatte, da wusste ich, dass sie die richtige Gefährtin ist, um meine Visionen zu verwirklichen. Und im Laufe der Jahre hat sie mich mit ihren Aktionen immer stärker beeindruckt.«

»Hören Sie auf mit Ihren Rechtfertigungen«, unterbrach David Marais' Redefluss. »Ich will jetzt wissen, welches Ziel Sie ausgesucht haben. So schwer es mir fällt, aber wenn Sie nicht reden, muss ich zu härteren Mitteln greifen.«

»Doktor Marais? Was war das für ein Lärm? Ist etwas in Ihrem Labor explodiert?«, hörte Leyla plötzlich eine weibliche Stimme aus dem Foyer.

»Achtung, David, da kommt jemand«, warnte sie David, und dieser warf schnell einen Blick zur Tür.

Diesen Moment der Unachtsamkeit nutzte Marais und versetzte David einen Faustschlag. David wankte zurück und taumelte gegen Leyla.

Marais verschwand durch die Tür und rannte den Korridor entlang. David sah, dass er ein Handy aus der Tasche zog. Am Ende des Ganges blieb er kurz stehen, um die Stahltür ganz zu öffnen. Leyla holte schnell auf, doch Marais war schon durch die Tür geschlüpft und wollte sie gerade zuschlagen. Blitzschnell streckte Leyla ihr Bein dazwischen. Die schwere Stahltür knallte mit der Kante gegen ihren Unterschenkel. Leyla stieß einen lauten Schmerzensschrei aus und fiel zu Boden. Doch David war schon bei ihr und warf sich gegen die Tür, damit sie das Bein wegziehen konnte.

»Bist du verletzt?«

»Es geht schon wieder«, sagte Leyla mit schmerzverzerrtem Gesicht. Vorsichtig tastete sie ihr Bein ab und stand dann langsam auf. Ein plötzlicher Schmerz durchzuckte sie, als sie wieder auf beiden Beinen stand.

»Marais darf uns nicht entkommen.« David schob vorsichtig die Stahltür auf und trat mit angelegter Waffe in das Foyer hinaus.

»Bleiben Sie stehen«, rief er, als er Marais beim Empfangstresen entdeckte.

»Es läuft alles nach Plan.« Das Gesicht von Marais wurde von einem Spot aus dem Boden angeleuchtet und wirkte bläulich verzerrt. »Sie kommen zu spät.«

Hinter dem Empfangstresen öffnete sich eine Tür und eine Gestalt tauchte auf, die David kannte. Es war Alice, die Krankenschwester.

»Haben wir ein Problem, Doktor?«, fragte sie ruhig.

»Gehen Sie wieder zurück, schnell!«, rief ihr David zu, doch Alice blieb in der Tür stehen und zog eine Pistole aus der Tasche ihrer engen weißen Uniform.

»Leyla, runter!«, schrie David. Leyla sprang zur Seite und David schoss. Seine Kugel verfehlte Alice, die geschickt in die Hocke ging und beidhändig zurückfeuerte. Doch Leyla war bereits hinter dem Empfang in Deckung gegangen.

»Wo ist Marais?«, rief sie David zu. »Er darf uns nicht entwischen!«

»Ich weiß es nicht«, gab David zurück, während er auf Alice anlegte. Eine Kugel traf sie in die Schulter, doch sie verzog keine Miene, sondern feuerte unbeirrt weiter.

Marais hat sie gedopt, vermutete Leyla und beobachtete David, der geduckt zu einem großen Hydrokultur-Kübel lief und von der Seite auf Alice schoss. Erneut wurde sie getroffen und sank mit einem leisen Seufzer zusammen.

Plötzlich sah Leyla eine Gestalt auf den Eingang zulaufen. Es war Marais! Sie zögerte keine Sekunde, sondern rannte hinterher, erwischte Marais und schlug ihm den Kolben ihrer Pistole in die Nieren. Mit einem lauten Stöhnen drehte sich Marais um und packte Leyla am Hals. Er war immun gegen Schmerz und das angereicherte Blut steigerte seine Aggressivität. Leyla erinnerte sich an seine Worte: »Das menschliche Killer-Gen wird freigesetzt.« Sie schmetterte ihm die Pistole ins Gesicht, doch Marais reagierte nicht darauf, sondern drückte ihren Hals unerbittlich zusammen. Wieder prügelte sie auf ihn ein, aber er ließ nicht locker. Blut tropfte über sein Gesicht und vermischte sich mit dem Schaum, der aus seinem Mund quoll. Vor Leylas Augen begann alles zu verschwimmen und sie spürte, wie die Kraft sie verließ. Noch einmal versetzte sie Marais einen Hieb gegen die Schläfe, dann fiel ihr die Waffe aus der Hand. Marais nutzte den Augenblick, griff nach der Pistole und zielte auf Leyla. Plötzlich knallte ein Schuss und Marais sank zu Boden.

»Lebt er noch?«, fragte David und bückte sich zu Marais hinunter.

»Aisha wird unser Werk zu Ende führen«, flüsterte Marais. »Sie können das nicht mehr verhindern.«

»Wo findet der Anschlag statt?« David schüttelte Marais, doch dieser drehte den Kopf zur Seite und schwieg.

»Sie werden vielleicht sterben«, sagte David, »aber andere Menschen können weiterleben.«

Marais hob den Kopf und sah David lange an.

»Sie verstehen … das nicht. Ich liebe Aisha und werde sie … nie verraten.«

Ein Zittern ging durch seinen Körper und noch einmal öffnete er den Mund, brachte aber nur ein ersticktes Krächzen hervor. Sein Kopf sackte auf die Brust und er hörte auf zu atmen.

»Er hat uns nicht gesagt, wo der Anschlag stattfinden wird.« Enttäuscht schlug David mit der Faust in seine flache Hand. »Verdammt, wir wissen nichts.«

»Moment.« Leyla erinnerte sich an das Abendessen mit Marais und Aisha. »Aisha hat den Tisch verlassen und ich habe Marais gefragt, ob sie schon zu Bett gegangen sei. Er antwortete, dass sie noch in dieser Nacht nach Berlin fliegen würde.«

»Der Anschlag findet also doch in Berlin statt! Und er hängt mit den Hunden zusammen«, sagte David. Er griff nach Leylas Handy und rief Robyn an.

»Da haben Sie ja noch einmal Glück gehabt, Stein«, sagte Robyn und klang überraschend emotional.

»Es ist Berlin«, sagte David hastig. »Informieren Sie Helen, dass alle verfügbaren Kräfte nach Berlin geschickt werden. Wir müssen unbedingt diese Aisha finden. Sie ist der Kopf der Terroristen.«

»Ich habe bereits versucht, die Chefin zu erreichen, doch sie meldet sich nicht«, sagte Robyn.

»Ich dachte, Helen ist immer online?«, fragte David und warf einen Blick auf Leyla.

»Das stimmt. Dieses Verhalten passt gar nicht zu ihr. Ich werde mich selbst darum kümmern und in ihrer Wohnung nachsehen«, meinte Robyn.

»Leyla und ich machen uns sofort auf den Weg nach Berlin«, sagte David und beendete das Gespräch.

»Helen ist im Augenblick nicht erreichbar, aber Robyn hält uns auf dem Laufenden. Wir müssen uns auf die Suche nach Aisha machen«, informierte er Leyla. Von fern hörten sie bereits die Sirenen der Polizeifahrzeuge, die jemand aus dem Sanatorium alarmiert hatte. »Und wir müssen verschwinden, ehe die Polizei hier eintrifft.«

»Dann fahren wir gleich los. Wir dürfen keine Zeit verlieren«, bejahte sie und stutzte. »Warum siehst du mich so an?«, fragte sie.

»Dieses Kleid ist vielleicht ein wenig unpraktisch«, meinte David und deutete auf ihr zerfetztes Abendkleid, das sie immer noch trug.

»Ich wollte bei unserem Wiedersehen besonders schön für dich aussehen«, sagte Leyla mit einem leisen Lächeln. Sie ging auf David zu und umarmte ihn. Es war ein wunderbares Gefühl, sich wieder an ihren Geliebten anlehnen zu können.

31

Frankfurt

Autobahnraststätte

Nachdem sie bereits sechs Stunden gefahren waren, legten David und Leyla an einer Raststätte kurz vor Frankfurt einen Stopp ein. David lenkte den großen schwarzen SUV auf den Parkplatz und weckte Leyla, die auf dem Beifahrersitz schlief. Da sie die strengen Sicherheitskontrollen am Flughafen vermeiden wollten, hatten sie sich für die Fahrt mit dem Auto nach Berlin entschieden.

»Wir machen eine kurze Pause«, entschied David und stieg aus. Der Geländewagen gehörte zum Fuhrpark des Sanatoriums und hatte in der Tiefgarage gestanden. Es war früher Morgen und die Sonne zeigte sich bereits am Horizont. David fühlte sich seltsam aufgeputscht und verspürte nicht die geringste Müdigkeit.

»Hast du Helen jetzt endlich erreicht?«, fragte Leyla, die ebenfalls ausgestiegen war und neben David stand, der sein Handy in der Hand hielt.

»Nein, ich habe keine Ahnung, wo sie abgeblieben ist«, sagte er und drehte sich zu Leyla. Obwohl sie noch vor wenigen Stunden um ihr Leben gekämpft hatte, sah Leyla frisch und erholt aus. Nur die roten Striemen an ihrem Hals erinnerten noch an letzte Nacht. Sie hatte ihr Abendkleid gegen abgeschnittene Jeans und eine weiße Bluse eingetauscht. Ihre schwarzen Haare waren zu einem dicken Zopf geflochten, den sie jetzt mit einer nachlässigen Kopfbewegung nach hinten warf.

»Ich hätte nie gedacht, dass wir uns auf diese Weise wiedersehen«, stellte David fest.

»Ja, es kommt im Leben immer anders, als man denkt«, gab ihm Leyla recht und lehnte ihren Kopf an seine Schulter. »Ich habe das Gefühl, als hätte ich das letzte halbe Jahr unter einer Glasglocke existiert, ohne wirklich gelebt zu haben.«

»Warum bist du von einem Tag auf den anderen aus meinem Leben verschwunden?«, fragte David, als sie in der Raststätte an einem Tisch saßen und Kaffee tranken.

»Ich weiß es nicht«, sagte Leyla und starrte in ihre Kaffeetasse. »Ich konnte meine Verletzung nicht akzeptieren. Ich wollte nicht die Frau im Rollstuhl sein, die du täglich siehst. Ich konnte mir auch nicht verzeihen, dass ich schuld am Tod unseres Kindes war. Darüber musste ich mir klar werden. Deshalb habe ich mir auch dieses Haus auf den Klippen in Ibiza gekauft.«

»Ist es das weiße Haus, das wir einmal für den Sommer gemietet hatten?«, fragte David.

»Genau. Es ist dieses Haus, in dem wir beide glücklich waren. Dieses Glücksgefühl wollte ich jetzt für mich alleine erleben.« Sie machte eine Pause und rührte nervös mit dem Löffel in ihrem Kaffee herum. »Aber ich habe das Glück dort nicht gefunden.«

»Ich habe es in Nepal auch nicht erlebt. Dort musste ich immerzu an dich denken und daran, dass wir doch füreinander geschaffen sind.« David blickte aus dem Fenster und dachte an die gemeinsamen Momente, in denen er mit Leyla und den Hunden am Strand entlanggelaufen war und geglaubt hatte, mit dieser Unbeschwertheit die Vergangenheit hinter sich lassen zu können. Aber das war ein Irrtum gewesen.

»Wie hast du es geschafft, wieder gehen zu können?«, fragte er nach einer Weile.

»Training. Mentales und körperliches Training. Zum Glück hat die Kugel keine Nerven durchtrennt, deshalb bin ich fast so fit wie früher.«

»Die Ärzte haben dich gerettet«, meinte David und erinnerte sich daran, wie Leyla in einer Blutlache auf dem Boden gelegen und er gedacht hatte, sie würde sterben.

»Nicht die Ärzte, du hast mich gerettet«, flüsterte Leyla und griff über den Tisch nach Davids Hand. »Du hast mit mir geredet, immerzu geredet. Du hast eine goldene Zukunft für uns entworfen, da musste ich doch zuhören und konnte nicht einfach verschwinden und sterben.«

»Wie wird es jetzt weitergehen?«, fragte David und streichelte sanft ihre Hand.

»Das mit Familie und Kindern ist jetzt wohl vorbei«, sagte Leyla düster.

»Hör auf, dir selbst leidzutun!« David klopfte mit der flachen Hand auf die Tischplatte. »Du kannst wieder ein Kind haben.«

»Glaubst du, wir bekommen noch eine Chance?«, fragte sie und sah ihn mit ihren großen schwarzen Augen traurig an. »Vielleicht haben wir unsere Glücksration schon aufgebraucht. Sieh dich doch einmal um. Gestern wärst du fast wieder gestorben. Wir kommen nicht zur Ruhe. In Genf haben wir getötet und in Berlin wird es weitergehen. Es ist ein ewiger Kreislauf, aus dem es kein Entrinnen gibt. Nicht so lange, bis einer von uns beiden stirbt.«

»Wir durchbrechen diesen Kreislauf«, beteuerte David und wusste im gleichen Augenblick, dass er nach diesem Auftrag nie wieder für die »Abteilung« arbeiten würde. Aber diese eine Sache mussten sie noch zu Ende bringen, zu viele Menschenleben hingen davon ab. Da hatten sie mit ihren persönlichen Wünschen und Bedürfnissen zurückzustecken.

»Nur noch diesen Auftrag, dann ist alles vorüber. Wir müssen Aisha finden und das Attentat verhindern.«

»Glaubst du das wirklich?« Leyla schüttelte zweifelnd den Kopf. »Ich nicht. Es gibt doch immer wieder einen neuen Auftrag.«

»Nein, diesmal ist wirklich Schluss.« David wollte noch etwas sagen, aber in diesem Moment klingelte sein Handy. Es war Robyn.

»Stein, ich war in dem Apartment von Helen Stratford. Sie ist wie vom Erdboden verschwunden.«

»Was hat das zu bedeuten?«, fragte David.

»Das werden wir herausfinden. Sie sind im Augenblick in Frankfurt und in ungefähr fünf Stunden in Berlin. Verlassen Sie jetzt die Raststätte und gehen Sie zu Ihrem Wagen. Dort gebe ich Sie an Müller weiter und lege das Gespräch auf eine sichere Leitung.«

David gab Leyla ein Zeichen und beide gingen aus der Raststätte. Mitten auf dem Parkplatz blieb Leyla plötzlich stehen und umarmte David.

»Wir beginnen ganz von vorne, versprochen?«, sagte sie leise und legte ihren Kopf auf Davids Brust. »Hast du den Brief gelesen, den ich dir zurückgelassen habe?«

»Nein, er liegt noch ungeöffnet in der Finca auf dem Tisch«, antwortete David.

»Dann wirf ihn ungelesen weg. Versprich mir das.«

»Ich verspreche dir alles, was du willst.« David strich Leyla sanft über die Haare. Dann beugte er sich zu ihr hinunter und küsste sie lange und intensiv. »Wir müssen diese Oasen des Glücks nutzen, wann immer sie sich in einer Welt der Wüste bieten«, sagte er dann lächelnd.

»Für mich sind es ruhige Inseln in einem stürmischen Ozean«, antwortete Leyla und presste sich eng an ihn. Für einen kurzen Augenblick dachte David daran, einfach umzukehren und zurück nach Mallorca zu fahren, alles hinter sich zu lassen. Aber er wusste, dass es sich nur um eine Flucht handeln würde.

Als sie in ihren Geländewagen stiegen, läutete bereits Davids Handy wieder.

»Das hat aber ziemlich lange gedauert, bis Sie bei Ihrem Wagen waren«, beschwerte sich Müller und fuhr fort. »Sie haben in Genf ein ziemliches Chaos hinterlassen. Der Schweizer Geheimdienst ist schwer verstimmt. Es gibt mehrere Tote. Obwohl alles auf die Kappe von Helen Stratford geht, musste ich heute Morgen zum Rapport beim Chef des BND.«

»Marais arbeitete mit Terroristen zusammen«, antwortete David. »Wir mussten ihn ausschalten, sonst hätte er uns getötet.«

»Für den BND existieren Sie nicht, Stein. Und Ihre Freundin, die Killerin, schon gar nicht. Das war nur eine interne Abmachung zwischen Helen Stratford und Ihnen«, sagte Müller wütend.

»Wer ist jetzt für diese Operation verantwortlich?«, fragte David.

»Da Helen Stratford im Augenblick unauffindbar ist, habe ich wieder die Leitung der ›Abteilung‹ übernommen.«

»Okay, wie geht es dann weiter?«

Müller machte eine kurze Pause. »Noch einmal. Sie und Leyla Khan existieren für uns nicht.«

»Wie sind die Konsequenzen?«, fragte David. »Haben Sie schon eine SEK-Einheit auf uns gehetzt, die uns als Killerduo verhaften oder noch besser erschießen soll?«

»Wo denken Sie hin, Stein. Robyn hat Leyla und Sie doch im Auftrag von Helen Stratford logistisch unterstützt. Und wie immer hat Robyn gründlich gearbeitet. Es gibt keine digitalen

Spuren von Ihnen. Es gab einen kompletten Absturz der Server im Sanatorium, dabei sind alle Daten verloren gegangen, ebenso die Aufzeichnungen der Überwachungskameras. Sie haben also nichts zu befürchten. Ein psychisch kranker Patient hat ein Blutbad angerichtet. So ist die offizielle Version, die ich mit dem Chef des BND abgesprochen habe. Über den möglichen Terroranschlag geht nichts nach draußen, um keine Panik zu erzeugen.«

»Was wissen Sie über das digitale Tagebuch, das Pieter Ahrens geführt hat?«, erkundigte David sich und fuhr vom Parkplatz auf die Autobahn.

»Robyn wird es bald entschlüsselt haben«, gab sich Müller zurückhaltend. »Wichtiger für uns ist, was Sie über die Hunde herausgefunden haben.«

»Die Malinois transportieren wahrscheinlich hoch konzentrierten Sprengstoff. Sie kriechen mit Rucksäcken durch niedrige Räume und zerstreuen sich auf Befehl in unterschiedliche Richtungen.«

»Wo auch immer in Berlin der Anschlag stattfindet, die Hunde sind ein lebendiges Sprengstoffkommando«, schlussfolgerte Müller.

»Genauso ist es«, gab ihm David recht.

»Wie können Sie die Hunde aufhalten?«

»Das ist sehr schwierig, ich habe das Training ja miterlebt. Die Malinois sind absolut zielorientiert. Mit einem normalen Kommando lassen sie sich nicht zur Umkehr bewegen.«

»Lassen Sie sich etwas einfallen«, befahl Müller. »Und informieren Sie mich sofort, wenn Sie in Berlin eingetroffen sind. Ich koordiniere jetzt die verschiedenen Einsatztruppen vor Ort.«

Als das Gespräch zu Ende war, fuhren sie schweigend auf der Autobahn weiter Richtung Berlin. Während sie Leipzig passierten, überlegte David, wie sie es schaffen konnten, die Hunde unter Kontrolle zu bekommen.

Plötzlich erinnerte er sich an seinen Besuch bei Hélène Grimaud in ihrem Wolf Conservation Center in den USA. Die berühmte Pianistin lebte dort inmitten eines Rudels Wölfe, die sie für ihre kreative Arbeit inspirierten. Ihr war es gelungen, mithilfe von Klaviermusik ihre Wölfe in eine tranceartige Stimmung zu versetzen, sodass sie den Tönen folgten.

Auf der Wolffsburg in Brandenburg, in der Nähe von Berlin, unternahm man einen ähnlichen Versuch mit Musik außerhalb des für Menschen wahrnehmbaren Frequenzbereichs. Hélène Grimaud hatte für dieses Projekt Musik von Luciano Berio auf einem präparierten Klavier – für das menschliche Ohr unhörbar – eingespielt, um ihre Wölfe zu trainieren.

David hatte auch einen Versuch mit Hunden gestartet, aber das Projekt nach dem Tod seiner Frau Jane nicht mehr weiterverfolgt. Doch diese Musikaufnahmen mussten in dem Studio auf der Wolffsburg noch existieren. Das war eine vage Möglichkeit, die Kontrolle über die Hunde zu erlangen, auch wenn sie auf ein Ziel fixiert waren.

»Wir fahren nicht direkt nach Berlin, sondern machen noch einen Abstecher nach Brandenburg«, sagte David zu Leyla.

»Wo fahren wir hin?«, fragte Leyla und richtete sich auf.

»Wir besuchen eine Freundin von mir, sie heißt Anna von Wolffstein.«

»Was für ein interessanter Name«, befand Leyla.

»Der Name ist Programm«, antwortete David. »Anna lebt mit Wolfshunden zusammen.«

32

Berlin

Lagerhalle in Neukölln

Aisha stand in dem Hof der alten Fabrik und schob das schwere Eisentor auf, das nach draußen auf die Straße führte. Die leer stehende Fabrik hatte eine Event-Firma im Auftrag von Olivier schon vor Monaten angemietet und Aisha verwendete das Bürogebäude als sicheres Versteck für ihre trainierten Männer. Ein großer Truck näherte sich. Aisha trat auf die Straße und gab dem Fahrer ein Zeichen. Der schwarze Streetfood-Truck rumpelte über das Kopfsteinpflaster und blieb dann in dem Innenhof stehen.

»Lass die Hunde frei«, sagte Aisha zu Tahid, der den Lastwagen gelenkt hatte. »Sie brauchen ein wenig Bewegung. Und gib ihnen frisches Wasser.«

Tahid kletterte in den Streetfood-Truck und wenige Augenblicke später sprangen die Malinois heraus. Olivier hatte gemeinsam mit Aisha die Kommandos mit den Hunden trainiert und so gehorchten die Tiere auch ihr sofort.

»Ruh dich aus. Morgen ist unser großer Tag, da musst du absolut fit sein«, sagte Aisha zu Tahid. Sie gingen in eine große leer geräumte Halle, in der Ketten von den Decken hingen und ein einzelner Stuhl verloren in der Mitte des Raumes stand.

»Was gibt es?«, fragte Aisha, als ihr Handy, das sie stumm geschaltet hatte, vibrierte. Eine Stimme meldete ihr atemlos, dass Olivier, Alice und zwei ihrer Männer von einem Mann und einer Frau im Sanatorium getötet worden waren. Wahrscheinlich handelte es sich um eingeschleuste BND-Agenten.

»Hat Olivier vor seinem Tod noch geredet?«, fragte sie und rang um Fassung. Der Anrufer war ein Staatsanwalt aus Genf, der auf Oliviers Lohnliste stand und ihn mit Insiderinformationen versorgte.

»Ich glaube nicht, sonst hätten die Spezialeinheiten des BND schon reagiert. Im Augenblick herrscht hier absolute Nachrichtensperre. Der Schweizer NDB, der Nachrichtendienst des Bundes, hat die Ermittlungen übernommen.«

»Danke für die Informationen«, antwortete Aisha und trennte die Verbindung.

Eine Weile stand sie regungslos in der leeren Halle und dachte nach. Olivier Marais, den sie so bedingungslos geliebt hatte, war tot. Damit hatte sie ihren Geliebten und Mitstreiter verloren. Sie glaubte, ihr Herz würde vor Traurigkeit zerreißen, doch sie konnte keine Träne vergießen. Jetzt war sie wieder ganz auf sich gestellt, jetzt musste sie sich beweisen.

»Aber ich habe mich schon so oft bewiesen. Ich habe selbst die Schlangen überlebt«, bestätigte sie sich selbst und ging auf den Stuhl zu. Plötzlich explodierte wieder ein Flashback in ihrem Kopf, größer und gewaltiger als alle bisherigen dunklen Erinnerungen.

»Wo sind wir?«, fragte sie Tahid, als sie aus dem alten Jeep stieg und sich umsah. Die Stille war überwältigend. Nirgends war ein Laut zu hören, denn es gab weder Vögel noch Wüstenreptilien oder Insekten.

»Das ist eine verlassene Oase«, sagte Tahid. »Die ehemaligen Bewohner gehörten zu einer Sekte mit merkwürdigen Ritualen. Sie züchteten giftige Schlangen, die sie in tiefen Gruben hielten und denen sie Ratten, Mäuse, manchmal auch Vögel und Hunde zum Fraß vorwarfen. In Vollmondnächten holten die Sektenmitglieder die Giftschlangen aus den Gruben und tanzten mit ihnen. Auf diese Weise demonstrierten sie, dass der Glaube stärker als der Tod ist. Wer gebissen wurde, war ein Ungläubiger und starb.«

Langsam zerrte Tahid sie an einem Strick durch den Sand, kickte Tierskelette zur Seite und blieb vor einer Schlangengrube stehen. Die Grube war bis zur Hälfte mit Kadavern und Knochen angefüllt, zwischen denen sich die glänzenden Schlangenkörper umherschlängelten und sich aufrichteten, als würden sie spüren, dass ein Lebewesen in der Nähe war.

»Der Onkel will, dass die Schlangen ihr Urteil über dich fällen«, sagte er.

»Was hast du vor?« Sie begann zu zittern, als ein Sonnenstrahl auf eine lange schwarz-gelb gepunktete Schlange fiel, die sich am Rand der Grube ringelte und zu ihr hinaufzüngelte.

»Du hast meinen Bruder getötet. Ich muss ihn rächen«, sagte Tahid stockend. »So will es unser Gesetz.«

»Es war Notwehr!«

»Das macht keinen Unterschied.«

Tahid schob sie unnachgiebig an den Rand der Grube. Sie wollte schreien, brachte aber keinen Laut hervor. Mit einem geübten Griff löste Tahid die Fesseln von ihren Handgelenken und gab ihr einen Stoß. Sie ruderte mit den Armen durch die Luft, versuchte, das Gleichgewicht zu halten, doch dann stürzte sie rücklings mitten in die Schlangengrube.

Eine Schlange schoss zischend auf sie zu. Für den Bruchteil einer Sekunde wollte sie sich ihrem Schicksal ergeben und einfach sterben, doch dann änderte sich plötzlich ihr Wesen. Sie griff nach einem Ast, der am Boden lag, und drängte die Schlange zurück.

Die Schlange wand sich blitzschnell um den Stock und hob ihren flachen Kopf, um nach ihrer Hand zu stoßen. Doch sie kämpfte ums Überleben und packte die Schlange von oben, hielt sie mit ausgestrecktem Arm weit von sich. Zwei weitere Schlangen schoben sich geschmeidig zwischen gebleichten Tierskeletten auf sie zu und züngelten angriffslustig. Sie wich zurück, bis sie an den Rand der Grube stieß. Mit einem Schwung schleuderte sie die Schlange, die sie in der Hand hielt, weit von sich, probierte, den Rand der Grube zu erreichen, doch sie schaffte es nicht. Die beiden Schlangen kamen immer näher, eine von ihnen richtete sich auf und schnellte auf sie zu.

»Aisha!« Die Stimme von Tahid riss sie wieder zurück in die Gegenwart des grauen Berlins. »Die Hunde brauchen jetzt Futter.«

»Sie bekommen heute nichts zu fressen. Das hat mir Olivier aufgetragen. Denn wenn sie hungrig sind, gehorchen sie den Befehlen noch schneller.«

Als sie den Namen Olivier aussprach, durchzuckte sie ein heißer Schmerz. So viele Jahre hatte sie mit und für Olivier gelebt. Jetzt war er gestorben, ohne dass sie in seiner Nähe sein konnte. Dafür hasste sie sich.

33

Brandenburg

Burg von Anna von Wolffstein

Die Burg bestand nur aus einem riesigen quadratischen Turm, der auf eine Mauer gebaut war. Aus der Ferne betrachtet wirkte der Turm, als würde er auf der schmalen Mauer balancieren und könnte jeden Moment abstürzen. Doch als David und Leyla in den Hof fuhren, stellten sie fest, dass der Turm mit stabilen Stahlstreben abgestützt war.

Früher einmal hatte die Mauer ein ganzes Gelände eingefasst und an jeder Seite hatte einer dieser Türme gestanden. Doch mittlerweile war alles bis auf wenige Überreste zerbröckelt. Nur noch der eine Turm erinnerte an den Glanz früherer Zeiten.

»Es sieht alles ziemlich unbewohnt aus«, sagte Leyla, als sie aus dem Wagen stiegen. »Wie heißen die Hunde noch mal, die diese Frau züchtet?«

»Es sind Wolfhuskys«, antwortete David, während er sich auf dem verlassenen Gelände umsah. »Scheint niemand da zu sein.«

»Was sind Wolfhuskys? Ich merke mir das nicht«, wollte Leyla wissen.

»Anna züchtet eine Mischung aus Wolf und Husky. Das sind Hunde, die halb wild und halb Haustier sind. Anna verkauft die Tiere nur an spezielle Personen, welche die Anforderungen des Washingtoner Artenschutzabkommens erfüllen. Das heißt, diese Hunde stehen unter besonderem Schutz.«

Leyla wollte noch etwas darauf erwidern, doch da sah sie plötzlich vier grau-weiße Hunde lautlos und mit gefletschten Zähnen auf sie zu rennen.

»David, die Hunde sind gefährlich!«, rief sie und deutete auf die Tiere.

»Bleib dicht hinter mir«, sagte David ruhig und stellte sich breitbeinig mitten in den Hof. Er reckte den Kopf in die Höhe und stemmte die Arme in die Seiten. Die Hunde verlangsamten ihr Tempo, bis sie schließlich ungefähr zwei Meter vor David und Leyla stehen blieben und laut zu bellen anfingen.

»Wer seid ihr? Verschwindet gefälligst von meinem Hof!«, hörten sie plötzlich eine laute Stimme. Dann tauchte eine große Frau auf, deren langes blondes Haar ihr bis zu den Hüften reichte. Trotz der sommerlichen Temperaturen trug sie einen Overall und schwere Schuhe.

»Hallo, Anna. Erinnerst du dich noch?«, rief David ihr entgegen. Die Frau blieb stehen und hob grüßend die Hand. Dann nahm sie ein Stück Holz in den Mund und pfiff hinein, ohne dass Leyla einen Ton hören konnte.

»Was macht sie da?«, fragte Leyla, der die ganze Situation unheimlich war. Sie dachte wieder an das Palästinenserlager, in dem sie groß geworden war. Auch dort hatte es viele Hunde gegeben, mit denen sich das kleine Mädchen auf den Müllhalden um das weggeworfene Essen streiten musste. Die Hunde waren ausgemergelt, hungrig und deswegen auch aggressiv gewesen. Mehrmals hatte ein Hund nach ihr geschnappt, zum Glück war nie etwas Schlimmeres passiert.

»Sie verwendet eine Hundepfeife, deshalb sind wir auch hier«, erwiderte David und drehte sich zu der Frau, die mit ausgebreiteten Armen auf ihn zukam.

»David Stein. Ich dachte nicht, dass wir uns jemals wiedersehen.«

»Wir müssen uns nicht sehen, um trotzdem miteinander verbunden zu sein«, sagte David und umarmte Anna von Wolffstein.

»Hallo«, machte Leyla auf sich aufmerksam, da Anna keine Anstalten machte, sie zu begrüßen. »Ich bin Leyla.«

»Ich weiß, David hat mir von dir geschrieben«, sagte Anna. Aus der Entfernung hatte sie wie ein junges Mädchen gewirkt, doch jetzt sah Leyla, dass ihre Haut wettergegerbt und von feinen Fältchen durchzogen war. Annas verwittertes Gesicht stand in krassem Gegensatz zu ihren langen blonden Haaren und der jugendlichen Figur.

»Ihr seid in Kontakt?«, wunderte sich Leyla. »Das wusste ich gar nicht.«

»Kontakt ist vielleicht übertrieben, aber Anna und ich tauschen uns aus, wenn es um Probleme beim Hundetraining geht«, erklärte David kurz angebunden.

»Du brauchst nicht so zu untertreiben«, warf Anna ein und wandte sich dann an Leyla. »David unterstützt mich auch finanziell sehr großzügig. Sonst könnte ich mir die Arbeit mit dieser speziellen Hundezucht und die Burg gar nicht mehr leisten.«

»Anna, wir haben nicht viel Zeit«, unterbrach sie David. »Ich bin wegen einer bestimmten Sache zu dir gekommen. Du erinnerst dich doch sicher noch an Hélène Grimaud, die Pianistin.«

»Die Frau, die mit den Wölfen lebt und sich davon inspirieren lässt. Ja, natürlich.« Anna nickte wissend.

»Wir haben damals ein ähnliches Experiment mit deinen Wolfhuskys versucht.«

»Genau, mit Tönen, die außerhalb des menschlichen Hörbereichs liegen. Deshalb sind sie für Hunde besonders intensiv und werden für Kommandos verwendet, wie zum Beispiel für den Befehl ›Steh‹«, bestätigte Anna.

Sie drehte sich um und ging auf das große Tor zu, das in ein breites Treppenhaus führte und von dem aus man nach oben in den Turm gelangte. Mit einem riesigen Schlüssel öffnete sie mehrere Türen und zog dann wieder die hölzerne Pfeife aus ihrem Overall.

»Ich kann nichts hören«, sagte Leyla und deutete auf die Pfeife, in die Anna blies.

»Das sind diese Töne oberhalb der menschlichen Frequenz, aber Hunde können sie hören«, antwortete sie. Wie auf Kommando rannten die vier grau-weißen Wolfhuskys an ihnen vorbei und die Treppe nach oben. Dort blieben sie stehen und legten sich auf den Steinboden. Leyla hatte das unangenehme Gefühl, als würden die Wolfhuskys sie mit ihren hellen Augen unentwegt anstarren. Interessiert blickte sie sich um.

Der untere Teil des Burgturms bestand aus einer Halle, die einen Großteil der Fläche einnahm und auf allen Seiten schmale bodentiefe Fenster hatte, die von außen wie Schießscharten wirkten und durch die nur wenig Licht in den Saal kam. Deshalb war es düster und roch feucht und modrig. An der Decke des mindestens acht Meter hohen Saals befand sich ein Fresko, dessen Farben ziemlich verblasst waren und das von Schimmelflecken durchzogen wurde. Aber das spektakulärste Stück entdeckte Leyla an der Stirnseite der Halle. Dort stand eine riesige Orgel, deren unterschiedliche Pfeifen die ganze Wand bedeckten. Der Klang musste einfach gigantisch sein.

»Funktioniert die Orgel?«, fragte Leyla.

»Sie wurde schon lange nicht mehr gestimmt und einige Pfeifen sind defekt. Heutzutage gibt es ja fast keine Orgelbauer mehr.«

»Spielst du selbst?«, fragte Leyla weiter. Einmal hatte sie in der koptischen Kirche von Beirut jemanden die Orgel spielen hören. Seitdem war ihr der unglaubliche Klang im Gedächtnis geblieben.

»Ach, nur so für mich«, meinte Anna. Als David etwas darauf erwidern wollte, bedeutete sie ihm zu schweigen.

Vor der Orgel standen mehrere zerschlissene Samtsofas, die in einem Halbkreis arrangiert waren.

Wieder benutzte Anna ihre Pfeife und die Hunde sprangen auf die Sofas. Dort legten sie sich nicht hin, sondern saßen wachsam da und beobachteten alles.

»Bewohnst du den oberen Teil nicht mehr?«, fragte David und deutete auf das Himmelbett, das in einer Ecke der Halle stand und von einem wackeligen chinesischen Paravent abgeschirmt wurde.

»Das Dach ist undicht. Die oberen Räume sind schon ganz feucht, deshalb bin ich hierhergezogen. Ein neues Dach kostet ein Vermögen«, seufzte Anna und ging zu einem geschnitzten Sekretär.

»Ich helfe dir. Sag mir, wie viel Geld du brauchst«, antwortete David, ohne nachzudenken.

»Du hast mir schon genug gegeben. Lass gut sein.« Anna machte eine abwehrende Handbewegung und beugte sich zu ihrem Sekretär hinunter. Sie öffnete einige Laden und kramte darin herum. Schließlich fand sie, wonach sie gesucht hatte.

»Das sind die Aufnahmen.« Sie hielt David eine DAT-Kassette entgegen.

»Damit kann ich nichts anfangen«, meinte er enttäuscht und gab Anna die DAT-Kassette wieder zurück.

»Ich wollte dir auch nur zeigen, dass ich nichts wegwerfe. Ich habe dieses Experiment weitergeführt, als du mit Jane nach Afghanistan gegangen bist. Jane war eine wunderbare Frau, sie hat sich so vehement dafür eingesetzt, dass ich doch noch die Bewilligung zum Züchten bekomme. Und es funktioniert.«

Anna holte die hölzerne Pfeife aus ihrem Overall und streckte sie David entgegen.

»Diese Pfeife hat ein Tonmeister mithilfe der aufgenommenen Töne entwickelt. Es klappt zwar nicht immer, aber in den meisten Fällen hilft es.«

»Du hast einen Ton, der die Hunde zum Stehenbleiben bringt?«, fragte David interessiert.

»Unter anderem. Diese Pfeife funktioniert wie eine Flöte. Ich habe drei Löcher, die ich mit den Fingern verschließen kann, wenn ich pfeife. Das sind drei verschiedene Kommandos. Los – steh – komm.«

»Genial. Genau so etwas brauche ich«, sagte David und wandte sich zu Anna. »Bis zu welcher Entfernung wirkt denn das Signal?«

»Bis zu einigen Metern. Dann wird der Ton schwächer und die Hunde sind durch Nebengeräusche abgelenkt.«

»Trotzdem haben wir jetzt die Chance, die Hunde doch noch aufzuhalten«, überlegte David euphorisch.

»Welche Hunde wollt ihr denn aufhalten?«, fragte Anna neugierig.

»Es sind Malinois.«

»Malinois? Da mache ich mir überhaupt keine Sorgen. Diese Hunde sind ja auf Kommandos trainiert. Wo soll das denn sein?«, fragte Anna weiter.

»Mehr kann ich nicht sagen. Du weißt doch, dass ich über meine Arbeit schweigen muss«, erwiderte David. »Das war schon immer so.«

»Okay, ich halte schon meine Klappe und stelle keine unnötigen Fragen.« Anna wandte sich an Leyla. »Wie steht ihr eigentlich zueinander?«, fragte sie ganz direkt. »Seid ihr wieder zusammen?«

»Ja! Leyla ist die Frau, mit der ich mein Leben verbringen will«, antwortete David und nahm Leyla zärtlich in den Arm.

»Das hast du schon einmal über eine Frau gesagt«, entgegnete Anna und betrachtete unschlüssig die Pfeife in ihrer Hand. »Diese Frau ist jetzt tot.«

»Anna, ich finde, du gehst zu weit«, tadelte David mit einem harten Unterton. »Ein Freund von mir aus Nepal hat gesagt, dass es in dem Kreislauf des Lebens immer zwei Sterne gibt, die dasselbe Licht aussenden. Einen hatte ich bereits und Leyla ist der zweite Stern.«

»Es tut mir leid, wenn ich dich beleidigt habe. Ich bin einfach den Umgang mit Menschen nicht mehr gewohnt«, entschuldigte Anna sich betreten und gab David die Pfeife. Dann drehte sie sich zu Leyla.

»Pass gut auf ihn auf«, sagte sie. Ihre Stimme wurde ganz sanft. »David hat es verdient, schon in diesem Leben glücklich zu sein.«

34

Berlin

Zentrale der »Abteilung«

Datenreihen rasten in ununterbrochener Reihenfolge über die Monitore und versickerten wie digitale Regentropfen im Nichts. Robyn thronte mit verknoteten Beinen auf ihrem Stuhl und hielt das Tablet vor sich auf den Knien. Sie hatte die ganze Nacht durchgearbeitet und gemeinsam mit zwei IT-Spezialisten der »Abteilung« alle verfügbaren Informationen über die in Berlin stattfindenden Events und Veranstaltungen in die Rechner eingespeist. Diese Datensätze wurden von Robyn mit Parametern verknüpft, um eine sinnvolle Selektion zu ermöglichen.

Schließlich war es ihr gelungen, die Datenmenge auf fünf Großereignisse für den heutigen 7. Juli einzugrenzen. Aber selbst die Konzentration auf diese fünf Megaevents war viel zu vage, denn es gab nicht den geringsten konkreten Hinweis.

»Stein, ich habe alles Erdenkliche durchprobiert, komme aber keinen Schritt weiter«, informierte sie David, der gerade auf der Autobahn nach Berlin unterwegs war. Sie wusste, dass David und Leyla die Nacht bei Anna von Wolffstein verbracht hatten, um die Funktion dieser speziellen Hundepfeife an den Wolfhuskys zu testen.

»Welche Ergebnisse haben Sie bisher?«, entgegnete David.

»Es gibt ein Rockkonzert vor dem Brandenburger Tor, das europäische Streetfood-Festival wird eröffnet, dann haben wir die EU-Außenministertagung, den Fahrradtag in Kreuzberg und eine Demo ist angemeldet«, zählte Robyn die Veranstaltungen auf, die in ihrem digitalen Raster hängen geblieben waren.

»Was ist Ihrer Meinung nach das Ziel?«, fragte David.

»Ich tippe auf die Außenministertagung«, sagte Robyn. »Das wäre ein schwerer Schlag gegen die EU.«

»Da können Sie recht haben«, meinte David.

»Ich gebe die Informationen mit Code Red an das BKA und den BND weiter. Das bedeutet höchste Alarmbereitschaft. Es müssen sofort die Sicherheitsstandards erhöht werden.«

David antwortete nicht und Robyn spürte, dass er mit dem Ergebnis nicht ganz zufrieden war.

»Stein, sagen Sie schon, was Sie stört.«

»Wieso brauche ich Hunde bei einer Konferenz?«, fragte er Robyn.

»Vielleicht haben die Hunde gar nichts damit zu tun«, sagte sie.

»Das glaube ich nicht. Probieren Sie einmal die Parameter Genf und Schweiz in Verbindung mit den fünf möglichen Zielen«, meinte David nach einer Denkpause.

»Ja, da gibt es einen Treffer«, antwortete Robyn überrascht und tippte sofort einige Befehle in ihr Tablet.

»Mit wem sprechen Sie da?« Müller stand neben ihr und strich sich den schwarzen Vollbart.

»Das war Stein. Wir haben einen Treffer erzielt.«

»Zeigen Sie einmal her.«

Robyn schickte das entsprechende Fenster auf den großen Monitor.

»Das europäische Streetfood-Festival«, sagte Müller überrascht. »Wir brauchen sofort die Namen der teilnehmenden Firmen. Fordern Sie die Liste beim Veranstalter an.«

»Das dauert zu lange. Ich mache das auf dem direkten Weg«, winkte Robyn ab und klinkte sich in den Server der Organisatoren des Streetfood-Festivals ein.

»Da gibt es eine Übereinstimmung.« Robyn schickte ein neues Fenster auf den Bildschirm. »Eine Firma namens ›Black Hornet‹ aus Neuchâtel in der Schweiz.«

»Black Hornet«, meinte Müller nachdenklich. »›Schwarze Hornisse‹. Das passt zu den sieben Hornissen, von denen wir Kenntnis haben. Das heißt, wir haben die möglichen Attentäter auf dem Streetfood-Festival lokalisiert. Gibt es ein Rahmenprogramm zu diesem Festival?«, fragte Müller.

»Ja, natürlich.« Robyn klickte das Programm auf den Bildschirm. »Es sind multikulturelle Musikdarbietungen und mehrere Ansprachen internationaler Ehrengäste geplant. Das Motto lautet ›Best food for all‹. Es wird auch der Bundespräsident erwartet.«

»Diese Veranstaltung muss sofort abgesagt werden«, entschied Müller. »Verbinden Sie mich mit dem Innensenator.«

Nach einem längeren Gespräch kam er zu Robyn und setzte sich auf die Schreibtischkante. »Der Innensenator kann das Festival nicht absagen. Es sind schon Zigtausende Menschen im Festivalbereich und auf der Bühne startet bereits das Programm. Die Ordnungsbehörde warnt vor einer Massenpanik und will, dass wir die Bedrohung diskret ausschalten.«

»Das Mobile Einsatzkommando ist bereits in Alarmbereitschaft«, meldete Robyn.

»Gut. Sie bereiten jetzt alles für den Einsatz vor. Wenn es stimmt, dass um 11 Uhr ein Anschlag geplant ist, dann haben wir nur noch wenig Zeit.«

»Ich gebe auch David Stein Bescheid«, sagte Robyn.

»Nein, wozu, das erledigen wir selbst.«

»Aber Stein ist in Berlin. Er sagt, die Hunde haben etwas mit dem Anschlag zu tun. Ich fürchte, er hat recht damit«, erwiderte Robyn.

»Ich glaube nicht, dass Hunde im Spiel sind. Das ist zu banal. Stein hat sich wahrscheinlich getäuscht«, entschied Müller. »Kümmern Sie sich jetzt um den Einsatz. Sie leiten die Operation von hier aus.«

Als Robyn zögerte, setzte er nach. »Das ist eine Anordnung.«

»Alles klar«, murmelte Robyn.

»Wie viele Personen hat diese Firma angemeldet?«, fragte Müller weiter.

»Es sind sieben Männer registriert.« Robyn aktivierte das entsprechende File.

»Na bitte, sieben Terroristen, das passt doch perfekt zu den sieben Hornissen. Geben Sie Hansen Bescheid.«

Kurze Zeit später tauchte der markante Kopf von Hansen, dem Leiter des Mobilen Einsatzkommandos, auf dem Bildschirm auf.

»Wir haben die mutmaßlichen Terroristen lokalisiert«, sagte Müller. »Sie werden mit Ihren Leuten den Zugriff durchführen. Aber Achtung: Es darf keine Panik entstehen. Im Augenblick sind schon an die zehntausend Besucher auf dem Festivalgelände beim Tiergarten unterwegs und es werden stündlich mehr.«

»Das heißt, wir machen den Zugriff unter dem Radar und eliminieren die Bedrohung«, antwortete Hansen lakonisch.

»Wir haben uns verstanden.« Müller nickte zustimmend. »Ihre Männer sind in Zivil. Wenn es Probleme gibt, dann schalten Sie die Bedrohung sofort unauffällig aus.«

»Ich schicke Ihnen die relevanten Daten«, sagte Robyn und aktivierte ein Standortfenster. Sie öffnete eine Luftbildaufnahme des Festivalgeländes, in deren Zentrum ein roter Punkt wie ein Herz pulsierte.

»Von wann stammt dieses Luftbild?«, fragte Müller.

»Wir sind in Echtzeit dabei«, meinte Robyn und wandte sich wieder zu Hansen am Monitor, der gerade sein Tablet mit der Aufnahme checkte. »Wir haben den Stand von ›Black Hornet‹ lokalisiert. Der Wagen steht ziemlich im Zentrum. Ich dirigiere Ihre Männer zu dem Zielobjekt.«

Eine rote Linie schlängelte sich von einem Seiteneingang über das Bild.

»Wir sind gleich vor Ort«, sagte Hansen.

»Wir lotsen Sie über Funk und mit einer Echtzeitkamera«, antwortete Robyn.

»Okay, ich melde mich, sobald das Zielobjekt erreicht ist.« Hansen blendete sich aus.

»Woher haben wir diese Luftbildaufnahme in Echtzeit?«, fragte Müller.

»Das ist keine Aufnahme von einem Flugzeug aus, sondern von einer Drohne«, erklärte ihm Robyn.

»Wir haben doch im Moment keine Drohnen im Einsatz«, wunderte sich Müller.

»Der MI5 war so freundlich, uns dabei auszuhelfen«, antwortete Robyn.

»Der Einsatz von Drohnen muss immer vom Minister genehmigt werden.« Müller schüttelte genervt den Kopf. »Aber in diesem Fall ist Ihre Eigeninitiative wohl gerechtfertigt.«

Er blickte auf die Uhr.

»Gibt es mittlerweile ein Lebenszeichen von Helen Stratford?«, fragte er.

»Noch immer nichts. Es ist auch keine Frau, auf die ihre Beschreibung passt, an einem Flughafen gesehen worden«, antwortete Robyn.

»Das ist wirklich merkwürdig. Möglicherweise hat sie private Probleme. Ich bin gleich wieder zurück.« Müller ging nach draußen.

Sofort nachdem Müller das Büro verlassen hatte, stellte Robyn wieder die Verbindung zu David her.

»Robyn, ich bin jetzt in Berlin«, meldete er sich.

Robyn erklärte ihm, wie das MEK vorgehen würde, und schickte ihm auch die Koordinaten aus dem Echtzeitluftbild.

Dann wählte sie die Nummer von Sebastian Trevor-Jones vom MI5.

»Ich brauche deine Drohne für eine Personenidentifizierung«, sagte sie, als das blasse Gesicht mit dem roten Haarschopf von Sebastian auf dem Bildschirm auftauchte.

»Einen schönen guten Tag. Wie geht es dir heute, Robyn?«, antwortete Sebastian. »Du hast mittlerweile schon wieder die für die Kommunikation so wichtigen Umgangsformen verlernt.«

»Kann ich die Koordinaten der Drohne haben?«, fragte Robyn ungehalten.

»Natürlich, aber du musst mir versprechen, dass ich dir dabei behilflich sein darf, deine zwischenmenschliche Kommunikation zu verbessern.«

»Ja, du kannst mir behilflich sein.«

Wenige Augenblicke später bekam Robyn die Bilder der Überwachungskamera auf ihr Tablet und schickte sie weiter auf den großen Monitor.

»Die Gesichtserkennung hat einen Treffer erzielt«, antwortete Robyn. »Zinedine Beltran. Achtundzwanzig Jahre alt. Franzose algerischer Abstammung. Wurde bei einer Demonstration gegen die Sparpolitik der französischen Regierung erkennungsdienstlich behandelt. Hat sich den Ordnungskräften widersetzt. Mehr gibt es allerdings nicht. Keine weiteren Vorstrafen.«

»Das ist Beweis genug, dass wir die Bedrohung lokalisiert haben. Wir haben also einen dieser Typen in unseren Datenbanken gespeichert«, meinte Müller zufrieden, als er in den Besprechungsraum zurückkam.

»Wir sind vor Ort«, meldete sich jetzt Hansen wieder. »Es herrscht ein ziemliches Gedränge rund um diesen Foodtruck.«

»Wieso ausgerechnet um diesen?«, wunderte sich Müller.

»Dort werden gerade gratis Tapas verteilt«, antwortete Hansen. »Deshalb der Auflauf.«

»Scheiße!«, fluchte Müller. »Lasst euch etwas einfallen. Die Bedrohung muss eliminiert werden.«

35

Berlin

Internationales Streetfood-Festival

Aisha stand im hinteren Teil des Trucks und füllte die Wasserschalen der Hunde nach, die ruhig in ihren Kojen lagen und dösten. Sie warf einen schnellen Blick auf ihr Handy und sah, dass bis zum Einsatz nur noch wenig Zeit verblieb. Das Stimmengewirr, das vom offenen Tresen nach hinten drang, erinnerte sie an die Sandstürme in der Wüste. Die Stimmen waren wie ein Wind, der feinen Sand durch den Truck wehte und alles mit einer dünnen Schicht Schmutz überzog.

Genauso war es mit den Leuten hier, überlegte sie. Das waren keine Einzelschicksale, sondern eine große schmutzige Masse. Sie war der Feind, der vernichtet werden musste.

Von Olivier hatte sie gelernt, den Feind nicht individuell zu sehen, sondern als ein abstraktes Wesen, das nichts Menschliches an sich hatte. Deshalb konnte man diese Masse auch auslöschen und zerstören, ohne dabei an Mord und Tod zu denken.

»Ich mache das für dich, Olivier. Für unsere schöne neue Welt«, sagte sie leise und die Wirklichkeit verschwand wieder hinter der Erinnerung.

Die schwarz-gelbe Schlange fiel wie eine leere Hülle in sich zusammen, als sie von einer Kugel getroffen wurde. Plötzlich begann der Boden der Grube zu brodeln, der Knall schreckte Dutzende von Schlangen auf, die sich jetzt schnell in alle Richtungen bewegten und ein wogendes Meer aus Knochen, Federn und schillernden, sich windenden Schlangenkörpern erzeugten.

»Schnell, gib mir deine Hand«, hörte sie eine Stimme vom Rand der Grube. Automatisch streckte sie beide Arme in die Luft und zwei kräftige Hände zerrten sie nach oben, legten sie in den Sand. Erst nach einigen Minuten löste sich ihre Erstarrung. Sie fing an zu zittern und zu schluchzen und ihre Tränen vermischten sich mit dem heißen Sand.

»Geht es dir besser?«, fragte die Stimme, und sie schlug die Augen auf. Es war ein Mann, den sie noch nie gesehen hatte. Er trug Jeans und ein weißes Leinensakko und seine Haare waren blond wie der Wüstensand.

»Du wolltest dieses schöne und tapfere Mädchen töten?«, fragte er nach hinten. Jetzt sah sie auch das Gesicht von Tahid hinter dem Mann.

»Der Onkel wollte den Schlangen die Entscheidung überlassen«, entschuldigte sich Tahid und wirkte betreten, doch der Mann winkte ab.

»Schon gut.«

Dann drehte er sich zu ihr und betrachtete sie von oben bis unten.

»Bitte, tun Sie mir nichts«, flüsterte sie ängstlich.

»Du brauchst keine Angst zu haben. Ich bringe dich in Sicherheit. Dann kannst du ein Bad nehmen und ich besorge dir etwas zum Anziehen. Komm, steh auf.«

Auffordernd hielt ihr der Mann seine Hand entgegen und zaghaft griff sie danach. Er führte sie zu einem weißen Land Rover, der mehrere Surfboards auf dem Dach hatte.

»Wo bin ich?«, fragte sie, als sie in den Wagen stieg. Sie fuhren über eine unbefestigte Piste und der Staub drang durch alle Ritzen. Rings um sie war Wüste und die Dünen türmten sich zu riesigen, sanft geschwungenen Gebirgen auf. Plötzlich hörte die Piste auf und gab einen unbeschreiblichen Blick auf eine Oase frei. Mitten in dieser Dünenlandschaft lag ein Dorf, umgeben von Hunderten von Palmen.

»Was ist das hier?«, fragte sie erneut.

»Das tut nichts zur Sache. Hier bist du sicher«, sagte der Mann freundlich.

»Aber der Onkel von Tahid will mich töten«, erzählte sie ängstlich.

»Er wird dir nichts tun. Ich sorge für deine Sicherheit.«

»Leben Sie auch hier?«

»Nein, ich surfe nur gerne auf den Dünen. Ansonsten bin ich Arzt und heiße Olivier«, erklärte er und parkte den Land Rover unter einer Schatten spendenden Palme. Dann führte er sie in ein blendend weißes Haus, in dem es angenehm kühl war. »Hier in diesem Zimmer kannst du wohnen. Eine Wanne mit Wasser steht dort hinten in der Kammer. Man wird dir auch gleich etwas zu essen bringen.«

»Wohin gehen Sie?«, fragte sie, als Olivier das Zimmer verlassen wollte.

»Mach dir keine Sorgen.« Olivier lachte. »Ich komme wieder.«

Nach einigen Wochen hatte sie sich so weit in die Dorfgemeinschaft integriert, dass sie sich überall frei bewegen konnte. Wie die anderen Berberfrauen trug auch sie jetzt einen weißen Umhang, der nur ein Auge zum Sehen freiließ. Und genauso wie die Frauen besuchte auch sie nie das einzige Kaffeehaus des Ortes, denn es war den Männern vorbehalten. Trotzdem fühlte sie sich ruhig, nicht gerade glücklich, aber auch nicht traurig. Es war, als wäre sie in eine Zwischenwelt eingetaucht, wo auf der einen Seite die westliche

Zivilisation, auf der anderen Seite das archaische Berberleben stand. Und sie balancierte in der Mitte.

Es war seltsam, aber je länger sie an diesem Ort am Ende der Welt lebte, desto weniger vermisste sie Algier, ihre Freundinnen, ja, nicht einmal ihre Eltern. Sie hatte keine Ahnung, wie lange sie schon hier war, sie konnte nur die Wochen erraten, da am Freitag alle zum Gebet in die kleine Moschee strömten.

Olivier hatte sie in den ersten Monaten häufig gesehen, später wurden seine Besuche immer seltener. Wie immer erkundigte er sich freundlich nach ihrem Befinden, traf sie aber nur, wenn auch die anderen Frauen bei ihr waren. So vergingen die Wochen, die Monate und die Jahre. Sie lernte reiten und schießen. Eines Tages fand sie in einer verlassenen Oase, die von den Berbern gemieden wurde, einen verletzten Falken, den sie gesund pflegte und Darko nannte. Von dieser Zeit an ritt sie häufig in die Oase, setzte sich an den Rand der Schlangengrube und dachte an die starken Hände von Olivier, die sie gerettet hatten. Sie wollte gerne an früher denken, doch so sehr sie sich auch anstrengte, es gelang ihr nicht mehr, sich an ihre Eltern zu erinnern.

Nach ungefähr zwei Jahren kam Olivier wie immer zu ihr und setzte sich ihr gegenüber auf den Teppich. Nachdem sie Tee getrunken hatten, sagte er zu ihr: »Jetzt bist du reif für meine Liebe und ich werde dir die schönsten Geheimnisse der Lust zeigen. Du bist meine kleine fremde Geliebte.« Er nahm sie in die Arme und hob sie hoch. Als er sie aus dem Haus trug, blendete sie keine Sonne mehr, und ihr Herz schlug vor Erwartung. Sie schlang die Arme um seinen Hals, vergrub ihr Gesicht in seinen blonden Haaren und saugte seinen Geruch ein. Vor einem weißen Zelt, das abseits des Dorfes stand, blieb er stehen. Olivier küsste sie lange und intensiv und trug sie dann in das Zelt, das sie drei Tage und drei Nächte nicht mehr verließen. Es wurden die schönsten Stunden ihres Lebens.

Eines Tages, es mussten mittlerweile drei oder vier Jahre vergangen sein, stand Olivier von dem Bett auf, in dem sie sich gerade heiß und innig geliebt hatten. Sie rekelte sich nackt unter seinen Blicken, während er heißen Pfefferminztee in ein Glas goss.

Plötzlich eröffnete er ihr ganz nebenbei: »Bald ist es so weit. Dann kannst du wieder in die schöne neue Welt zu deinen Eltern zurückkehren.«

»Die schöne neue Welt bist aber du für mich gewesen, Olivier«, flüsterte sie. Schöne neue Welt, das war ihr Mantra. Plötzlich kam Tahid nach hinten.

»Da stimmt etwas nicht«, sagte er und wischte sich den Schweiß von der Stirn. »Gerade noch hatten wir vorne eine Schlange von Kunden, die unser veganes Fingerfood wollten, und jetzt gibt es auf einmal eine Umleitung hier auf dem Hauptweg.«

»Ich gehe sofort nach draußen«, antwortete Aisha und öffnete die hintere Tür des Trucks. Unauffällig sah sie sich um. Tahid hatte recht. Plötzlich waren die Besucher, die zuvor noch in Massen an ihrem Truck vorbeispaziert waren, verschwunden. Mit zusammengekniffenen Augen blickte sie den verlassenen Hauptweg entlang. Die Leute bogen ein Stück weiter vorn nach links ab, denn mitten auf dem Weg hatten Bauarbeiter in orangen Jacken Warnschilder aufgebaut und dirigierten die Menge auf die seitlichen Wege.

»Haben sie uns entdeckt?«, fragte Tahid, der jetzt ebenfalls ausgestiegen war.

»Noch nicht, sonst hätten sie unseren Foodtruck schon gestürmt«, überlegte Aisha. »Auf jeden Fall bewaffnen wir uns. Vielleicht müssen wir unseren Einsatzplan ändern und etwas improvisieren.«

Aisha legte die Handflächen zusammen und dachte an die Wüste, die verlassene Oase und die Schlangengrube. Sie würde es auch diesmal schaffen.

»Wenn wir sterben, dann ist uns das Paradies gewiss«, sagte sie und legte Tahid die Hände auf die Schultern. »Du erinnerst dich noch an die Lagerhalle in Algier?«, fragte sie ihn.

»Es ist, als wäre es erst gestern gewesen«, antwortete Tahid.

»Auch damals hat sich eine ausweglose Situation für mich zum Guten gewandt. Jetzt wird es genauso sein«, sagte Aisha zuversichtlich.

»Deine Unerschrockenheit schenkt mir immer neue Kraft«, antwortete Tahid.

Sie stiegen wieder in den Truck und gingen nach vorn, wo sie vom offenen Tresen aus nach draußen auf die fast leere Flaniermeile blickten.

»Was schlägst du vor?«, fragte Tahid.

»Wir eröffnen auf mein Zeichen hin das Feuer. Du läufst zwischen den Trucks auf die andere Seite und tötest mit deiner Maschinenpistole so viele der Ungläubigen wie möglich. Ich aktiviere die Sprengsätze und lasse die Hunde frei, damit es noch mehr Opfer gibt.«

Aisha drehte sich um und ging nach hinten. Aus einer Tiefkühltruhe nahm sie die Sprengstoffgürtel und öffnete einen der Hundekäfige. Gehorsam kroch der Malinois heraus und ließ sich den flachen Rucksack auf den Rücken schnallen. Genauso machte sie es mit den anderen Hunden. Als sie fertig war, lagen die Malinois ruhig im hinteren Teil des Foodtrucks und sahen Aisha erwartungsvoll an.

»Ich sondiere noch einmal die Lage«, informierte sie Tahid. »Pass auf die Hunde auf.«

Sie holte eine Pistole aus ihrem Versteck und schob sie hinten in den Bund ihrer Jeans. Dann stieg sie aus dem Truck und ging nach vorn. Olivier hatte sie gelehrt, dass man sich immer selbst ein Bild der aktuellen Situation machen musste, ehe man zuschlug. Und sie wollte den größtmöglichen Schaden herbeiführen.

Trotzdem wunderte es sie, wie der Geheimdienst ihren Truck so schnell hatte orten können. Es hatte ihrer Meinung nach keine direkte Verbindung von dem Sanatorium zu dem Truck gegeben. Aber es blieb ihr keine Zeit mehr zum Grübeln, denn es war an der Zeit zu handeln. Der Augenblick der Entscheidung rückte unaufhaltsam näher.

Langsam ging sie über den leeren Hauptweg und versuchte, die Situation zu erfassen. Es war mit einem Mal so still wie in der verwunschenen Oase – oder kam es ihr nur so vor?

Weiter vorn lösten sich zwei Männer aus dem Schatten eines verwaisten Sushi Corners und kamen langsam auf sie zu. Sie waren unrasiert und trugen Jeans und leichte Bomberjacken. Aisha erkannte sofort die charakteristischen Ausbuchtungen an den Hüften, dort, wo sie ihre Waffen versteckt hatten. Es waren Polizisten in Zivil, da war sie sich zu hundert Prozent sicher. Sie wollte noch seitlich zwischen zwei hochgestellten Anhängern mit Bioständen verschwinden, doch die Männer hatten sie bereits entdeckt und liefen jetzt zügig in ihre Richtung.

»Hallo, junge Frau!«, rief einer der Männer. »Was haben Sie hier zu suchen?«

Aisha blieb stehen und kniff die Augen zusammen. Die Sonne blendete sie und das grelle Licht erinnerte sie an die Scheinwerfer und den leuchtenden Himmel über der Wüste. Langsam griff sie nach hinten, umfasste den Griff der Pistole und ahnte, dass jetzt die Stunde der Wahrheit kommen würde.

36

Berlin

Zentrale der »Abteilung«

Auf dem großen Monitor sah man eine junge Frau. Sie ging langsam zwischen zwei Foodtrucks auf die Straße und blickte sich neugierig um.

»Was macht die Frau denn da?«, fragte Müller und lief zum Bildschirm. Robyn zoomte das Gesicht der Frau heran, die gerade ihre Augen zusammenkniff, da die Sonne sie blendete. »Wer ist sie? Schicken Sie die Person weg!«, befahl Müller und Robyn nahm sofort mit Hansen Kontakt auf.

»Wir wissen nicht, wer sie ist«, meldete sich der Leiter des Mobilen Einsatzkommandos.

»Einer Ihrer Männer soll sich darum kümmern«, sagte Robyn.

»Ich habe verstanden!«

Sekunden später wechselte die Perspektive und Robyn beobachtete einen Sicherheitsbeamten, der schnell auf die Frau zulief, die regungslos mitten auf der leeren Straße stand.

»Hallo, Sie da!«, rief er. »Was haben Sie hier zu suchen?«

Die Frau sah überrascht auf und blieb abwartend stehen.

»Gehen Sie zurück zu Ihrem Truck. Das ist eine Anweisung der Polizei!«, hörte Robyn den Beamten rufen. »Schnell, verschwinden Sie!«

»Wieso Polizei?«, fragte die junge Frau, die einen französischen Akzent hatte, überrascht. »Was ist denn passiert?«

»Es ist nur ein Routineeinsatz.« Der Beamte hatte die Frau schon erreicht und redete beruhigend auf sie ein. »Sie brauchen keine Angst zu haben. Aber gehen Sie bitte wieder dort hinter die Absperrung.«

»Okay. Aber was ist das hier für ein Einsatz?« Die junge Frau ließ sich nicht abwimmeln. »Wo sind denn die Besucher geblieben? Wir müssen doch etwas verdienen.«

»Was soll ich ihr denn sagen?« Der Polizist drehte sich zur Seite und flüsterte in sein unauffälliges Headset.

»Sagen Sie ihr, dass Gas aus einer Leitung unter dieser Straße ausgetreten ist und deshalb für einige Zeit die kurze Strecke hier gesperrt werden muss.«

Der Beamte räusperte sich und wiederholte die Sätze, die ihm Robyn gesagt hatte.

»Ach so, alles klar«, sagte die junge Frau und lächelte. »Dann mach ich schnell einen Abgang.«

Robyn sah, wie die Frau langsam zwischen den Trucks und Ständen verschwand. Jetzt war die Straße menschenleer und Robyn konnte endlich den Einsatz koordinieren.

»Ist der Truck umstellt?«

»Ja, alle sind auf ihren Posten.«

»Sind die Türen und die Fahrerkabine gesichert?«

»Gesichert.«

»Dann auf mein Kommando«, gab Robyn die Anweisung. Sie warf einen schnellen Blick auf Müller, der mit angespannter Miene vor dem großen Monitor stand und ständig seinen Bart strich. Feine Schweißperlen hatten sich auf seiner Stirn gebildet und seine Brille beschlug.

Robyn zoomte den Black-Hornet-Truck näher heran. An der Vorderfront war der Tresen heruntergeklappt und die Männer standen müßig im Innenbereich und unterhielten sich angeregt. Auf Robyn machten sie den Eindruck, als hätten sie überhaupt noch nicht bemerkt, dass der Besucherstrom abgerissen war. Sie schwenkte die Kamera zu dem Truck daneben. Auch hier standen die Männer und Frauen im Inneren, lachten und rauchten. Niemanden schien es zu kümmern, dass keine Besucher vorbeigingen.

»Etwas stimmt hier nicht«, sagte Robyn zu Müller.

»Was ist los?«, fragte Müller überrascht.

»Unsere Zielpersonen in dem Truck sind völlig entspannt.« Robyn schwenkte wieder zu dem Black-Hornet-Truck zurück. »So verhalten sich keine Terroristen. Und überhaupt … wo ist die Frau namens Aisha, von der Stein gesprochen hat? Ich kann nirgends eine Frau sehen.«

»Wahrscheinlich ist sie nicht vor Ort. Das sind Todeskämpfer, die sich auf das Paradies freuen. Außerdem haben wir einen von ihnen identifiziert«, erwiderte Müller und wischte sich den Schweiß von der Stirn. »Über diese Frau unterhalten wir uns später. Worauf warten Sie denn, geben Sie endlich das Zeichen zum Zugriff.«

»Zinedine Beltran ist aber nie wieder auffällig geworden«, widersprach Robyn.

»Er hat sich im Geheimen radikalisiert. Ist wahrscheinlich unbeachtet zu einem Hassprediger in die Moschee oder hat übers Internet Kontakt zu radikalen Gruppen aufgenommen.«

»Wir sollten doch noch schnell den französischen Geheimdienst kontaktieren«, warf Robyn ein.

»Sind Sie wahnsinnig? Bald fliegt uns dort alles um die Ohren und Sie wollen recherchieren. Geben Sie das Zeichen«, fauchte Müller.

In diesem Moment griff einer der Männer in dem Truck in seine Hosentasche und holte ein Handy hervor.

»Achtung, er aktiviert damit sicher einen Zünder.« Müller wurde hektisch. »Sofort Zugriff!« Er hastete zu seinem Schreibtisch und setzte sich ein Headset auf. »Ich übernehme die Koordination«, sagte er zu Hansen, der auf den Einsatzbefehl wartete.

»Zugriff!«

Zwei Männer sprangen aus dem Schatten des Trucks und warfen Rauchbomben in das Innere. Dann klappten sie blitzschnell den Tresen nach oben, sodass der Truck von der Straßenseite aus verschlossen war.

Robyn schaltete auf die Livekameras des MEK. Mit angelegten Gewehren stürmten die Männer den Lastwagen. Die roten Punkte der Laserpointer auf ihren Gewehren tanzten über die Köpfe der Männer im Truck.

»Hey, was soll das?«, hörte Robyn den bärtigen Zinedine rufen, der mit gefesselten Händen auf dem Boden lag. Ein zweiter Mann versuchte, in die Fahrerkabine zu flüchten, wurde aber von Geheimdienstbeamten gepackt und überwältigt. Die anderen fünf Männer waren starr vor Schrecken und ließen sich widerstandslos festnehmen.

»Hier alles gesichert!«, hörten Robyn und Müller die zufriedene Stimme von Hansen über die Lautsprecher. »Einsatz erfolgreich beendet.«

Einer nach dem anderen wurden die Männer jetzt aus dem Truck gezerrt. Mit Kabelbindern gefesselt brachte man sie zu einem unauffälligen Lieferwagen, der ein wenig abseitsstand. Zwei Bombenentschärfer, die in ihren Schutzanzügen wie Statisten aus einem Star-Trek-Film aussahen, stiegen sofort in den Foodtruck.

Auf dem großen Monitor wirkte die Szenerie gespenstisch und unwirklich. Die Bombenentschärfer hielten lange Stäbe mit Sensoren wie Lanzen in den Händen und schoben sich durch den Nebel der Rauchbomben. Die roten Warnlichter auf ihren Displays leuchteten, als sie damit nach den in dem Foodtruck versteckten Bomben suchten. Aber schon nach kurzer Zeit gaben sie Entwarnung. »Wir haben weder Sprengstoff noch Bomben gefunden. Es weist auch nichts darauf hin, dass mit diesem Truck Sprengstoff transportiert wurde«, war ihr abschließendes Resümee.

»Ein Hubschrauber bringt die Verdächtigen in das sichere Haus zur Vernehmung«, hörte Robyn die Stimme von Hansen aus dem Lautsprecher. Sie aktivierte einen weiteren Monitor und sah Hansen in einem Helikopter über Berlin kreisen.

»Wann können wir mit den Verdächtigen sprechen?«, fragte Müller und beugte sich ganz nahe zu dem Monitor.

»In einer halben Stunde können Sie die Männer vernehmen«, antwortete Hansen. »Der Generalbundesanwalt ist schon auf dem Weg zu ihnen.«

»Habt ihr etwas gefunden?«, fragte Robyn den Leiter der Spurensicherung des BKA, die nach den Bombenentschärfern den Truck untersuchten. Als er sich in seinem weißen Schutzanzug aus dem Rauch schälte, wirkte er wie eine Spukgestalt.

»Auf den ersten Blick ist das Innere sauber«, berichtete der. »Aber wir gehen alles natürlich ganz gründlich durch, wenn wir den Truck in unser Labor geschleppt haben.«

»Wir bleiben in Verbindung, bis ihr mit dem Lastwagen durch seid«, sagte Müller.

Robyn wollte noch etwas zu Müller sagen, da sah sie auf einer der Überwachungskameras, dass Stein soeben auf dem Gelände des Streetfood-Festivals eingetroffen war und das Mikro seines Ohrsteckers aktivierte.

»Wieso ist David Stein vor Ort?«, fragte Müller und runzelte die Stirn. »Sie haben ihm also doch einen Tipp gegeben.«

Er deutete mit seinem Zeigefinger auf Robyn. »Das wird noch ein Nachspiel haben.«

»Stein, Sie kommen leider zu spät. Die Operation wurde bereits abgeschlossen und die Terroristen sind in sicherem Gewahrsam. Ihre Hilfe wird nicht mehr benötigt«, sagte Müller dann in sein Headset und wollte die Verbindung trennen, doch David fragte noch schnell:

»Was ist mit den Hunden? Trugen sie Sprengstoff?«

»Hunde? Wir haben keine Hunde gefunden«, sagte Müller irritiert.

»Das ist unmöglich. Olivier Marais hat die Hunde extra für diesen geplanten Anschlag ausgebildet. Ich war doch selbst beim Training dabei. Außerdem sind die Hunde aus dem Sanatorium verschwunden. Was sagt diese Frau namens Aisha? Wurde sie gefasst? Sie ist gefährlich.«

»Es wurden sieben Männer festgenommen, aber keine Frau«, antwortete Müller und warf einen wütenden Blick auf Robyn. »Robyn hat zwar eine Frau namens Aisha erwähnt, aber nicht mit dem nötigen Nachdruck. Deshalb haben wir sie nicht mit der höchsten Priorität behandelt.«

»Moment«, warf Robyn ein. »Wir haben kurz vor dem Zugriff eine junge Frau weggeschickt, die sich innerhalb der Absperrung befunden hat. Sie hatte einen französischen Akzent.«

»Das könnte Aisha gewesen sein«, hörten sie Davids Stimme über die Lautsprecher.

Müller drehte sich zu Robyn. Sein Gesicht war plötzlich ganz bleich geworden und seine Hände zitterten. Beide sahen sich an.

»Wir haben einen schlimmen Fehler gemacht«, murmelte Müller.

37

Berlin

Internationales Streetfood-Festival

David parkte den Geländewagen direkt vor dem Haupteingang, der auf das abgesperrte Festivalgelände führte.

»Der Einsatz ist schiefgelaufen«, sagte David zu Leyla und sprang aus dem Wagen. »Das MEK hat den falschen Truck gestürmt. Jetzt sind die Terroristen vorgewarnt.«

Beide passierten den Eingang und drängten sich durch die Menschenmenge, die das Festival besuchte. David stellte wieder eine Verbindung zu Robyn her.

»Habt ihr die Frau gefunden?«, fragte er. »Uns bleiben noch dreißig Minuten.«

»Ich weiß. Wir arbeiten unter Hochdruck. Aber das dauert noch eine Weile. Es gibt über tausend Teilnehmer und Aussteller bei diesem Event.«

»Die Frau könnte wegen ihres Akzents eine Französin sein.« David überlegte, während er mit Leyla durch den Hauptgang auf die abgeriegelte Zone zuging. »Gibt es vielleicht irgendwo in der Nähe einen Truck mit französischem Kennzeichen?«, fragte er. Es war ein Strohhalm, an den er sich klammerte, aber vielleicht hatten sie Glück.

»Moment, bleiben Sie in der Leitung. Ich schicke Ihnen sofort alle relevanten Daten«, sagte Robyn, und schon wenige Augenblicke später hatte David eine Liste mit einem Standortplan auf seinem Handy.

»Welcher französische Truck kommt infrage?«, überlegte er und zeigte Leyla das Display mit dem Plan.

»Da steht ein Foodtruck mit der Bezeichnung ›Sky & Sand‹«, antwortete Leyla, nachdem sie den Stellplan studiert hatte. »›Sky & Sand‹, das passt zu Aisha. Sie stammt aus einem Berbergebiet in der Wüste.«

»Ich glaube, wir haben einen Anhaltspunkt«, sagte David in das Mikro, mit dem er mit Robyn verbunden war. »Wir sehen uns den Truck einmal näher an.«

»Machen Sie keinen Alleingang, Stein«, warnte Robyn. Doch David antwortete nicht darauf.

Um keine Aufmerksamkeit zu erregen, gingen Leyla und er wie Besucher langsam an der Absperrung entlang. Unauffällig scannten sie die Trucks links und rechts des Weges. In der zweiten Reihe hinter der zentralen Straße sahen sie endlich einen langen Truck mit französischem Kennzeichen. Auf den Seiten stand der Name »Sky & Sand« in einer modernen Schriftart. Der Verkaufstresen war noch hochgeklappt und es sah so aus, als wäre der Truck im Augenblick unbesetzt.

»Wir teilen uns auf, du sicherst die Seitentür, falls jemand flüchten will. Ich klopfe beim vorderen Eingang und gebe mich als Beauftragter der Stadt aus. So kann ich mir ein Bild von den Personen machen«, sagte David.

Langsam gingen beide auf den Lastwagen zu. Die Sonne strahlte wie ein Scheinwerfer auf die Seitenwand des schwarzen Trucks. David entsicherte seine Waffe und schob sich gebückt an der Seitentür entlang. Vorsichtig hob er den Kopf und spähte hinein. In der Fahrerkabine war niemand zu sehen. Nur im hinteren Teil des Trucks hörte er ein leises Klacken. Es klang wie Krallen, die über Metall schabten. Das konnten Hundepfoten sein, überlegte er.

Er warf einen Blick zu Leyla. Sie stand seitlich vor der schmalen Seitentür. Auch sie hatte ihre Waffe griffbereit im Bund ihrer Jeans stecken. David gab Leyla ein Zeichen. Sie zog ihre Waffe, stellte sich breitbeinig vor die Tür. Er ging auf die vordere Tür zu und klopfte.

»Ordnungsamt Berlin. Bitte öffnen Sie!« Keine Reaktion.

»Stein, ich sagte doch: keine Alleingänge. Sie warten auf das Mobile Einsatzkommando«, hörte er Robyns Stimme in seinem Kopfhörer. »Ziehen Sie sich zurück.«

»Habe verstanden«, antwortete David leise und schaltete sein Handy aus. Noch immer rührte sich nichts in dem Truck. Das MEK war gerade abgezogen und würde nicht mehr rechtzeitig hier sein. Bald war es 11 Uhr, der Zeitpunkt für den geplanten Anschlag. Zwar waren die Ehrengäste bereits informiert und würden nicht erscheinen, aber jetzt galt es, das Leben von Hunderten unschuldiger Menschen zu schützen.

Deshalb mussten Leyla und er das Überraschungsmoment nutzen. Aisha und ihre Helfer würden nach dem missglückten Einsatz nicht mehr damit rechnen, dass man nun ihren Truck lokalisiert hatte. Das war die einzige Chance, die sie noch hatten.

»Ordnungsamt. Keiner da?«

Wieder klopfte David an die Tür, drehte sich dann um und ging an der seitlichen Front des Trucks entlang, um zu den beiden großen Türen an der Rückseite zu gelangen. Doch gerade, als er um die Ecke biegen wollte, wurden die Türen aufgerissen und die dunklen Malinois-Hunde sprangen wie ein schwarzer Wirbelsturm aus dem Laster. Blitzschnell rasten sie den Hauptweg entlang und schlängelten sich geschickt zwischen den Besuchern hindurch.

»Ich muss sofort die Hunde erwischen«, rief David und zögerte keine Sekunde, sondern rannte hinterher. Auf keinen Fall durfte er jetzt den Sichtkontakt zu den Hunden verlieren, die mittlerweile die Absperrung zur Bühne erreicht hatten. Für einen Augenblick waren sie irritiert. Dann rannten sie knapp an den Absperrgittern vorbei bis zu einem schwarz gekleideten Mann, der ihnen ein Handzeichen gab.

David hatte die Hunde im Blick und suchte gleichzeitig in den Taschen seiner Jacke nach der Hundepfeife, die er von Anna bekommen hatte. Während er die Pfeife aus der Tasche zog, stolperte er über eine erhöhte Plattform vor einem Biocurry-Stand. Er konnte das Gleichgewicht nicht mehr halten und landete der Länge nach auf den hölzernen Dielen. Die Hundepfeife rollte über den Boden und blieb vor den Füßen eines vielleicht zehnjährigen Jungen liegen. Sofort sprang David wieder auf die Beine und wollte nach der Hundepfeife greifen. Doch der Junge war schneller. Blitzschnell packte er die Pfeife und drehte sich um. »Die gehört jetzt mir!«

»Gib sofort die Hundepfeife her!«, herrschte David den Jungen an, doch der rannte bereits los.

»Bleib stehen!«, rief David.

Die Hunde waren nur noch ein schwarzer Schatten weit vorn am Hauptweg und er musste sich jetzt auch noch mit einem störrischen Jungen streiten.

»Gib mir die Pfeife!«, schrie David und lief dem Jungen hinterher. Der verschwand zwischen zwei Trucks und blieb dann vor einem bunten Zelt stehen.

»Rebecca, der Mann verfolgt mich!«, rief er hinein. Eine Frau, die einen dunklen Overall und große glitzernde Ohrringe trug, kam aus dem Zelt und stellte sich zwischen David und den Jungen.

»Warum verfolgen Sie meinen Sohn?«, fragte sie David mit einem strengen Unterton.

»Der Junge hat meine Hundepfeife gestohlen«, sagte David mit mühsam unterdrückter Wut.

»Mein Sohn ist kein Dieb! Das hat er sicher nicht mit Absicht getan.« Die Frau schüttelte den Kopf. »Manuel würde nie etwas stehlen. Warum schenken Sie ihm diese billige Holzpfeife nicht einfach?«

»Das geht nicht«, antwortete David bestimmt. »Und jetzt will ich endlich meine Pfeife wieder!«

Er machte einen Schritt vorwärts und riss Manuel die Hundepfeife aus der Hand. Der Junge begann zu schreien und die Frau starrte David mit zorniger Miene an.

»Was sind das für Machoattitüden?«, zischte sie. »Sie haben meinen Jungen angegriffen. Machen Sie, dass Sie wegkommen, sonst rufe ich die Polizei.«

David antwortete nicht, sondern drehte sich auf der Stelle um und lief zurück zum Hauptweg. Nirgendwo konnte er die Hunde sehen. Hastig rannte er weiter zur Bühne. Rundherum waren Eisengitter aufgestellt worden, vor denen bewaffnete Polizisten standen.

Erst als er ganz nahe vor der Absperrung stand, erkannte David die gigantischen Dimensionen der Bühne. Wenn hier eine Bombe gezündet würde, dann wäre das eine Katastrophe, denn das Podium war umringt von Hunderten von neugierigen Besuchern, die von der Polizei zwar weggedrängt wurden, aber immer noch zu nahe standen. David sah, dass es nicht mehr möglich war, die Fläche rund um die Bühne großflächig zu räumen, ohne ein Chaos und eine Massenpanik zu verursachen.

»Warum wurde das Gelände nicht vollständig geräumt?«, fragte er Robyn.

»Es darf keine Panik ausbrechen«, hörte er Müller.

»Aber wenn hier eine Bombe explodiert, dann wird es Tote geben.«

»Dann verhindern Sie das, Stein«, bat Müller leise.

Auf der Suche nach den Hunden blieb David vor der Bühne stehen und sah sich um. Doch er konnte nirgends eine Spur von den Tieren entdecken.

»Haben Sie hier dunkle Schäferhunde gesehen?«, fragte er einen Wachmann, der am Gitter lehnte.

»Schäferhunde? Ja, einer dieser Köter lief soeben am Gitter entlang. Ist das vielleicht Ihr Hund gewesen? Den müssen Sie aber an die Leine nehmen.«

»Mache ich. Aber wo ist er denn hin?«

»Keine Ahnung. Ich habe nicht so genau darauf geachtet«, meinte der Wachmann und betrachtete David misstrauisch. »Wer sind Sie überhaupt? Können Sie sich ausweisen?«

David wollte gerade seinen Ausweis aus der Tasche holen, da sah er plötzlich einen schwarzen Schatten unter der Bühne entlanghuschen.

»Da ist ja mein Hund!«, rief er und lief zur Rampe. Er steckte die Hundepfeife in den Mund und blies hinein. Doch nichts rührte sich. Er bückte sich und spähte unter die Bühne. Zwischen den labyrinthartig angeordneten Stahlstützen und Traversen, auf denen das Podium ruhte, sah er die Malinois entlanghuschen. Sofort kroch er unter die Bühne und blies dabei immer wieder in die Pfeife. Jetzt kam es ihm vor, als würden die Hunde innehalten und sich mit gespitzten Ohren zu ihm umdrehen. Er machte einen neuerlichen Versuch. Und tatsächlich: Die Hundepfeife funktionierte.

David probierte das Signal »Komm«. Ein wenig zögernd schlichen die Malinois auf David zu, der sich langsam wieder zurückbewegte und unter der Bühne hervorkroch. Als er sich auf dem freien Platz zwischen Bühne und Absperrung umdrehte, sah er sich plötzlich von Polizisten mit angelegten Waffen umringt.

38

Berlin

Internationales Streetfood-Festival

Leyla hörte nur ein leises Ploppen, als die Kugel aus dem Schalldämpfer knapp neben ihr in die Seitenwand eines Trucks einschlug. Sofort ließ sie sich auf den Boden fallen und zog ihre Waffe. Die rückwärtigen Türen des »Sky & Sand«-Trucks standen offen und im Inneren sah sie jetzt eine schemenhafte Gestalt, die sich an die Wand presste.

Blitzschnell rollte Leyla unter einen anderen Lastwagen und schoss. Die Kugel zerschmetterte das rückwärtige Fenster und Glassplitter prasselten auf den Betonboden. Aus dem Truck wurden jetzt mehrere Schüsse auf sie abgefeuert, die knapp über ihr das Blech des Lastwagens trafen, unter dem sie lag. Hastig robbte Leyla unter dem Wagen nach vorn, bis sie die Vorderräder erreicht hatte. Dort blieb sie liegen und überlegte die nächsten Schritte. Sie hatte keine direkte Verbindung zu Robyn und wusste daher auch nicht, wie viele Personen sich noch in dem Truck aufhielten. Natürlich hätte sie sich zurückziehen und auf Verstärkung warten können. Aber dann dachte sie an Aisha und die Gerüchte, die sie in Beirut gehört hatte. Aisha würde nicht zögern, den Truck und sich selbst in die Luft zu jagen, wenn es keinen anderen Ausweg gab. Deshalb musste sie jetzt handeln. Sie durfte Aisha keine Chance lassen.

Leyla drehte den Kopf zur Seite. Der Abstand zwischen den beiden Fahrzeugen war nicht mehr als zwei Meter. Sie könnte unbemerkt in die Fahrerkabine schlüpfen und Aisha von hinten überraschen. Das war ihr Plan. Sie musste es einfach riskieren.

Vorsichtig kroch Leyla an dem Vorderrad vorbei nach draußen. Sie hielt die Pistole im Anschlag, um bei der geringsten Bewegung sofort zu schießen. Jetzt war sie ganz hinter dem Rad hervorgekrochen und robbte vorsichtig über den Betonboden. Aishas Truck war zum Greifen nahe, sie brauchte sich nur darunter rollen zu lassen. Plötzlich sah sie ein kurzes Aufblitzen auf dem Dach. Ein Sonnenstrahl hatte den Lauf einer Pistole getroffen. Blitzschnell drehte sich Leyla auf den Rücken. Doch sie wurde von der Sonne geblendet, als sie nach oben schoss. Sie hatte keine Ahnung, ob sie getroffen hatte, aber dann sah sie die Silhouette eines Mannes am Rand des Daches stehen und sein Schatten legte sich über Leyla. Wieder schoss sie. Der Mann schwankte vor und zurück und stürzte dann lautlos vom Dach des Trucks auf den Betonboden. Leyla schob sich an der Seitenwand entlang und kickte mit ihrem Fuß die Pistole des Mannes zur Seite. Er lag mit dem Gesicht nach unten und rührte sich nicht mehr. Das Blut, das unter seinem Körper hervorquoll, leuchtete rubinrot zwischen den aufgesprungenen Betonplatten in der Sonne.

»Leg deine Waffe auf den Boden«, hörte sie plötzlich die Stimme einer Frau. Blitzschnell sprang Leyla mit der Waffe im Anschlag auf die Beine.

In der offenen Tür des »Sky & Sand«-Trucks stand Aisha. Sekundenlang standen sich die beiden Frauen mit schussbereiten Pistolen gegenüber. Schließlich sagte Aisha, ohne die Waffe zu senken:

»Im Sanatorium war ich mir nicht sicher. Aber dann ist es mir eingefallen. Leyla Khan, die berüchtigte Killerin, von der Farruk so geschwärmt hat. Arbeitest du jetzt für die westliche Welt. Die Materialisten? Haben sie dich gekauft?«

»Was ist mit dir passiert, Aisha? Warum hast du so viel Hass in deiner Stimme?«

»Meine Eltern und die Welt haben mich vergessen. Olivier Marais hat mich gerettet. Da wusste ich, dass sein Kampf gegen den Westen richtig ist.«

»Töten ist nie richtig«, erwiderte Leyla.

»Das sagst ausgerechnet du. Leg jetzt die Waffe auf den Boden, sonst sprenge ich den Truck in die Luft und eine Menge Menschen sterben.«

»Dann stirbst aber auch du!«

»Das ist mir doch völlig gleichgültig. Ich habe lange auf diesen Augenblick hingearbeitet. Wir wollen ein Zeichen setzen. Wir wollen eine andere Welt.«

Mit der Waffe im Anschlag stieg Aisha aus dem Truck. Erst jetzt sah sie den toten Mann, der mit dem Gesicht nach unten auf dem Boden lag.

»Du hast Tahid getötet«, zischte Aisha. Für einen kurzen Moment schlich sich so etwas wie Trauer in ihren Blick. »Tahid wollte mich töten und wurde dann zu meinem Vertrauten. Grotesk, findest du nicht? Ich wurde von Terroristen entführt und verliebte mich in meinen Retter. Das Leben ist eben immer voller Überraschungen. Weshalb knalle ich dich nicht einfach ab?«

»Weil du weißt, dass du dieses Spiel verloren hast«, sagte Leyla, ohne die Waffe zu senken.

»Wieso sollte ich verloren haben?« Ein höhnisches Lächeln entstellte Aishas feine Züge und für einen Moment wurde ihr Gesicht zu einer hässlichen Fratze. »Die Hunde haben längst ihr Ziel erreicht. Bald wird das Inferno über euch hereinbrechen.«

Aisha hielt Leyla ihre Hand mit der großen Armbanduhr entgegen. »In ein paar Minuten ist es so weit.«

»Du täuschst dich.« Leyla schüttelte mitleidig den Kopf. »Die Hunde sind längst außerhalb des Gefahrenbereichs gebracht worden«, sagte sie. »Du hast verloren. Dein Plan ist gescheitert.«

»Du glaubst also, David Stein kann mich besiegen?« Wieder verzerrte Aisha das Gesicht vor Hass. »Niemand wird gegen mich gewinnen.«

Sie ging langsam auf Leyla zu und hielt den Lauf ihrer Waffe direkt auf Leylas Gesicht gerichtet. Aus der Ferne waren die Sirenen der Einsatzfahrzeuge zu hören und das Geknatter eines Hubschraubers kam rasch näher.

»Bald wimmelt es hier vor Einsatzkräften«, sagte Leyla und ließ Aisha nicht aus den Augen.

»Ich habe dir schon einmal gesagt, dass ich keine Angst vor dem Tod habe.«

»Aber dein Plan ist gescheitert.«

»Wer sagt das?« Das Leuchten in Aishas hellen Augen wurde stärker, und Leyla spürte, dass sie sofort handeln musste.

»Mit diesem Handy aktiviere ich den Sprengstoff in den Rucksäcken der Hunde und alles fliegt in die Luft.« Ohne die Waffe zu senken, zog Aisha ein billiges Handy aus der Tasche ihrer Jeans und hielt es in die Höhe.

»Du weißt gar nicht, welche Freude es mir bereitet, David Stein jetzt zusammen mit Hunderten von Menschen zu töten.«

Aisha wollte gerade eine Taste auf dem Handy drücken, da sprang Leyla los, doch Aisha hatte mit diesem Angriff gerechnet und schlug ihr den Griff der Pistole an die Schläfe. Das Letzte, was Leyla noch hörte, ehe sie bewusstlos zusammensackte, war Aishas Stimme: »Alle werden sterben.«

39

Berlin

Internationales Streetfood-Festival

»Ich bin vom Bundesnachrichtendienst. Rufen Sie diese Nummer an«, sagte David und nannte einem der Polizisten des SEK-Kommandos, das ihn mit angelegten Gewehren in Schach hielt, eine Notfallnummer, unter der Robyn zu erreichen war. »Diese Hunde hier haben Sprengstoff dabei. Wenn Sie mich nicht durchlassen, fliegt die ganze Bühne in ein paar Minuten in die Luft.«

»Bleiben Sie ruhig! Wir müssen das zuerst überprüfen und anrufen«, befahl der Leiter der Einheit und wählte die Nummer. Er hörte einige Sekunden schweigend zu und gab dann seinen Leuten ein Zeichen, die Gewehre zu senken. Die Polizisten machten David Platz, sodass er ungehindert mit den sieben Hunden an der Absperrung entlanggehen konnte.

»Wo ist hier der nächste Ausgang?«, fragte David den Einsatzleiter.

»Gleich dort hinten«, antwortete dieser und deutete auf einen schmalen Durchlass neben der Tribüne. »Sollen wir Sie nach draußen begleiten?«

»Nein, das ist zu gefährlich. Die Hunde dürfen nicht abgelenkt werden, sondern müssen völlig auf mich konzentriert sein«, erwiderte David.

»Viel Glück«, rief ihm der Einsatzleiter hinterher, als David auf den Ausgang zuging.

»Glück kann ich jetzt brauchen. Dann machen wir uns auf den Weg«, murmelte David und blies erneut in die Pfeife. Langsam setzten sich die Hunde in Bewegung und David vermied jegliche hastige Geste. Aus der Ferne waren Schüsse zu hören und ein Hubschrauber näherte sich im Tiefflug. Draußen auf der abgesperrten Straße hielten schwarze Geländewagen mit schwer bewaffneten Polizisten und riegelten die Straße ab, sodass David zu einem freien Feld gehen konnte.

Dort blies er das Kommando »Steh« in die hölzerne Hundepfeife und die Malinois gehorchten. Ohne Hast ging er auf das Alphatier zu und prüfte den schwarzen Polyester-Rucksack, den dieser und auch die anderen Hunde auf den Rücken geschnallt hatten. Die Rucksäcke waren flach und sahen leer aus. David machte ein Foto davon und schickte es zu Robyn in die »Abteilung«.

»Wir sind außerhalb der Gefahrenzone«, sagte er zu Robyn, als sie sich meldete.

»Sie sind ein Genie, Stein«, ließ sich Robyn zu einer ungewohnt emotionalen Aussage hinreißen. »Der Sprengstoff ist in dem Polyester. Sie haben noch vier Minuten.«

»Kann es sein, dass die Hunde gar keinen Sprengstoff dabeihaben?«, fragte er Robyn. »Die Rucksäcke sind so flach.«

»Der Sprengstoff ist an der Innenseite des Polyesters aufgebracht. Es handelt sich sicher um ein neuartiges, dünnes Material«, erklärte Robyn. »Wir haben das schon bei einem vereitelten Terroranschlag in Frankreich entdeckt. Es muss irgendwo eine Digitalanzeige geben.«

»Ich sehe mir das an.«

Vorsichtig öffnete David die Polyesterklappe des Rucksacks und sah sofort die Digitalanzeige, die unaufhaltsam gegen Null raste.

»Zünder ist aktiviert«, meldete er im Telegrammstil. »Ich nehme jetzt die Rucksäcke von den Hunden. Dann nichts wie weg.«

»Das schaffen Sie nicht mehr, Stein. Sie haben nur noch drei Minuten«, warnte ihn Robyn.

»Aber ich kann die Hunde doch nicht im Stich lassen«, widersprach David.

»Sie sind völlig verrückt, Stein. Lassen Sie die Hunde und laufen Sie um Ihr Leben!«

»Ich weiß«, murmelte David und warf den blinkenden Rucksack des Alphahundes in die Wiese. Hastig riss er auch den anderen sechs Malinois die Rucksäcke herunter.

»Stein, rennen Sie. Es sind nur noch dreißig Sekunden!«

»Kommt!« David pfiff den Befehl auf der Hundepfeife und rannte los. So schnell er konnte, sprintete er mit den dunklen Malinois über die Wiese und zählte dabei die Sekunden. Nach dreißig Sekunden zerriss ein lauter Knall die Stille und er wurde durch die Druckwelle zu Boden gerissen. Eine Fontäne aus Erde, Steinen und Schutt stieg hoch in den Himmel auf und prasselte dann in einer Staubwolke wieder zurück auf den Boden.

Die Malinois begannen zu jaulen und drehten sich verstört im Kreis. In Davids Ohren klingelte es und er konnte nichts hören. Ein Hubschrauber landete gerade auf dem freien Feld und mehrere Männer mit Helmen und Schutzwesten stürmten heraus. Dort, wo David die Rucksäcke in die Wiese geworfen hatte, war ein tiefer, rauchender Krater.

Schwankend stand er auf und ging auf die Männer zu. Jemand klopfte ihm auf die Schulter und deutete auf einen

Rettungswagen, der eben über das Feld gebraust kam. Doch David winkte ab. Er musste zu Leyla.

Hastig wischte er sich das Blut aus dem Gesicht, denn er war von aufgewirbelten Steinen getroffen worden. Aber das war jetzt nicht wichtig.

Leicht benommen ging er zurück auf das Festivalgelände und durch die engen Straßen, in denen sich die ahnungslosen Besucher drängten. Zum Glück hatte fast niemand etwas von der Explosion mitbekommen oder geglaubt, es wäre ein Eröffnungsfeuerwerk.

Er durchschritt eine leere Gasse hinter geparkten Lieferwagen und hatte fast den »Sky & Sand«-Foodtruck erreicht, als ihm eine Frau entgegenkam und ihm zuwinkte.

»David, wie schön, dich zu sehen«, sagte Isabelle und lächelte.

Überrascht blieb David stehen.

»Isabelle, was machst du denn hier?«, fragte er.

»Ich bin zu einer Flüchtlingskonferenz nach Berlin eingeladen.«

David wollte etwas darauf erwidern, doch in diesem Moment meldete sich Robyn über seinen Kopfhörer.

»Stein, ich habe übrigens vor diesem Einsatz das Cloud-Tagebuch von Pieter Ahrens entschlüsselt. Da stehen interessante Neuigkeiten drin. Ich wollte Sie nur darüber informieren.«

»Ich melde mich gleich wieder«, unterbrach er Robyn und klinkte sich aus. Einige Sekunden später summte sein Handy und auf dem Display sah er einen verschlüsselten Link zu dem Cloud-Tagebuch seines Freundes.

»Etwas Wichtiges?«, fragte Isabelle und deutete auf Davids Handy.

»Nein. Das ist schon ein merkwürdiger Zufall, dass wir uns ausgerechnet hier treffen«, meinte David und blickte Isabelle fragend an.

»Das ist kein Zufall«, sagte Isabelle und trat ganz nahe an David heran. Aus dem Augenwinkel sah er gerade noch das Messer in ihrer Hand aufblitzen. Doch da war es bereits zu spät. Er spürte, wie der kalte Stahl durch seine dünne Jacke in seine Haut drang, und ging in die Knie.

»Ich werde dir jetzt mein Geheimnis verraten, David Stein«, flüsterte Isabelle. »Aber du wirst es nicht mehr weitersagen können, denn du stirbst gleich.«

40

Berlin

Internationales Streetfood-Festival

Trotz der sommerlichen Temperaturen trug Aisha als Verkleidung ein Cap und einen dünnen schwarzen Mantel und hatte die Hände tief in den Taschen vergraben. Eine verspiegelte Sonnenbrille schützte ihre Augen vor dem grellen Sonnenlicht. Ungeduldig zwängte sie sich zwischen den Besuchern hindurch, um schnell zu einem der Ausgänge zu gelangen.

Beim Haupteinlass stauten sich die Menschen und Aisha sah, dass die Polizei Kontrollen durchführte. Kurz entschlossen drehte sie wieder um und ging an den Absperrungen entlang, um einen der weniger bewachten Nebeneingänge zu nehmen. In einem leeren Seitenweg kam ihr ein Mann entgegen, den sie kannte. Sie schob die Brille hoch, um ihn besser sehen zu können. Im selben Moment wurden die grellen Sonnenstrahlen von einem silbernen Truck reflektiert und trafen Aisha direkt in die Augen. Schlagartig wurde sie wieder in die Zeit zurückversetzt, als sie eine andere war.

Tahid fuhr sie mit seinem Lieferwagen zurück nach Algier. Sie hatte noch immer den Geruch der letzten Nacht mit Olivier auf ihrer Haut und vermisste seine zärtlichen Hände schon jetzt. Der Lärm, die Abgase und die vielen Menschen machten ihr Angst. Sie war jetzt zwanzig Jahre alt und fühlte sich fremd in der hektischen Großstadt, sehnte sich zurück nach dem einfachen Leben in dem Berberdorf, in dem sie fünf Jahre lang gelebt hatte. Vor dem französischen Lyzeum bremste Tahid den Lieferwagen ab und drehte sich zu ihr.

»Genau an dieser Stelle haben wir dich vor fünf Jahren entführt, um dir deine wahre Bestimmung zu zeigen.«

»Ich weiß. Ich bin euch so dankbar dafür, dass ihr mir die Augen geöffnet habt«, antwortete sie und zog das weiße Tuch eng über ihr Gesicht.

»Du musst jetzt wieder westliche Kleidung tragen«, ermahnte sie Tahid. »Und auch ein westliches Leben führen, so, als wärest du nie weg gewesen.«

»Wann sehe ich meinen Geliebten wieder?«, fragte sie und sah dessen Gesicht mit den sandfarbenen Haaren vor sich. Sie spürte seine Hände, die sie aus der Schlangengrube gerettet, und seine Lippen, die sie in das Reich der Sinne entführt hatten.

»Olivier meldet sich bald bei dir«, sagte Tahid. »Er hat mir aufgetragen, dir deinen Kampfnamen zu nennen.«

»Meinen Kampfnamen?«, fragte sie.

»Ab jetzt bist du Aisha –die ›Lebendige‹. Aisha hieß auch die jüngste Frau Mohammeds. Es ist also eine Ehre, dass man dich so nennt. Mit diesem Namen wirst du die Ungläubigen dort bekämpfen, wo es sie am meisten trifft. In ihren eigenen Gebieten.«

»Aisha – ab jetzt bin ich eine Kämpferin«, sagte sie mit einem stolzen Unterton in der Stimme.

Sie kletterte nach hinten, legte ihren weißen Umhang ab und schlüpfte in Jeans und T-Shirt. Tahid warf noch einige zerknüllte algerische Dinarscheine auf den Boden, die sie aufhob und in ihre Jeans stopfte. Dann öffnete sie die seitliche Tür und stieg nach draußen, ohne sich noch einmal nach Tahid umzudrehen.

Grelles Licht, brutale Hitze und dieselgeschwängerte Luft hüllten sie ein, als sie barfuß über den breiten Boulevard Louis Pasteur ging. Bei einem Straßenhändler kaufte sie Wasser und eine billige Sonnenbrille zum Schutz ihrer empfindlichen Augen. Sie schleppte sich in der glühenden Hitze bis ins Botschaftsviertel. Die Villa ihrer Eltern wirkte kleiner, als sie das Haus in Erinnerung hatte. Die Fassade war ein wenig abgeblättert und die riesige Satellitenschüssel auf der Garage war neu.

Mehrere Minuten lang stand sie unschlüssig vor dem stabilen Metalltor, dann ging sie über die Straße und setzte sich auf der anderen Seite auf den Rand des Bürgersteigs. Sie wusste nicht, wie lange sie dort gesessen hatte, aber nach einiger Zeit schob sich das Tor quietschend auf und ein weißer Mercedes erschien in der Einfahrt.

Langsam erhob sie sich und ging mit gesenktem Kopf mitten auf die Straße. Der Mercedes bremste ab und die Fahrerin hupte laut. Wie in Trance ging sie auf den Wagen zu, sah das überraschte Gesicht der Frau am Lenkrad. Die Sonne brannte ihr ins Genick und ihr Schatten legte sich riesig über den Kühler des Mercedes. Plötzlich wurde die Wagentür aufgerissen und die Fahrerin stürzte auf die Straße.

»Isabelle?«, rief die Frau und rannte laut schluchzend auf sie zu. »Isabelle, bist du es wirklich?«

»Ja, Mama, ich bin es, Isabelle«, antwortete sie, doch die Frau, die sie jetzt mit Küssen überschüttete, war eine Fremde für sie. In den fünf Jahren ihrer Gefangenschaft war sie zu Aisha, der Kämpferin, geworden.

Der Mann kam näher und Aisha erkannte ihn jetzt. Es war David Stein.

»Isabelle, was machst du hier?«, fragte er sie.

»David, wie schön, dich zu sehen«, sagte Aisha und zog das Messer aus ihrer Tasche.

41

Berlin

Internationales Streetfood-Festival

»Du bist also Aisha, die Terroristin«, keuchte David und versuchte, das Blut zu stoppen, das aus seinem Bauch drang. Plötzlich fiel es ihm wie Schuppen von den Augen. Isabelle und Aisha waren ein und dieselbe Person. Sie waren gleich alt, beide redeten mit französischem Akzent und hatten einen franko-algerischen Background. Pieter war zunächst nichts aufgefallen, denn Isabelle war für ihre Hilfsorganisation oft wochenlang weg. In Wirklichkeit aber verwandelte sie sich in Aisha und lebte mit Olivier in Genf und in der Wüste. Als er dann aber einen Verdacht hatte, musste er wahrscheinlich deshalb sterben.

»In der Gefangenschaft … hast du dich mit Terroristen verbündet. Klassisches Stockholm-Syndrom. Ein positives emotionales Verhältnis … zu deinen Entführern aufgebaut. Isabelle wurde zu … Aisha.«

»Stockholm-Syndrom, dass ich nicht lache. Bei mir ist es etwas anderes. Ich lebe in zwei Welten … als Isabelle und als Aisha. Es ist Liebe und Hass. Alle haben mich vergessen, nur Olivier nicht. Er hat mich glücklich gemacht und mich geliebt. Meine fremde Geliebte, so hat er mich genannt, wenn ich von dem öden Leben mit Pieter wieder in seine Arme geflohen bin. Aus der Gefangenschaft einer Botschaftsvilla bin ich in die Freiheit der Wüste gelangt.«

»Es war keine Liebe zu Marais. Nur ein extremes psychologisches Phänomen«, widersprach ihr David abgehackt, denn das Reden fiel ihm immer schwerer.

»Doch, ich habe Olivier geliebt. Pieter habe ich nur benutzt«, verteidigte sich Aisha wütend.

»Du hast Pieter also nie geliebt.« David verzog sein Gesicht vor Schmerzen und dachte an seinen Freund, der in einer trügerischen Scheinwelt gelebt hatte.

»Willst du nicht wissen, warum dein Freund Pieter sterben musste?«, fragte ihn Aisha.

»Sage es mir«, flüsterte David.

»Dein Freund war Agent des BND. Vor über einem Jahr stellte er nach einem Terroranschlag in Madrid einen Bezug zu Algerien her. Da mussten wir handeln und Olivier setzte mich auf Pieter an. Damals war Pieter noch mit Helen Stratford liiert. Das traf sich gut, denn so erfuhren wir auch etwas über die Aktivitäten des BND. Wenn Pieter schlief, checkte ich sein zweites Handy, das er zwar vor mir verstecken wollte, wofür er aber nicht schlau genug war. Es war übrigens leicht, Pieter zu entflammen. Ich bin jung und habe durch meine Eltern Geld und Beziehungen. Isabelle Camus lautet mein früherer Name, es gibt einen Nobelpreisträger unter meinen Vorfahren. Pieter hat sich diese Gelegenheit nicht entgehen lassen. Seine Karriere stagnierte, da wurde ich sein Sprungbrett für ein höheres Amt.«

Isabelle machte eine Pause und tippte David mit ihrem Schuh an. »Bist du schon tot?«

»Diesen Gefallen tu ich dir nicht so schnell«, murmelte David leise und drückte weiter beide Hände auf seinen Bauch. Aber er wusste, dass er nicht mehr lange zu leben hatte. Während das Blut aus seinem Unterleib sickerte, redete Isabelle einfach weiter.

»Vor wenigen Wochen begann Pieter damit, sein Tagebuch zu führen. Das gab mir zu denken. Hatte er mich enttarnt und sammelte Beweise gegen mich? Er war zu einem Unsicherheitsfaktor geworden. Deshalb heckte ich gemeinsam mit Olivier einen Plan aus: Ich würde mit Pieter in Urlaub fahren und dabei versuchen, an das Cloud-Tagebuch zu gelangen. Aber es war verschlüsselt. Auch auf meine Fragen antwortete Pieter nur ausweichend. Das verstärkte meinen Verdacht. Olivier hatte dann die Idee, Pieter auf der Fähre von Tahid über Bord werfen und es als Unfall aussehen zu lassen. Aber dann entdeckte der BND das Cloud-Tagebuch und ließ es decodieren. Deshalb musste ich auch Helen Stratford in meine Gewalt bringen. Sie ist eine harte Frau, da muss ich ihr ein Kompliment machen. Selbst unter Folter verriet sie nichts über den Inhalt des Tagebuchs.«

»Du hast sie umsonst gefoltert, denn sie kannte den Inhalt noch gar nicht«, sagte David erstickt. Er hustete und spuckte dabei Blut. »Das Tagebuch wurde erst heute entschlüsselt. Aber jetzt hast du keine Chance mehr.«

»Das mag schon sein. Aber im Gegensatz zu dir lebe ich noch lange weiter«, sagte Isabelle und bückte sich zu David hinunter. Sie zog das Messer wieder aus der Tasche ihres leichten Mantels und stach erneut zu. Sie stach so lange auf David ein, bis er regungslos in seinem Blut lag.

42

Berlin

Internationales Streetfood-Festival

»Aisha!« Sie hörte ihren Namen und die Erinnerung daran rieselte durch ihr Gedächtnis wie Wüstenstaub durch die Finger. Wer war sie jetzt wirklich? Aisha oder Isabelle? Ein Entführungsopfer oder eine Terroristin? Musste sie das wissen? War nicht alles gleichgültig geworden, als Olivier getötet wurde?

Der Ausgang aus dem Gelände war in greifbarer Nähe, sie brauchte nur loszulaufen und würde in der Menschenmenge verschwinden. Aber etwas hielt sie zurück. Es war die Stimme dieser Frau hinter ihr.

»Aisha! Nimm deine Hände hoch und sieh mich an!«, kommandierte die Stimme. Langsam drehte sich Aisha um und sah Leyla Khan mit gezogener Waffe vor sich stehen.

»Nimm die Hände aus den Taschen und strecke sie in die Höhe«, befahl ihr Leyla.

»Das wird nicht gehen«, antwortete Aisha und umklammerte das Messer in ihrer Manteltasche. »Du musst mich schon töten, um mich zu besiegen.«

»Diesen Gefallen tue ich dir nicht«, sagte Leyla. »Du wirst den Rest deines Lebens in einem Gefängnis verrotten.«

»Und du wirst nur noch von den Erinnerungen an David, deinen Geliebten, zehren«, entgegnete Aisha. »Genau wie ich.«

»Wie meinst du das?«, fragte Leyla argwöhnisch, denn sie verstand nicht, was Aisha damit bezweckte.

»Olivier lebt in meiner Erinnerung weiter. Denn er ist tot«, sagte Aisha ruhig.

»Ja, und? Das weiß ich doch«, zischte Leyla. »Warum erwähnst du das?«

»Weil auch David tot ist«, sagte Aisha und lächelte zufrieden.

»Du lügst!«, rief Leyla und hob ihre Waffe. »David ist in Sicherheit. Sag, dass es eine Lüge ist, sonst erschieße ich dich!«

»Es ist leider die Wahrheit.« Aisha lachte schrill auf und zog das blutverschmierte Messer aus ihrer Manteltasche. »Damit habe ich ihn erstochen. Es war so einfach, denn er hielt mich für Isabelle, die trauernde Witwe seines Freundes. Ich brauchte nur zuzustechen. Und ich tat es mit Genuss.«

Aisha streckte das Messer in den Himmel, der durchsichtig und lichtblau wirkte und sie an das endlose Blau über der Wüste erinnerte.

»Ich habe ihn getötet.« Sonnenstrahlen trafen die Klinge und schossen wie Blitze über die Trucks. Sie trafen Leyla mitten ins Herz, das konnte sie in ihrem Gesicht lesen.

»Ich glaube dir kein Wort. Du lügst«, schrie Leyla.

»Hier, sieh doch, da ist noch sein Blut auf der Klinge.« Aisha drehte das Messer so, dass Leyla die blutverschmierte Schneide deutlich sehen konnte.

»Sag, dass es nicht stimmt!« Leylas Stimme zitterte und Aisha sah, dass die Mündung der Waffe leicht schwankte. Es war ein Drama, wenn plötzlich der Geliebte starb. Sie hob den Kopf, um direkt in die Sonne zu sehen.

»Hast du David geliebt?«, fragte Aisha und betrachtete das Messer in ihrer Hand. Der Griff war aus Holz, ein Schmied in Ghardaia hatte das Messer für sie hergestellt. Die Klinge war aus feinstem Damaszenerstahl und so scharf, dass man eine Feder zerteilen konnte. Aisha musste an Darko denken, der in seinem Käfig auf sie wartete. In dem Haus in Ghardaia mit seinen Arkaden, dort war sie glücklich gewesen. Olivier hatte sie geliebt, denn er hatte sie auf den rechten Weg geführt. Jetzt war er tot und sie trieb orientierungslos von Düne zu Düne. Sie war immer die Stärkere von ihnen gewesen, die kaltblütige Kriegerin, die ein Attentat ohne Skrupel durchführen konnte. Doch allein fehlten ihr dazu der Wille und die Kraft.

»Wo ist David?«, rief Leyla. »Du bringst mich jetzt sofort zu ihm, sonst töte ich dich auf der Stelle.«

»Das übernehme ich selbst«, rief Aisha und fuhr sich blitzschnell mit der Messerklinge quer über den Hals. Gierig fraß sich die Klinge durch die Haut und zerteilte die Schlagader. Das Blut spritzte ungehindert als leuchtend rote Fontäne auf den Boden.

Leyla stürzte auf sie zu und drückte ihre Hand auf die Wunde.

»Wo ist David?«, flüsterte sie. »Ich flehe dich an, sag mir, wo er ist.«

Doch Aisha antwortete nicht mehr, sondern ritt bereits auf ihrem Pferd über endlose Dünenkämme und blickte in den Himmel über der Wüste, in den sie Darko, ihren Falken, steigen ließ, bis er nur noch ein schwarzer Punkt in der Unendlichkeit war.

43

Berlin

Lagerhalle in Neukölln

»Glaubst du, dass wir für immer zusammen sein werden?«, fragte sie Pieter Ahrens, als sie in einer verschwiegenen Bar in Berlin bei einer Flasche Wein saßen.

Pieter nickte und öffnete den Mund. Helen Stratford wunderte sich, dass sie nicht verstand, was er zu ihr sagte. Sie wollte seine Hand drücken, konnte ihn aber nicht erreichen. Plötzlich verschwammen seine Konturen und er löste sich vor ihren Augen auf. In diesem Moment erwachte sie aus ihrer Ohnmacht.

»Pieter?«, rief sie, doch nur ein dumpfes Krächzen drang aus ihrer Kehle. Helen riss die Augen auf. Alles rings um sie war schwarz. Sie hatte einen Sack über dem Kopf und versuchte zu begreifen, was passiert war. Stück für Stück fügte sie die Fragmente in ihrem Kopf zusammen: Isabelle hatte sie niedergeschlagen. Erst in einer Lagerhalle war sie aufgewacht. Dann hatte sie begriffen, dass Isabelle auch Aisha war, als sie die Gespräche der Terroristen mithörte.

Pieter hatte einen Verdacht gegen seine Frau gehabt. Er hatte wahrscheinlich alles in seinem Cloud-Tagebuch notiert. Isabelle wollte wissen, was in dem Tagebuch stand. Deshalb hatte sie Helen entführt. Aber zu früh, denn Helens Mitarbeiter hatten die Cloud noch nicht entschlüsselt. Doch Isabelle glaubte ihr nicht, sondern wollte sie mit Gewalt zwingen, die Wahrheit zu sagen.

Isabelle hatte sie gefesselt auf den Boden gelegt und ihr ein nasses Handtuch über das Gesicht gelegt. Dann hatte sie langsam einen Kübel Wasser über das Handtuch gegossen. Helen glaubte zu ertrinken und ihr Herzschlag setzte kurzzeitig aus. Mit einem Elektroschock wurde sie wieder ins Leben zurückgeholt und die Folter begann von Neuem. Doch Helen hatte eisern geschwiegen. Es war ein letzter Triumph über diese verhasste Frau gewesen.

Jetzt saß sie gefesselt auf dem Stuhl und hörte, wie das Blut aus ihren Handgelenken langsam auf den Boden tropfte. Wie viel Blut sie wohl hatte? Sicher vier Liter.

Als sie wieder in eine Ohnmacht hinüberdämmerte, wurde die Tür der Lagerhalle aufgerissen. Sie hörte laute Stimmen, dann fielen Schüsse.

»Vorsicht! Ihr dürft Helen Stratford in der Mitte der Halle nicht treffen«, hörte sie die Stimme von Müller. »Wie viele Männer sind noch hier?«

»Es ist nur ein Schütze. Er hat sich hinter den Fässern verschanzt«, rief ein Mann.

»Ihr müsst den Kerl erledigen«, schrie Müller. »Ich kümmere mich um Helen.«

Schnelle Schritte kamen näher und Schüsse peitschten durch die Halle. Plötzlich wurde sie von einem heftigen Schlag getroffen, der so intensiv war, dass sie mitsamt dem Stuhl nach hinten kippte und mit dem Kopf schwer auf dem Beton aufschlug.

»Helen Stratford ist von einer Kugel getroffen!« Müller war jetzt direkt neben ihr und zog ihr den Sack vom Kopf.

»Durchhalten!«, rief er und klopfte ihr auf die Wange. Mit aller Gewalt riss sie die Augen auf und sah verschwommen in das Gesicht von Müller.

»Wie haben Sie mich gefunden, Müller?«, stöhnte Helen.

»Wir haben die Koordinaten der Halle auf dem Handy eines getöteten Terroristen gefunden.«

»Jetzt werden Sie als mein Vorgänger auch wieder mein Nachfolger.«

»Was reden Sie da, alles wird gut. Sie sind gerettet«, beteuerte Müller optimistisch und schnitt die Kabelbinder durch, mit denen sie an den Stuhl gefesselt war.

Mit einem Mal hörte das Schießen auf. Stille senkte sich über die Halle.

»Der Schütze ist eliminiert«, sagte ein Mann zu Müller.

»Beeilt euch! Wir brauchen sofort einen Krankenwagen«, rief Müller hektisch. Er riss einen großen Streifen Stoff aus seinem T-Shirt und band ihn um Helens Handgelenke. »Sie hat eine Schussverletzung und man hat ihr die Pulsadern aufgeschnitten!«

»Habt ihr die Terroristen gefasst?«, flüsterte Helen und zog Müllers Kopf zu sich herunter. »Ist Isabelle gefasst?«

»Die Terroristen sind alle tot. Auch Isabelle oder Aisha, wie immer sich diese Frau nennt«, berichtete Müller. »Wir konnten die Explosion mit den Hunden verhindern. Das haben wir Stein zu verdanken.«

»Was ist mit dem Cloud-Tagebuch? Seid ihr damit schon einen Schritt weitergekommen?«

»Robyn hat es entschlüsselt.« Müller machte eine Pause. »Es ist sehr aufschlussreich für unsere Arbeit. Es gibt auch eine Passage über Sie. Eine sehr persönliche.«

»Über mich? Sagen Sie schon.«

»Ich weiß nicht so recht«, druckste Müller herum.

»Vielleicht überlebe ich den heutigen Tag nicht, Müller. Da will ich wissen, was dort steht.«

»Es gab nur eine Frau, die Pieter Ahrens geliebt hat.«

»Ich weiß … Isabelle«, flüsterte Helen traurig. »Das hätten Sie mir allerdings nicht sagen müssen.«

»Nein! Sie täuschen sich. Aber lesen Sie selbst.« Müller hielt ihr sein Handy entgegen. Noch einmal mobilisierte Helen ihre letzten Kräfte und richtete sich ein wenig auf. Sie wollte nicht sterben, ohne zu wissen, wen Pieter damit gemeint hatte. War sie tatsächlich seine große Liebe gewesen? Sie nahm ihren ganzen Willen zusammen, um die Zeilen zu lesen.

»Es hat immer nur eine Frau in meinem Leben gegeben und ich hoffe, sie verzeiht es mir irgendwann, dass ich sie enttäuscht habe. Helen, wenn du diese Zeilen liest, dann sollst du wissen, dass ich immer nur dich geliebt habe.«

»Jetzt kann ich beruhigt sterben«, seufzte Helen und sank zurück. Sie spürte, dass sie bald mit Pieter in einer anderen Welt vereint sein würde, und ihre Augen füllten sich mit Tränen.

»Reden Sie keinen Unsinn«, sagte Müller. »Was ist mit dem Krankenwagen?«, rief er einem seiner Männer zu.

»Muss jeden Moment eintreffen«, war die knappe Antwort.

»Alles wird gut, Helen.« Müller zog seine Jacke aus und bettete Helens Kopf darauf. »Sie kommen durch.«

Plötzlich bäumte sich Helen noch einmal kurz auf und ein dünner Faden Blut rann aus ihrem Mundwinkel. Dann sackte sie zusammen.

»Machen Sie keinen Scheiß«, flüsterte Müller und fühlte ihren Puls.

Aber Helen war tot. Als Müller langsam aufstand und in ihr Gesicht blickte, hatte er den Eindruck, als würde sie lächeln.

44

Berlin

Charité, Notaufnahme

Leyla lief neben der Trage und drückte die leblose Hand von David. Auf der anderen Seite rannte ein Sanitäter, der eine Blutkonserve in die Höhe hielt.

»Wird er durchkommen?«, fragte Leyla, als sie die Tür zur Notaufnahme aufstießen und einen hell erleuchteten Gang entlangliefen.

»Er hat ziemlich viel Blut verloren«, sagte die pakistanische Ärztin neben ihr. »Ein Glück, dass jemand sofort den Notarzt alarmiert hat. Wer sind Sie überhaupt?«

»Ich heiße Leyla Khan.«

»Khan? Sind Sie aus Pakistan?«

»Ja, ich wurde dort geboren.«

»Der Puls wird schwächer«, unterbrach ein Sanitäter und blickte auf sein Messgerät.

»Bitte! Er muss es schaffen. Ich habe sonst niemanden mehr.« Leyla spürte, dass ihr die Tränen in die Augen stiegen.

»Wir tun unser Bestes.« Die Ärztin legte die Hand auf Leylas Schulter. »Sie müssen hier draußen bleiben. In den OP können Sie nicht hinein«, sagte die Ärztin bestimmt.

»Der Blutdruck fällt«, rief plötzlich der Sanitäter hektisch. »Wir verlieren ihn!«

»Was ist?«, kreischte Leyla und stürzte auf die Trage zu. »David, du darfst nicht sterben. So tun Sie doch etwas!«

»Gehen Sie zurück. Sie können hier nichts machen.« Die Ärztin stieß Leyla zur Seite.

Sie drehte sich zu Leyla und redete plötzlich auf Panjabi mit ihr.

»Bete zu Gott, das ist das Einzige, was ich dir jetzt noch raten kann.«

»Wir kommen beide aus Pakistan. Du musst alles für meinen Geliebten tun«, antwortete Leyla ebenfalls auf Panjabi, einer der pakistanischen Landessprachen. Dann verschwand die Trage mit David und die Türen des Operationssaales schlossen sich mit einem leisen Zischen.

Ohne einen klaren Gedanken fassen zu können, setzte sich Leyla auf eine Bank und zog die Beine an. Sie legte die Stirn auf ihre Knie und legte die Arme schützend über ihren Kopf. Ihr Körper wurde von einem Weinkrampf geschüttelt und sie hatte das Gefühl, als würde alles Leben aus ihr weichen. Plötzlich spürte sie eine Hand auf ihrem Rücken.

»Laut Statistik überleben drei von zehn Personen ein Messerattentat. Also hat David ganz gute Chancen.«

Überrascht blickte Leyla hoch und sah Robyn, die neben ihr stand und unsicher lächelte.

»Die Klinge war nicht sehr lang. Also sind die Stiche nicht tief. Mit etwas Glück wurden keine lebenswichtigen Organe verletzt. Ich habe hier alles notiert«, sagte Robyn und hielt Leyla ihr Tablet entgegen.

»Danke, dass Sie gekommen sind«, schluchzte Leyla und umarmte Robyn, die steif wurde und einen Schritt zurücktrat. »Ohne Ihre Hilfe wäre David jetzt tot.«

»Es war der Sender, den er noch immer bei sich hatte. So konnte ich das Signal empfangen, das sich nicht mehr bewegte. Das machte mich stutzig und ich ließ die Drohne über dem Punkt kreisen. Da lag Stein – und ich dirigierte den Notarzt zu ihm.«

»Sie haben ihm das Leben gerettet.« Leyla ließ sich schwer auf die Wartebank fallen.

»Ich habe nur die Technik richtig bedient«, sagte Robin verlegen und setzte sich neben Leyla auf die Bank. Wie immer zog sie die Beine an und öffnete die Schuhbänder ihrer verschiedenfarbigen Sneaker.

»Vielleicht bekommen wir noch eine zweite Chance«, flüsterte Leyla. »Ab jetzt werde ich alles anders machen. Ich werde mit David jeden Tag genießen, denn er wird leben. Ich weiß das, er ist genauso ein Kämpfer wie ich.« Unwillkürlich ballte sie die Fäuste und schlug mit den Knöcheln gegeneinander. »Wir schaffen das!«

Die Tür zum Operationssaal schwang plötzlich auf und die pakistanische Ärztin kam heraus. Übertrieben langsam schob sie sich den Mundschutz vom Gesicht.

»Es tut mir leid ...«, sagte sie und wollte noch etwas hinzufügen, doch in diesem Moment sprang Leyla auf. Ihre Zukunft zerplatzte wie eine schillernde Seifenblase und ihre Wünsche, Träume und Sehnsüchte fielen leblos zu Boden.

»Nein! Nein!« Immer wieder schüttelte sie den Kopf und wollte mit diesem »Nein« alles ungeschehen machen. »David ist nicht tot.«

»Beruhigen Sie sich.« Die Ärztin nahm Leyla in den Arm. »Ich wollte nur sagen, dass sein Zustand nach wie vor kritisch ist und wir ihn leider in ein künstliches Koma versetzen mussten.«

»Kann ich zu ihm?«, fragte Leyla und wischte sich mit dem Handrücken die Tränen von den Wangen.

»Ja, aber nur ganz kurz«, antwortete die Ärztin.

»Gehen Sie ruhig. Ich warte in der Zwischenzeit hier«, sagte Robyn und setzte sich wieder auf die Bank.

Das Zimmer war weiß und bis auf das Hightech-Bett und die unzähligen Monitore und Messgeräte leer. Das gleichförmige Piepsen der Maschinen, an die David angeschlossen war, durchbrach die Stille und erzeugte einen meditativen Klangteppich. Davids Gesicht war bleich, nur die Narbe, die seine rechte Augenbraue zerteilte, leuchtete rot auf. Leyla setzte sich auf den Bettrand und strich ihm sanft über die Narbe.

»Ich lasse dich nie wieder alleine«, flüsterte sie und legte ihre Wange auf seine Brust. »Ich kann deinen Herzschlag hören. Du schaffst das. Robyn sagt, drei von zehn überleben. Du gehörst zu diesen drei Überlebenden.«

Langsam richtete sie sich wieder auf und nahm Davids Hand. »Hast du das verstanden: Du überlebst. Tu es bitte für mich.«

Hinter ihr ging die Tür auf und die Ärztin trat ein.

»Sie müssen jetzt wieder gehen.«

»Geben Sie mir noch eine Minute«, bat Leyla.

»Aber nicht mehr.«

Leyla drückte Davids Hand und räusperte sich.

»Ohne dich kann ich nicht mehr sein.«

45

Nepal

Kloster an der Grenze zu Tibet

Drei Monate später

Die schneebedeckten Gipfel des Himalaya glitzerten in der Sonne und vom Hubschrauber aus war das Panorama atemberaubend.

»Es ist so unglaublich schön hier! Wie in dem geheimnisvollen Land Shangri-La, von dem mir Auntie als Kind erzählt hat.« Leyla war mit David gerade aus der Hauptstadt von Mustang, einem winzigen, ehemals nepalesischen Königreich, gestartet. Sie flogen an die nepalesisch-chinesische Grenze.

»Auf der anderen Seite der Berge ist tatsächlich Shangri-La«, gab David zurück und drehte sich zu Leyla nach hinten. »Zumindest erzählen sich das die Menschen in den Bergen. Sie glauben an diesen fiktiven paradiesischen Ort in Tibet, wo es weder Hass noch Krieg gibt und die Menschen ohne Hast ein erfülltes Leben führen.«

»Shangri-La ist doch nur eine Fantasie«, warf der Pilot ein, der über Kopfhörer mitgehört hatte.

»Aber man kann versuchen, ein Stück davon zu verwirklichen«, sagte David, der neben dem Piloten saß, und griff nach seinem Handy. Später würde es schwierig werden, eine Telefonverbindung herzustellen, deshalb telefonierte er jetzt mit Robyn. David hatte zwar von Leyla erfahren, dass Helen tot war, aber er war zu verletzt gewesen, um alles richtig zu begreifen. Nach seiner Entlassung aus der Klinik waren Leyla und er sofort nach Mumbai geflogen und hatten einige Tage am Strand von Goa verbracht. Anschließend waren sie nach Kathmandu weitergereist. Während dieser entspannten Zeit waren die Ereignisse in weite Ferne gerückt, und David hatte nicht die geringste Lust verspürt, mit der »Abteilung« zu telefonieren. Aber jetzt war er dafür bereit und wollte die näheren Umstände erfahren.

»Das war ein verdammtes Pech, dass Helen von dem Bewacher doch noch getötet wurde«, meinte er traurig.

»Aber Müller hatte noch die Gelegenheit, ihr von dem Inhalt des Tagebuchs zu berichten«, antwortete Robyn und erzählte, was Pieter Ahrens in dem Cloud-Tagebuch über Helen geschrieben hatte. »Ich glaube, dass sie als glücklicher Mensch gestorben ist.«

»Trotzdem, es war ein sinnloser Tod«, befand David. »Genauso wie der von Pieter.«

»Pieter Ahrens und Helen Stratford haben mit ihrem Tod vielleicht viele Menschenleben gerettet«, sagte Robyn. »In dem Cloud-Tagebuch hat Ahrens eine Fülle von Informationen zusammengetragen. Damit war es uns möglich, in Zusammenarbeit mit anderen Geheimdiensten versteckte Terrorzellen in ganz Europa auszuheben und unschädlich zu machen.«

»Gratuliere. Ein Erfolg auf der ganzen Linie«, meinte David. »Ich möchte auch Ihnen danken für alles, was Sie für Leyla und mich getan haben.« Der Lautsprecher fing an zu rauschen und die Verbindung wurde immer schlechter. »Nur noch eine Bitte, Robyn.«

»Stein, was kann ich für Sie tun?«

»Sie müssen mir etwas ganz fest versprechen. Rufen Sie mich nie wieder an.«

»Das wird mir nicht leichtfallen. Aber ein Versprechen muss man einhalten.« Er hörte Robyns Stimme verwischt über seinen Kopfhörer, bis ihre Stimme gänzlich in der glasklaren Luft des Himalaya verschwunden war.

Eine gute Stunde später hatten sie ihr Ziel erreicht. Der Hubschrauber kreiste einige Minuten über dem weitläufigen buddhistischen Kloster, das teilweise zerstört war. Endlich fand er einen Landeplatz und David und Leyla stiegen mit ihren Rucksäcken aus. Mit dem schweren Rucksack über der Schulter spürte David noch immer Schmerzen von den Stichwunden, die ihm Isabelle zugefügt hatte. Drei Wochen lang hatte er in einem künstlichen Koma gelegen, doch dann hatten seine Widerstandskräfte gesiegt und er hatte sich rasch erholt. Leyla hatte jeden Tag an seinem Bett gesessen und nachts neben ihm auf einer Matratze auf dem Boden geschlafen. »Ich lasse dich nie mehr alleine«, hatte sie ihm versichert. Als David wieder gesund war, erinnerte er sich an das Versprechen, das er seinem Freund Trunkpa gegeben hatte.

»Ich habe beim Wiederaufbau eines Klosters geholfen und meinem Freund Trunkpa versprochen, dass ich wiederkomme«, sagte David zu Leyla, als sie den gewundenen Pfad zu dem Kloster nach oben stiegen.

Vor dem großen Tor stand eine dünne Gestalt in einem blutroten Umhang, der im Wind flatterte. Neben ihm saß ein riesiger schwarzer Hund mit gesträubtem Fell.

»Das ist Trunkpa, und sein Do Khyi heißt Lhasa«, stellte David Leyla die beiden vor und ging auf Trunkpa zu. Still umarmten sich die beiden Freunde, bis Trunkpa sich zu Leyla drehte.

»Du bist also die Frau, die David nicht vergessen konnte«, begrüßte sie der Mönch und führte sie zu einer kleinen Hütte. »Hier ist euer Zuhause.«

Die nächsten Tage halfen sie den Mönchen beim Renovieren des Klosters. Die Arbeit in der dünnen Luft war so anstrengend, dass sie abends immer todmüde ins Bett fielen und traumlos einschliefen. Als sich der Vollmond ankündigte, klopfte Trunkpa eines Abends an ihre Hütte.

»Kommt, ich habe eine Überraschung für euch.«

Trunkpa führte sie durch das große Tor in das Haupthaus des Klosters, das David und Leyla selbst notdürftig restauriert und überdacht hatten. Der große Raum war jetzt von Hunderten von Talgkerzen erhellt und der Duft der Räucherstäbchen war betörend. Die neun Mönche knieten mit gesenkten Köpfen auf den Stufen, die zu einem blumengeschmückten Tisch führten. Trunkpa trat an den Tisch und nahm zwei Blüten, die in einer Messingschale schwammen. Er ging damit zu David und Leyla und sprengte ihnen, begleitet von Gebeten, das Blütenwasser ins Gesicht, ehe er ihnen die Blumen in die Hand drückte. Dann gab er den Mönchen ein Zeichen und sie begannen, mit ihren Gebetsmühlen einen magischen Rhythmus zu erzeugen.

»Was geschieht hier?«, fragte Leyla und blickte zu David. »Was ist das für eine Zeremonie?«

»Es ist eine buddhistische Glückszeremonie«, antwortete David. »Deshalb frage ich dich jetzt: Willst du meine Frau werden?«

»Das ist nicht dein Ernst, David.« Leyla schüttelte den Kopf, aber er sah, dass sie Tränen in den Augen hatte. »Das kommt ein wenig überraschend. Meinst du es wirklich?«

»Doch, es ist mein voller Ernst. Willst du?«

Leyla legte den Kopf auf Davids Schulter und blickte auf die flackernden Talglichter. Das Rasseln der Gebetsmühlen und der monotone Gesang der Mönche verzauberten die Atmosphäre. Nach einer unendlich langen Pause strich Leyla mit der Hand zart über Davids Wange und flüsterte ihm beinahe unhörbar ins Ohr: »Nein, David, ich werde nicht deine Frau. Aber ich bin für immer deine Geliebte.«

Nachwort der Autoren

Liebe Leserinnen und Leser,

wir möchten recht herzlich Danke sagen, dass Sie unseren Thriller »Fremde Geliebte« gelesen haben. Hoffentlich hat Sie die spannende Abenteuerreise mit David Stein und Leyla begeistert und Sie haben sich an exotische Schauplätze entführen lassen. Denken Sie immer an die Worte des tibetischen Mönchs Trunkpa: »Jeder Mensch hat im Leben bestimmte Aufgaben zu erfüllen, erst dann wird er seinen Frieden finden. Eine große Liebe verschwindet nie und erblüht immer aufs Neue. Man darf nichts erzwingen, sondern muss sich in Geduld üben.«

Wenn Ihnen dieser Thriller gefallen hat, dann freuen wir uns über eine kurze Rezension bei Amazon.de.

Wir freuen uns immer über jede Nachricht von Ihnen an unsere B.C.-Schiller-E-Mailadresse: bc.schiller@blue-velvet.com

Das war's auch schon.

Wir schicken Ihnen positive Vibrations und ganz viele chillige Grüße :) Bleiben Sie glücklich!

Barbara & Christian
B.C. Schiller

PS: Wir freuen uns auch riesig über jeden neuen Fan auf Facebook und/oder Follower auf Instagram!

www.facebook.com/BC.Schiller

www.instagram.com/bc.schiller

Folgen Sie uns auf unserer Amazon-Autorenseite, dann erhalten Sie immer alle aktuellen News zu unseren Büchern!

Besuchen Sie unsere Autoren-Seite auf Amazon.de

Unsere Website: www.bcschiller.com

Printed in Poland
by Amazon Fulfillment
Poland Sp. z o.o., Wrocław

34352206R00161